Stumme Tränen
Elke Bergsma

Elke Bergsma

Stumme Tränen

Impressum
Copyright: © 2020 Elke Bergsma, www.elke-bergsma.de
Am alten Handelshafen 1, 26789 Leer
Satz: Corinna Rindlisbacher, www.ebokks.de
Cover: Susanne Elsen, www.mohnrot.com
unter Verwendung eines Fotos von © invisiblesk / fotolia.com
Verlag: BoD · Books on Demand GmbH, Überseering 33,
22297 Hamburg, bod@bod.de
Druck: Libri Plureos GmbH, Friedensallee 273, 22763
Hamburg

ISBN: 978-3-7693-5338-9

Alle in diesem Buch geschilderten Handlungen und Personen sind
frei erfunden. Ähnlichkeiten mit lebenden oder verstorbenen Personen wären zufällig und nicht beabsichtigt.

Für **Volker**

1

„Das muss ja wahre Liebe sein. Jeden Tag so schöne Blumen." Der Kurier zwinkerte Helen spitzbübisch lächelnd zu und drückte ihr einen voluminösen Strauß langstieliger roter Rosen in die Arme. „Alles in Ordnung mit Ihnen?", fragte er im nächsten Moment besorgt, als sie kurz schwankte und sich schnell mit ihrer Schulter gegen den Türrahmen lehnte. Ihre Beine drohten unter ihr wegzusacken, in ihrem Kopf machte sich erneut dieses widerliche Rauschen breit. Irgendwann, da war sie sich ziemlich sicher, würde es sie wie ein sich immer schneller drehender Strudel mit in die Tiefe reißen.

Sie nickte abwesend und schlug dem Kurier dann so schnell die Tür vor der Nase zu, dass sie ihm unweigerlich eine Beule an der Stirn beschert hätte, wenn er nicht geistesgegenwärtig zurückgesprungen wäre. Sie hörte, wie er ein kurzes Fluchen hervorstieß und nur Sekunden später die knarrenden Stufen der alten Holztreppe hinablief.

Helen ließ die Blumen zu Boden fallen und sackte, die Wohnungstür im Rücken, kraftlos in sich zusammen. Von einer plötzlichen Kälte übermannt, schlug sie die Arme um ihren schlanken Körper und begann haltlos zu schluchzen. Was, um alles in der Welt, sollte sie tun? Wer konnte ihr helfen? Wenn doch wenigstens Markus bei ihr wäre! Wie sehr sie sich nach seinen starken Armen sehnte, nach seiner ruhigen, tiefen Stimme, nach seinem Geruch!

Erst gestern Abend aber hatte er ihr am Telefon gesagt, dass er seinen Aufenthalt in China noch um ein paar Wochen würde verlängern müssen. Er könne ihr nicht genau sagen, wann seine Firma mit dem Aufbau der Zweigstelle in Peking endlich fertig sei. Quasi täglich tauchten neue bürokratische Hindernisse auf, und auch mit den Materiallieferungen klappe es bei Weitem nicht so, wie sie es sich vorgestellt hätten. Auf seine Frage, ob es ihr gut gehe, hatte sie nur genickt, obwohl er es durchs Telefon natürlich nicht sehen konnte. Dann hatte sie ohne ein weiteres Wort die Aus-Taste gedrückt, sich auf ihr Bett fallen lassen, ihre Wärmflasche an sich gepresst und stundenlang an die Decke gestarrt, bevor sie in einen unruhigen, von quälenden Alpträumen beherrschten Schlaf gefallen war.

Minutenlang saß Helen nur da und stierte vor sich auf den Boden. Bis auf das gleichmäßige Ticken der antiken Standuhr und das monotone, durch die Isolierverglasung gedämpfte Rauschen des Straßenverkehrs, der sich unter den Fenstern ihrer Altbauwohnung vorbeischlängelte, war kein Laut zu hören. Umso mehr erschrak sie, als plötzlich ihr Telefon zu schrillen begann. Mit einem tiefen Seufzer quälte sie sich umständlich in die Senkrechte, folgte schleppenden Schrittes dem Geräusch und fand das Mobilteil ihres Telefons schließlich halb unter einem Sofakissen vergraben. Sie meldete sich, wobei sie sich bemühte, ihrer Stimme einen festen Klang zu geben. Ihr Verlag hatte für diese Uhrzeit einen Anruf angekündigt, um ihr nun hoffentlich mitzuteilen, dass ihr neuer Roman wie geplant in der kommenden Woche erscheinen würde. Auch hier hatte es bereits wochenlange Verzögerungen gegeben, weil sich der zuständige Lektor laufend neue Änderungen einfallen ließ, die seiner Meinung nach *besser zum Gesamtbild passten.*

„Hallo, meine Süße. Ich hoffe, du hast dich über meinen Blumenstrauß gefreut!", klang ihr eine säuselnde Stimme aus dem Hörer entgegen. Helen schnappte entsetzt nach Luft. Dieser, dieser … er …! Mit einem kurzen, schrillen Schrei ließ sie das Telefon auf die Bodenfliesen fallen, wo es in seine Einzelteile zersprang. Panisch ließ Helen ihren Blick durch ihre Wohnung schweifen, als fürchte sie, dass sich ihr Peiniger hier irgendwo versteckt halten könnte. Wie ein aufgescheuchtes Reh wanderte sie minutenlang von ihrer Küche durch Wohn- und Schlafzimmer und wieder zurück. Nervös knetete sie ihre eiskalten Hände vor dem Bauch und versuchte, ihren stoßweisen Atem wieder zu beruhigen, so wie sie es in ihren Yogastunden gelernt hatte. Doch kaum, dass sich ihre Atmung wieder ein wenig normalisierte, erklang das durchdringende Läuten ihres Smartphones. Zu Tode erschrocken zuckte sie zusammen, starrte gehetzt auf das im blinkenden Display aufleuchtende *Unbekannt* und wartete, bis sich die Mailbox einschaltete. Als sie diese wenig später abhörte, erkannte sie die Stimme, die ihr ein *Warum gehst du denn nicht dran, mein Liebling?* entgegenhauchte, sofort wieder.

Woher hatte der Kerl ihre Geheimnummern? Ganz bewusst hatte sie diese nur ihren engsten Freunden und ihrem Verlag gegeben. Denn in den letzten Monaten hatten sich die Anrufe penetranter Fans gehäuft, die ihr wahlweise vorschlugen, gemeinsam einen Kaffee trinken zu gehen, sich *mein brechendstarkes Manuskript* einmal durchzulesen oder sie beim Schreiben ihres zukünftigen *Megasellers* zu unterstützen. Grundsätzlich war Helen zielstrebigen Nachwuchsautoren sehr gerne behilflich, aber inzwischen hatten die Anfragen derart zugenommen, dass sie für ihre eigene Arbeit keine Zeit mehr gefunden hätte, würde sie sie alle bedienen. Somit hatte sie beschlossen, zukünftig persönlich nur noch sehr eingeschränkt erreichbar zu sein. Wie also war es möglich, dass ein Wildfremder an ihre Nummern gekommen war?

Schon seit Wochen fühlte sich Helen von einem heimlichen Verehrer verfolgt. Beinahe täglich fand sie kleine Zettel mit Liebesbotschaften unter den Scheibenwischern ihres Sportwagens und in ihrem Briefkasten, zahlreiche E-Mails verstopften ihren Posteingang. Sie alle waren stets unterschrieben mit *Dein Liebster*. Zweimal hatte er ihr auch eine CD zukommen lassen, auf der er schnulzige Gedichte und Beteuerungen seiner bedingungslosen Liebe verewigt hatte, gepaart mit dem kryptischen Versprechen, mit ihr schon sehr bald *das Reich der überirdischen Freuden* betreten zu dürfen. Am Schluss der Aufnahmen aber erschien auch jeweils die unzweideutige Drohung, dass sie *unvorstellbare Qualen* würde erleiden müssen, wenn sie ihm weiterhin vorzugaukeln versuche, dass sie seine Liebe nicht erwidere, obwohl er genau wisse, dass es anders sei.

Voller Entsetzen war sie mit diesen CDs zur Polizei gegangen und hatte um Hilfe gebeten. Dort aber hatte man nur mit den Schultern gezuckt und gemeint, solange nichts passiert sei, habe man keine Handhabe. Ein feister Polizist in Uniform war sich nicht zu blöd gewesen, ihr zu raten, sie solle die Sache doch einfach als Kompliment sehen. So manche Frau in ihrem Alter würde sich schließlich alle zehn Finger danach lecken, von der Männerwelt überhaupt noch beachtet zu werden. „Ich bin gerade einmal 36!“, hatte Helen empört erwidert und dafür ein anzügliches Grinsen mit der knappen Bemerkung *Eben!* geerntet.

Doch damit nicht genug, wurden ihr jetzt auch noch seit Tagen an jedem Vormittag rote Rosen durch einen Kurierdienst zugestellt; und es war ihr bisher trotz aller Anstrengungen unmöglich gewesen, herauszubekommen, wer der Auftraggeber war.

Dass ihr Verehrer sie nun aber auch noch anrief, war neu. Vermutlich hatte es ihn einiges an Zeit und Mühe gekostet, an ihre Telefonnummern heranzukommen. Doch ganz offensichtlich war es ihm gelungen.

Helen trat mit wackeligen Beinen auf die Dachterrasse hinaus, von der aus sie einen ganz wunderbaren Blick über den Rhein auf den Kölner Dom hatte. Sie ließ sich in ihre Vogelnestschaukel sinken und drückte auf einen in die Hauswand eingelassenen Knopf, woraufhin das Nest sich sanft hin und her zu wiegen begann. Markus hatte ihr diesen Mechanismus eingebaut, nachdem er bemerkt hatte, wie gut sie hier entspannen und über die Handlungsstränge ihrer Bücher nachdenken konnte. Und außerdem, so hatte er mit seinem jungenhaften Lachen gesagt, sei die erotische Komponente eines seicht schwingenden Liebesnestes ja auch nicht zu verachten.

Helen hatte in den letzten Tagen häufig überlegt, ob sie

Markus erzählen sollte, dass sie von einem Unbekannten belästigt wurde. Aber schließlich hatte sie beschlossen, ihn damit nicht zu behelligen. Er hatte in Peking schon Ärger genug. Sie wusste, dass er sich sofort ins Flugzeug gesetzt hätte und nach Hause gekommen wäre, wenn er von ihrem Kummer erführe. Dann jedoch lief er Gefahr, hohe Vertragsstrafen entrichten zu müssen, wenn seine Firma nicht rechtzeitig ihren Betrieb aufnahm. Und daran wollte Helen auf keinen Fall schuld sein. Jahrelang hatte Markus dafür geackert, diese Chance in Fernost zu bekommen, nun wollte sie ihm das Geschäft nicht noch auf der Zielgeraden vermasseln. Für einen kurzen Augenblick hatte sie auch darüber nachgedacht, ihm nach China zu folgen und somit aus der Reichweite des Stalkers zu gelangen. Jedoch hatte sie diesen Gedanken gleich wieder verworfen, da es ihrer Mutter gesundheitlich sehr schlecht ging und sie jederzeit in der Lage sein wollte, zu ihr zu fahren, falls es erforderlich war.

Das sanfte Schwingen der Schaukel entfaltete seine entspannende Wirkung. Helen schloss die Augen und legte ihre rechte Hand auf den Bauch. Ihr Gynäkologe hatte gemeint, dass sie nun jeden Tag damit rechnen müsse, erstmals die Bewegungen ihres Kindes zu spüren, das unter ihrem Herzen heranwuchs. Sie hatte ihre Freundin Jutta gefragt, wie sich diese Bewegungen denn anfühlten, schließlich wolle sie sie auf gar keinen Fall verpassen. Jutta hatte daraufhin gelacht und gesagt, es sei anfangs ein leichtes Zucken, später aber habe man das Gefühl, einer ganzen Fußballmannschaft in der Gebärmutter Asyl zu gewähren. Und Jutta musste es wissen, denn inzwischen nannte sie vier Kinder ihr Eigen.

Jutta. Helen hatte zunächst geglaubt, ihre Freundin mache einen Witz, als sie vor rund zehn Jahren an ihrem sechsundzwanzigsten Geburtstag verkündete, sie werde ihr Leben von Grund auf ändern und einen ostfriesischen Bauern ehelichen. Diese Ankündigung hatte für so manche Lachsalve am feierlich gedeckten Tisch gesorgt. Nur Jutta hatte mit ernster Miene dagesessen und gesagt: „Ich habe Ihno im Urlaub kennengelernt. Wir werden im nächsten Monat heiraten."

Während sich der eine oder andere noch immer die Lachtränen aus den Augen wischte, dämmerte es den ersten, dass Jutta es ernst meinte. „Du … es ist wirklich wahr, oder?", hatte Markus, den Helen an diesem Abend kennen gelernt hatte, sichtlich verwirrt gestammelt. Und weil Jutta nach wie vor nur still nickend in die Runde schaute, wurde es am Tisch schlagartig ruhig, und alle starrten sie mit offenem Mund an.

„Aber du wolltest nie heiraten", hatte Thorsten zu bedenken gegeben, während sich Barbara eher Sorgen um Juttas Karriere machte. „Du hast einen ganz wundervollen Job beim Radio. Du wolltest schon immer Moderatorin werden. Es war dein LEBENSTRAUM!" Das letzte Wort hatte Barbara förmlich buchstabiert.

„Ach was", hatte Jutta abgewinkt, „was heißt schon Lebenstraum! Träume kommen und gehen. Das war, bevor ich Ihno kennen lernte."

„Du willst wirklich auf einen BAUERNHOF ziehen?" Barbara konnte sich gar nicht mehr beruhigen.

„So sieht's aus!", hatte Jutta genickt und ihr Glas gehoben. „Und darauf möchte ich jetzt mit euch anstoßen.

Denn glaubt mir, ich bin der glücklichste Mensch auf der Welt. Und natürlich seid ihr alle zu meiner Hochzeit eingeladen. Das wird ein Spaß!"

In Erinnerung an diesen Abend musste Helen lächeln. Jutta war schon immer für eine Überraschung gut gewesen, aber diese hatte wirklich alles bis dahin Dagewesene in den Schatten gestellt. Bis spät in die Nacht hatten sie gefeiert, obwohl einem Großteil der Anwesenden anzumerken gewesen war, dass sie Juttas Heiratsabsichten für eine Kurzschlussreaktion hielten, die unweigerlich in einem Desaster enden musste. Sie hatten sich getäuscht. Denn bis zum heutigen Tag hatte Jutta ihre Entscheidung kein einziges Mal bereut. Ja, dachte Helen, es gab wohl kaum einen Menschen, dem das pure Lebensglück seit zehn Jahren so aus den Augen strahlte wie ihrer Freundin.

Helen warf einen Blick auf ihre Armbanduhr. Sie hatte sich mit ihrem langjährigen Freund Henning auf einen Kaffee verabredet. Für einen kurzen Moment überlegte sie, ob sie lieber absagen sollte, doch dann beschloss sie, dass ein wenig Abwechslung ihr ganz gut täte. Außerdem hatte sie das dringe Bedürfnis, sich endlich jemandem anzuvertrauen. Und dafür war Henning erfahrungsgemäß genau der Richtige.

2

„Du siehst ja scheiße aus", bemerkte Henning Kappel wenig diplomatisch und sah sie abschätzend an, als Helen eine Stunde später das kleine Café in der Kölner Innenstadt betrat und sich von ihm zwei Küsschen auf die Wange geben ließ. „Es heißt doch immer, dass schwangeren Frauen ihr Glück ins Gesicht geschrieben steht. Davon kann ich bei dir aber gerade nichts bemerken. Ist alles in Ordnung?"

Helen ließ sich auf einen Stuhl sinken, stützte sich mit den Ellenbogen auf dem Tisch ab und vergrub ihr Gesicht in den Händen. „Alles in Ordnung? Wie ging das nochmal?", seufzte sie ohne aufzublicken.

Ihr Freund musterte sie besorgt, sagte aber zunächst nichts, sondern winkte die junge Kellnerin herbei, um sich einen Cappuccino und einen Windbeutel zu bestellen. „Was möchtest du?", fragte er an Helen gewandt.

„Nur ein Wasser, bitte", nuschelte sie, um dann gleich darauf aufzuschauen und in entschlossenem Tonfall zu sagen: „Nein. Bringen Sie mir bitte eine heiße Schokolade. Eine große. Mit doppelt Sahne darauf. Und ein Nougatcroissant dazu. Das größte, das Sie haben. Das brauche ich jetzt."

„Klingt nach Nervennahrung", meinte Henning, als die Kellnerin wieder gegangen war. „Also, was ist los?"

„Nicht so wichtig", winkte Helen mit einer knappen Handbewegung ab. Sie war sich plötzlich nicht mehr sicher, ob sie überhaupt jemanden mit ihren Angelegenheiten behelligen wollte. Gemeinhin hatten die Leute doch selbst Probleme genug. Und ein Blick auf Hennings nervös auf den Tisch trommelnde Finger und seinen gehetzten Blick, der stets zur Tür wanderte, sagte ihr, dass er vermutlich mal wieder an einer schwierigen, vielleicht sogar gefährlichen Sache dran war. Mit Schaudern hatte sie in den letzten Jahren verfolgt, wie ihr Freund sich immer mehr dem Enthüllungsjournalismus verschrieben hatte und dabei in kriminellen Milieus herumstocherte, mit denen sich in der Regel nicht einmal mehr die Polizei oder die Staatsanwaltschaft abgaben. Sei es, weil diese selbst machtlos waren oder aber gar nicht so recht hinsehen wollten, da die fragwürdigen Machenschaften, wie Henning es spöttisch nannte, *politisch abgesichert* waren.

Also richtete Helen sich auf und sagte gespielt munter: „Was treibt dich nach Köln zurück? Ich dachte, du sitzt in deiner Moorkate und philosophierst über das Liebesleben von Schafen und Wattwürmern." Nicht nur ihre Freundin Jutta, sondern auch Henning hatte es bereits vor einigen Jahren nach Ostfriesland verschlagen. Bei Henning war es allerdings nicht wegen der großen Liebe gewesen, sondern weil er dort schon als Kind viele wundervolle Wochen bei seiner Großmutter verbracht hatte, die ein ganz entzückendes kleines Backsteinhäuschen am Stadtrand von Jever besaß, welches sie ihm schließlich vererbte. Genau der richtige Platz, um bei seinem anstrengenden Job wenigstens einen ruhigen und friedvollen Ort zu haben, an den er sich zum Ausspannen zurückziehen konnte, argumentierte er immer.

„Bin da so 'ner Sache auf der Spur", sagte Henning knapp.

„Und welchen unserer Politiker erwischt es diesmal?", erwiderte Helen flapsig und verzog das Gesicht zu einer Grimasse.

„Vermutlich nicht nur einen", zeigte Henning ein schiefes Grinsen, doch seine Augen blieben ernst. „Rotlichtmilieu, verstehst du."

„Verstehe." Helen versuchte gar nicht erst, mehr über seine Recherchen herauszufinden, denn sie wusste aus Erfahrung, dass das sinnlos war. Henning vermied es grundsätzlich, anderen Menschen etwas zu den Inhalten seiner Arbeit zu erzählen. Zum einen, so lehrte es ihn die Erfahrung, traute er keinem wirklich über den Weg. Zum anderen wollte er durch seine hochbrisanten Geschichten niemanden in Gefahr bringen. Also machte er die Dinge mit sich alleine aus, was sicherlich auch ein Grund dafür war, dass er jedes Mal, wenn Helen ihn traf, ein paar Kilo mehr auf der Waage hatte. Henning kompensierte seinen Stress durchs Essen, und das sah man ihm auch an. Doch auch, wenn sein Körper mit jedem zusätzlichen Kilo zwangsläufig immer unbeweglicher wurde, so schien sein Geist doch immer wacher zu werden. Seine ent-larvenden Artikel erschienen bereits seit Jahren in allen überregionalen Blättern, auch wurde häufig aus ihnen in Rundfunk und Fernsehen zitiert. Ja, Henning hatte es ge-schafft. Aber dafür bezahlte er einen hohen Preis. Er war ein Getriebener, stets auf der Flucht. Vor denen, die ihm wegen so mancher Enthüllung die Pest oder Schlimmeres an den Hals wünschten, und vor sich selbst. Manch einer hätte in seiner Situation längst die Segel gestrichen. Nicht so Henning. Er liebte sein Leben, so wie es war. Zumindest behauptete er das. Und Helen glaubte ihm. Sie kannte ihn lange genug, um zu wissen, dass ihn nichts und niemand davon abhalten würde, seinen gefährlichen Job bis zum letzten Atemzug auszuüben. Denn er war geradezu besessen von dem Gedanken, die Welt von all den Parasiten und Scheusalen zu befreien, die sich skrupellos unter Inkaufnahme des Elends anderer bereicherten, ohne dabei auch nur den Ansatz eines schlechten Gewissens zu verspüren. Insbesondere richtete sich seine Wut gegen die einflussreichen Politiker, die mit ihren lobbyfreundlichen Entscheidungen viele katastrophale Entwicklungen trotz aller Warnungen nicht nur zuließen, sondern auch noch gesetzlich verankerten, um dann – war das Kind erst einmal in den Brunnen gefallen – gekünstelte Krokodilstränen mit der Bemerkung zu vergießen, das alles habe ja keiner ahnen können und zukünftig solle alles besser werden, wenn, ja wenn man sie denn nur wiederwählen würde.

Die Kellnerin stellte die Bestellungen vor ihnen auf den Tisch, und Helen biss genüsslich in ihr Nougatcroissant. Bereits seit Tagen hatte sie kaum etwas gegessen, doch hier, in Hennings Gesellschaft, kehrte ihr Appetit plötzlich zurück. Aus irgendeinem Grund hatte sie sich in seiner Gegenwart schon immer wohlgefühlt. Vermutlich, so dachte sie, weil er, auch wenn er nicht so aussah, der Prototyp eines Beschützers war, der sich wie der Robin Hood der Neuzeit für das Recht der Schwächeren auch dort stark machte, wo alle anderen in ihrer vermeintlichen Machtlosigkeit längst resigniert wegschauten.

„Ich werde gestalkt", entfuhr es Helen, noch bevor sie richtig nachdenken konnte. Die Folge war ein schepperndes Geräusch, als Henning seine Tasse etwas zu schnell auf der Untertasse absetzte. Er fixierte sie mit zusammengekniffenen Augen und sagte dann gepresst: „Verdammter Mist!"

Helen hob beschwichtigend die Hände. „Sorry, ich … ich wollte es gar nicht sagen. Aber irgendwie …" Sie grinste ihren Freund von unten entschuldigend an, „irgendwie muss es an deinen breiten Schultern liegen. Vergiss es einfach, okay? Ist auch alles gar nicht so …"

„Weißt du, von wem, Helen!?" Hennings Stimme klang plötzlich viel schärfer als zuvor, und sie zuckte unwillkürlich zusammen.

Sie hob die Schultern. „Nein. Ich weiß es nicht. Anonym."

„Wie lange schon?"

„Schon seit Längerem. Ich war bei der Polizei, aber …"

Henning unterbrach sie mit einer wegwerfenden Handbewegung. „Die interessieren sich erst für dich, wenn du bleich und nackt auf dem Obduktionstisch liegst."

„Du machst mir Mut." Helen nahm einen großen Schluck ihrer wirklich köstlichen Schokolade und fuhr sich dann genüsslich mit der Zunge über die Oberlippe, auf der sich ein breiter Rand Schlagsahne abzeichnete. Dann fing sie ohne Aufforderung an zu erzählen, was ihr in den letzten Wochen widerfahren war, und Henning hörte ihr zu, ohne sie auch nur einmal zu unterbrechen.

„Und Markus? Was ist mit ihm? Du hast ihn gar nicht erwähnt", sagte Henning immer noch sichtlich aufgewühlt, nachdem Helen geendet hatte.

„Markus ist in China. Er baut dort seine neue Firma auf."

„Und das ist ihm wichtiger?" Henning klang nun ehrlich empört.

Helen schaufelte sich einen Löffel Sahne in den Mund, dann sagte sie: „Er weiß es nicht. Ich hab ihm nichts gesagt."

Henning ließ ein verständnisloses Grunzen vernehmen, erwiderte jedoch nichts, sondern widmete sich für eine ganze Weile schweigend seinem Windbeutel. „Du musst hier weg", sagte er dann so plötzlich, dass Helen irritiert aufsah. „Was?"

„Ich sagte, du musst hier weg", wiederholte Henning. „Du musst irgendwo abtauchen, wo dich dieser Widerling nicht findet."

„Aber ich kann doch nicht so einfach hier weg!"

„Quatsch. Du bist Autorin, schon vergessen? Eine sehr erfolgreiche noch dazu. Da ist es doch völlig egal, wo du dich gerade aufhältst."

„Ich bin schwanger", entgegnete Helen völlig zusammenhanglos.

Doch Henning streifte sie nur mit einem kurzen Blick und sagte: „Dann erst recht. Ich will nicht, dass dir und dem Kind etwas passiert."

„Ach", winkte Helen betont lässig ab, „so schlimm wird es wohl nicht …"

Zu ihrer Überraschung legte Henning ihr im nächsten Moment seine Hand auf den Mund, schob sein Gesicht ganz nah vor ihres und sagte mit rauer Stimme: „Bitte, Helen, tu einfach das, was ich dir sage, okay?" Als sie nickte, richtete er sich wieder auf und fügte hinzu: „Es ist kein Zufall, dass ich dich angerufen und hierher gebeten habe. Da ist irgendwas im Busch, was mir nicht gefällt."

Helen schluckte. „Wo ist irgendwas im Busch? Hat es … es hat doch nichts mit deinen neuen Recherchen zu tun?" Alleine beim Gedanken daran, dass sie in eine seiner gefährlichen Geschichten verstrickt sein könnte, setzte sofort wieder das Rauschen in ihrem Kopf ein.

Henning sah sie für einige Augenblicke nur durchdringend an und antwortete dann: „Ich weiß es nicht. Nur gibt es da …" Er fuhr sich mit der Hand über das Gesicht und fuhr fort: „Ein Informant erwähnte deinen Namen."

„Ein Informant? In welchem Zusammenhang denn?"

„Je weniger du weißt, desto besser."

„Aber es geht um mich, Henning!" rief Helen empört aus. „Du kannst doch nicht hier sitzen und mir Angst machen, und dann nicht sagen, worum es geht!"

Henning legte ihr beschwichtigend die Hand auf den Arm: „Glaub mir, es ist besser, wenn du für einige Zeit aus Köln verschwindest. Ich weiß nicht genau, was hier gespielt wird. Und es ist auch gut möglich, dass dein Stalker einfach nur ein durchgeknallter Stalker ist. Aber …"

„Aber?"

Henning zögerte. „Wann kommt Markus aus China zurück?"

„Was hat denn jetzt Markus damit zu tun?"

„Ich wollte nur sicherstellen, dass du nicht alleine bist."

„Du machst mir Angst, Henning!" Helen griff sich unwillkürlich an die Kehle, die plötzlich zu eng zum Atmen schien. Was, um Himmels Willen, war hier los?

Henning wischte ihre Bemerkung mit einer Handbewegung beiseite. „Wenn du tust, was ich dir sage, ist alles okay. Also, jetzt noch einmal. Sieh zu, dass du möglichst schnell aus Köln verschwindest. Ich kümmere mich um den Rest."

„Den Rest", wiederholte Helen dumpf. „Aber wo soll ich denn hin?"

„Egal. Möglichst weit weg. Irgendwohin, wo dich kein Mensch vermutet. Am besten auf den Mond."

Helen dachte einen Moment nach und beschloss dann, auf ihren Freund zu hören. Sie kannte ihn lange genug um zu wissen, dass er keine Spielchen machte. Wenn er ihr doch nur sagen würde, worum es eigentlich ging! Nur wegen eines Stalkers würde er doch nicht solch ein Theater machen! Und warum nannte einer seiner Informanten ihren Namen? In was war sie da bloß hineingeraten!? Helen schüttelte sich innerlich und sah Henning, der sie mit ernstem Gesicht beobachtete, verunsichert an. Sie wusste, dass er ihr nicht mehr sagen würde, um sie nicht noch mehr zu beunruhigen. Also konnte sie jetzt nur eines tun: Ihre Koffer packen und hoffen, dass der Alptraum bald ein Ende hatte. Doch wohin konnte sie gehen? Sie musste schließlich auch an ihr ungeborenes Kind denken und daran, dass eine Schwangerschaft auch mal zu Komplikationen führen konnte. Also musste es da, wohin sie fuhr, zumindest eine zuverlässige ärztliche Versorgung geben. Am liebsten würde sie in Deutschland bleiben. Ihr Blick fiel auf zwei Frauen in ihrem Alter, die sich am Nachbartisch gut gelaunt unterhielten und dabei immer wieder in lautes Gelächter ausbrachen. Und plötzlich wusste sie, bei wem sie sich sicher fühlen würde: Jutta!

Es war bestimmt schon zwei Jahre her, dass sie ihre Freundin zum letzten Mal gesehen hatte. Viel zu sehr waren sie beide in ihren Alltag eingebunden. Nun aber verspürte sie auf einmal das dringende Bedürfnis, sich ihrer Freundin anzuvertrauen. Außerdem würde sie ein längerer Aufenthalt auf dem Bauernhof ganz bestimmt auf andere Gedanken bringen. Gleichzeitig könnte sie ihrem ominösen Verehrer ein Schnippchen schlagen. Sollte er seine Rosen und Liebesbotschaften doch abladen bei wem er wollte! Sie jedenfalls würde sich gleich am nächsten Tag und bis zu Markus' Rückkehr in Luft auflösen.

„Auf den Mond?", fragte sie nun schon viel beruhigter und lächelte Henning verschmitzt an.

„Auf den Mond", nickte der, ohne eine Miene zu verziehen.

„Okay. Gebongt. Dann fahre ich noch heute nach Ostfriesland. Denn das", sie nickte heftig und schob sich den letzten Zipfel ihres Croissants in den Mund, „liegt zwar nicht auf, aber doch immerhin ganz herrlich hinter dem Mond."

„Du sprichst von Jutta", folgerte Henning messerscharf. Er kannte Helens Freundin noch aus der Schulzeit, hatte sie jedoch seit ihrer Hochzeit nicht mehr gesehen, obwohl sie praktisch bei ihm um die Ecke wohnte.

„Genau."

Helen meinte, in Hennings Augen ein unsicheres Flackern zu sehen, jedoch verschwand es sogleich wieder und er nickte mehrmals heftig. „Ostfriesland ist gut. Da kann ich auch ein wenig auf dich aufpassen, wenn ich wieder da bin." Er schnaubte, bevor er hinzufügte: „Und ansonsten verhältst du dich bitte so, als wärst du eine ganz normale Urlauberin. Hm. Du solltest dir vielleicht einen anderen Namen zulegen."

Helen, die sich gedanklich schon in Sicherheit gewiegt hatte, sah ihn aus großen Augen erschrocken an. „Wie bitte? Einen anderen Namen? Übertreibst du jetzt nicht ein bisschen?"

„Ich will nur auf Nummer sicher gehen", brummte Henning.

„Und das alles nur, weil irgendjemand in irgendeinem Zusammenhang meinen Namen genannt hat?"

Henning seufzte und schlug sich mit der flachen Hand auf den Oberschenkel: „Gut, Helen. Kann sein, ich übertreibe. Kann sein, die ganze Geschichte hat mit dir gar nichts zu tun. Kann sein, ich war gerade ein Volltrottel, dass ich es dir gegenüber überhaupt erwähnt habe. Wenn es so ist, dann verspreche ich dir, dass ich mich beizeiten in aller Form dafür entschuldigen und dir als Entschädigung ein Fünf-Gänge-Menü kochen werde. Jetzt aber hätte ich ein sehr ungutes Gefühl dabei, dich hier alleine in deiner Wohnung zu wissen. Darum ist eine Auszeit bei Jutta eine super Idee. Kein Stalker, kein paranoider Journalist, dafür frische Seeluft, gutes Essen und nette Leute. Ist doch ein guter Tausch, oder?" Henning versuchte ein aufmunterndes Lächeln, das ihm jedoch gründlich misslang. Er schien sich wirklich große Sorgen zu machen.

„Okay. Ostfriesland ist gebongt. Aber ein anderer Name kommt nicht infrage." Nach einem kurzen Zögern fuhr Helen fort: „Wann fährst du nach Ostfriesland zurück? Können wir uns vielleicht dort mal auf 'nen Kaffee treffen?

Jutta fände es bestimmt auch total schön, dich mal wiederzusehen." Helen verfiel in einen gespielt fröhlichen Tonfall, auch wenn sie seine Worte eher noch mehr verunsichert als beruhigt hatten.

„Ich habe hier noch ein paar Tage zu tun. Danach fahre ich wahrscheinlich wieder an die Küste hoch. Dass wir uns dort treffen, ist vielleicht keine gute Idee. Aber wir werden sehen. Je nachdem, wie sich die … Umstände entwickeln, melde ich mich bei dir oder auch nicht." Henning warf einen Blick auf seine Uhr. „So, jetzt muss ich leider weiter. Ich verlasse mich auf dich, dass du vernünftig bist", fügte er dann mit erhobenem Zeigefinger hinzu. „Kannst du sicherstellen, dass du unbemerkt aus Köln verschwindest? Oder soll ich dir jemanden schicken, der dir dabei behilflich ist?"

„Nee. Nee, nee", schüttelte Helen schnell den Kopf. „Ich hab da schon eine Idee."

„Falls du es dir anders überlegst, ruf mich an."

Helen nickte stumm, während ihr Freund einen Geldschein auf den Tisch legte, der Kellnerin kurz zunickte und kurz darauf in der Menschenmenge, die sich an der Schaufensterscheibe des Cafés vorbeidrängte, verschwand.

3

Der September würde alle Temperaturrekorde brechen, das zeichnete sich schon jetzt ab. Und wer auch nur für einen Tag die Gelegenheit fand, an die Küste zu fahren, der schien es in diesem Jahr auch zu tun. Nur selten hatte es in Ostfriesland im Frühherbst einen so großen Andrang an Urlaubern gegeben, wie es in dieser Nachsaison der Fall war. Viele Beherbergungs- und Gastronomiebetriebe hatten sich nach einem kühlen, verregneten Monatsbeginn bereits darauf eingestellt, sich schon bald in die wohlverdiente Winterpause zu verabschieden, als der Sommer plötzlich mit aller Macht zurückkehrte. Lastwagen- und Traktorfahrer, die den Auftrag bekommen hatten, die Strandkörbe in ihre Winterquartiere zu transportieren, waren zurückgepfiffen worden, die Pommes-, Fisch- und Eisbuden hatten hektisch wieder geöffnet, und auch in den Innenstädten von Emden, Aurich, Norden und Leer machten die Biergärten das Geschäft ihres Lebens.

„Wenn es so weiter geht, dann sind unsere Zimmer durchgehend bis zu den Herbstferien ausgebucht", stellte Jutta fest, während sie ihren Löffel in die Tasse stellte, um ihrer Tochter Imke, die die Teekanne in der Hand hielt, zu signalisieren, dass sie keinen Tee mehr wolle.

„Ist das gut oder schlecht?", fragte Helen schläfrig und

räkelte sich genüsslich auf ihrem Liegestuhl, während es sich eine braungetigerte Katze auf ihrem Bauch gemütlich machte und leise vor sich hinschnurrte. Den ganzen Tag über hatte Helen beim Betten beziehen, Kräuter sammeln, Obst einkochen, Essen zubereiten, Hühner füttern und Hasenstall ausmisten geholfen. Umso mehr genoss sie jetzt die abendliche Teestunde im weitläufigen, nach frischen Kräutern und reifem Obst duftenden Bauerngarten der Familie Hettinga. Die tief stehende Sonne schickte sich bereits an, hinter dem Horizont zu verschwinden, und schon bald würde sich eine feuchte Kühle über den Garten legen. Noch aber reckten sich die Blüten der Herbstblumen in die Höhe, um an den letzten Sonnenstrahlen des heißen Herbsttages zu lecken. Der für diese Jahreszeit viel zu trockene, mit Moos durchzogene Rasen war noch aufgeheizt von der Hitze des Tages und fühlte sich unter den bloßen Füßen herrlich weich an. Oben am Deich nutzten etliche Urlauber die ungewöhnlich laue Meeresluft für einen abendlichen Spaziergang, in der Ferne war das fröhliche Gebell zweier Hunde zu hören. Es war das Paradies.

„Ich freue mich natürlich, wenn ich mein Konto noch etwas aufpolieren kann", erwiderte Jutta. „Andererseits aber war die Saison sowieso schon so anstrengend, dass wir alle mal ein wenig Ruhe gebrauchen könnten."

Helen lächelte. Sie war nun bereits seit fünf Tagen bei ihrer Freundin, und sie konnte sich gar nicht satt sehen an dem Glück, dass diese jeden Tag aufs Neue ausstrahlte, selbst wenn sie an diesem Abend einen etwas geschafften Eindruck machte. Keinen Pfifferling hätte Helen vor zehn

Jahren darauf verwettet, dass Jutta hier im ostfriesischen Dorfidyll von Upleward glücklich werden würde. Ausgerechnet Jutta, die schon als Jugendliche Abend für Abend die Kölner Kneipenszene aufgemischt, kein größeres Rockkonzert ausgelassen hatte und die ungekrönte Shoppingqueen von Köln gewesen war, die an keinem Paar High Heels vorbeigehen konnte, ohne in ein entzücktes Quieken auszubrechen. Wer also hätte damals ahnen können, dass sie sich nur wenig später nichts Schöneres würde vorstellen können, als den seit Generationen im Familienbesitz ihres Gatten befindlichen Bauernhof in einen mehrfach ausgezeichneten Ökobetrieb umzumodeln und ihn danach für Familien zu öffnen, die Spaß daran hatten, ihren Kindern während des Urlaubs das Leben und Arbeiten auf einem Bauernhof näher zu bringen?

Nicht zum ersten Mal fragte sich Helen, ob nicht auch sie sich dazu entschließen sollte, die Stadt zu verlassen und sich ein kleines Häuschen mit hübschem Garten auf dem Land zu suchen. Für ihren Job als Autorin war es schließlich egal, wo sie sich niederließ, und wenn es im hintersten Winkel der Welt war – immer vorausgesetzt, es gab dort einen Internetanschluss. Aber sie wusste, dass sie Markus nie davon würde überzeugen können, sein durch und durch städtisches Leben gegen ein ländliches einzutauschen. Ihr Mann nämlich war auf dem Land aufgewachsen und hatte sich nach einer arbeitsreichen und ansonsten eintönigen Jugend geschworen, den Rest seines Lebens in einer Großstadt zu verbringen, in der Tag und Nacht das Leben pulsierte und sich die unterschiedlichsten Gerüche und Geräusche zu einem undefinierbaren Ganzen vermischten, ohne ihn dabei auch nur im Entferntesten an Silage oder Schweinekot zu erinnern.

„Ich wünschte, ich könnte …“, setzte Helen zu einer Erwiderung an, griff sich dann jedoch an den inzwischen leicht gewölbten Bauch und sagte: „Wow!“

„Irgendwas nicht in Ordnung?“, fragte Jutta und runzelte besorgt die Stirn.

„Ich glaube, das muss es sein. Ja, ich glaube, es hat sich bewegt“, erwiderte Helen, und auf ihrem Gesicht erschien ein entrücktes Lächeln. „Komm“, flüsterte sie ihrem ungeborenen Kind zu, „mach's noch mal! Bitte, bitte, tritt mich mal ganz feste!“

Jutta lachte laut auf und deutete auf ihre beiden fünf und sechs Jahre alten Söhne, die sich gerade unter lautem Gejohle mit zwei Sauen, die sie eigentlich nur hatten füttern sollen, im Matsch suhlten. „Beschwör's nicht, Helen“, grinste sie. „Aus eigener Erfahrung weiß ich, dass sie dich spätestens dann beim Wort nehmen, wenn sie laufen können. Nachdem sich unser Sohn Hauke zu einem wahren Wirbelwind entwickelt hatte, dachte ich, es könne nicht mehr schlimmer kommen. Aber Wilko toppt wirklich alles. Seit er auf seinen zwei Beinen stehen kann, haben wir ein Abo in der Ambulanz vom Emder Krankenhaus. Platzwunden, Knochenbrüche, Gehirnerschütterung. Mit dem Kerl haben wir schon alles durch. Und mit einer der Krankenschwestern bin ich inzwischen schon gut befreundet.“ Sie stieß einen tiefen Seufzer hervor. „Eines weiß ich mit Sicherheit“, sagte sie mit einem Augenzwinkern, „ich werde dem lieben Gott jeden Tag auf Knien danken, wenn ich die beiden unbeschadet groß habe.“

„Das kannst du laut sagen", ließ sich hinter Helen die tiefe Stimme von Juttas Mann Ihno vernehmen, der nun unvermittelt Daumen und Zeigefinger in den Mund nahm und ein so schrilles Pfeifen hervorstieß, dass Helen das Gesicht verzog und reflexartig die Hände auf ihre Ohren legte. „Lasst die Sauen in Ruhe und seht zu, dass ihr Land gewinnt!", rief Ihno seinen Söhnen zu, die unter dem Pfiff zunächst zusammengezuckt waren, nun aber ein breites Grinsen auf den schlammverschmierten Gesichtern hatten und ihrem Vater fröhlich zuwinkten. Nur wenig später standen sie Faxen machend vor ihnen und versuchten erfolglos, sich gegenseitig den Matsch von den tiefgebräunten Körpern und aus den strohblonden Haaren zu wischen.

Helen erinnerten die zwei immer an Max und Moritz, wenn sie mit vermeintlich unschuldiger Miene vor ihren Eltern standen, man ihren rotwangigen Lausbubengesichtern jedoch deutlich ansah, dass sie in Gedanken bereits wieder den nächsten Streich ausheckten.

„Das wird so nichts, Jungs", schüttelte Ihno den Kopf. „Am besten ihr springt noch mal ins Wasser, bevor es Abendessen gibt." Er machte eine Kopfbewegung zum nahegelegenen Deich hin. „Imke sagte gerade, dass sie mit Kasper und Seppel an den Deich geht. Am besten geht ihr mit. Ist gerade Flut." Das ließen sich die Jungen nicht zweimal sagen, und so fuhren sie mit ihrer großen Schwester und umringt von ihren begeistert kläffenden Mischlingshunden Kasper und Seppel schon wenig später auf ihren Fahrrädern davon.

„Wo ist die Lütte?", fragte Ihno und schaute sich suchend

um. Er entdeckte seine Jüngste, die dreijährige Martje, im Sandkasten, wo sie gut gelaunt vor sich hin brabbelte und ihr aus Sand gebautes Prinzessinnenschloss mit Blütenblättern schmückte. „Na, da will ich doch mal gucken, ob ich der Prinzessin nicht noch ’n bisschen behilflich sein kann“, sagte er und schwang nur wenige Augenblicke später seine jauchzende Tochter an den Armen im Kreis herum.

„Auch auf die Gefahr hin, dass ich mich wiederhole: Ihr lebt hier wirklich wie im Paradies“, sagte Helen.

„Allerdings in einem sehr arbeitsreichen Paradies“, gab Jutta zu bedenken, fügte jedoch sofort fröhlich hinzu: „Aber ich würde um nichts in der Welt mit irgendwem tauschen wollen.“

„Nur schade, dass Markus so rein gar nichts Naturverbundenes hat“, seufzte Helen. Sie schaute zu Ihno und Martje hinüber, die nun nebeneinander im Sandkasten saßen und mit Traktor und Mähdrescher spielten. War sie bis zu ihrem ersten Treffen mit Juttas damaligen Bräutigam noch sehr skeptisch gewesen, dass ihre Freundin die richtige Entscheidung getroffen hatte, so hatte sie sie doch schnell um ihre Errungenschaft beneidet. Ihno war nicht nur ein äußerst sympathischer und stets freundlicher Zeitgenosse, sondern sah darüber hinaus auch noch fantastisch aus. Groß, durchtrainiert, markantes Gesicht. Seine hellblonden Haare waren stets verwuschelt und gaben ihm etwas Jungenhaftes. Das Auffälligste an ihm aber waren seine von langen Wimpern umrahmten, tiefblauen Augen, die die Farbe eines kristallklaren Gebirgssees hatten. Ja, Ihno war tatsächlich der Traummann, von dem Jutta ihren

Freunden damals auf ihrer Geburtstagsfeier vorgeschwärmt hatte. Und noch dazu war er der perfekte Familienvater, der Frau und Kinder abgöttisch liebte.

„Markus hat 'ne ausgewachsene Landallergie", nickte Jutta wissend, während sie das Teegeschirr abräumte und auf ein Tablett stellte. „Ich weiß nicht, was genau ihn in seiner Kindheit so traumatisiert hat. Aber als ich mich dazu entschloss, nach Ostfriesland umzuziehen, wusste ich, dass ich ihn hier wohl nicht sehr häufig zu Gesicht bekommen würde. Und, wie du weißt, ich hatte recht. Nach meiner Hochzeit ist er nicht mehr hier gewesen. Schade eigentlich, aber wohl nicht zu ändern."

„Blöd nur, dass ich ihn auch nicht viel häufiger sehe", erwiderte Helen, und ihre Stirn umwölkte sich. „Seit sechs Wochen ist er nun schon in China, dabei hätte ich ihn doch so sehr gebraucht."

„Schön ist das wirklich nicht", nickte Jutta. „Gerade jetzt, wo ihr euer erstes Kind erwartet."

„Wenn's nur das wäre", sagte Helen mehr zu sich selbst.

„Gibt's Probleme?" Jutta hielt alarmiert inne und stellte das Tablett, das sie gerade ins Haus hatte tragen wollen, wieder auf den hölzernen Gartentisch.

„Nichts von Bedeutung", wiegelte Helen ab. Sie wollte ihre Freundin nicht mit einer Sache belasten, die sich nach ihrer Rückkehr vermutlich von selbst erledigt hatte. Bestimmt hatte sich der Irre bis dahin ein anderes bedauernswertes Opfer gesucht und sie längst vergessen. Auch von Henning hatte sie seit ihrem Treffen im Café nichts mehr gehört, und somit war auch die diffuse Bedrohung, die sie in den ersten zwei Tagen nach ihrer Ankunft in Upleward noch gespürt hatte, immer weiter in den Hintergrund getreten und ließ sie nur noch nachts ab und zu mal aus dem Schlaf aufschrecken.

„Dich bedrückt doch irgendwas", ließ Jutta nicht locker. „Du denkst wohl, ich merke das nicht. Was natürlich völliger Quatsch ist. Schließlich kennen wir uns seit über dreißig Jahren. Und darum hab ich dir auch nicht geglaubt, dass du einfach nur mal für ein paar Tage Pause machen und die Seeluft genießen willst. Und das gerade jetzt, wo dein neues Buch erscheint und du vermutlich alles hast, nur keine Zeit. Also, meine Süße, raus mit der Sprache! Was treibt dich wirklich hierher?"

Helen zögerte kurz und stammelte dann nur unzusammenhängende Sätze von Schwangerschaft, hormoneller Umstellung und Sehnsucht nach Markus. Als aber Jutta sie mit hochgezogenen Brauen immer kritischer ansah und schließlich ungeduldig mit ihren Fingern auf den Tisch klopfte, brach plötzlich alles wie ein Sturzbach aus ihr heraus. Zunächst ergriff beim Erzählen wieder diese innere Kälte von ihr Besitz, die ihren Körper in den letzten Wochen wie eine Klammer aus Eis umfangen hielt. Mit jedem Satz aber, den sie sich von der Seele reden konnte, spürte sie, wie sich ihre Anspannung nach und nach zu lösen begann.

„Und die Polizei lässt dich einfach im Stich!?", stellte Jutta mehr fest, als dass sie es fragte, und sie reichte ihrer Freundin ein Papiertaschentuch. Helen guckte zunächst irritiert, denn sie hatte noch gar nicht bemerkt, dass dicke Tränen ihre Wangen hinunterliefen. Nun aber nickte sie dankbar und wischte sich mit dem Tuch im Gesicht herum.

„Nanu, was ist denn hier passiert? Und was ist mit der Polizei?", fragte Ihno, der mit seiner Tochter auf dem Arm unbemerkt wieder zu ihnen getreten war und nun prüfend von Helen zu seiner Frau und wieder zurück blickte, während Martje ihm Blüten ins Haar steckte und glucksend rief: „Guck mal, Mama, jetzt ist Papa eine Prinzessin!"

„Am besten machst du mal das Abendessen", ging Jutta nicht auf seine Frage ein, drückte ihm einen schnellen Kuss auf die Stirn und schob ihn dann unmissverständlich in Richtung Haus.

„Hätte aber schon gerne gewusst, warum man in meinem Garten so traurig ist", brummte er, kitzelte dann aber Martje am Bauch und sagte: „Na gut, dann werden wir zwei jetzt mal gucken, was es bei uns im Kühlschrank gibt."

„Ich würde mit der Geschichte an die Öffentlichkeit gehen", kam Jutta wieder aufs Thema zurück, nachdem Ihno mit Martje im Haus verschwunden waren.

„Und was soll das bringen?", fragte Helen lahm und fühlte sich plötzlich unendlich müde.

„Zum einen nimmt man dich bei der Polizei dann vielleicht endlich mal ernst oder…"

„Oder sie unterstellen mir erst recht eine Paranoia …", warf Helen ein, was Jutta mit einer wegwerfenden Geste quittierte und stattdessen ergänzte: „Womöglich zieht sich der Widerling dann von dir zurück, weil ihm die Sache zu heiß wird und er damit rechnen muss, dass ihm über kurz oder lang ein ehrgeiziger Paparazzo auf die Schliche kommt, der sein Foto ganz groß in der Zeitung veröffentlicht, damit sich die Solidargemeinschaft der unterdrückten Frauen an ihm abarbeiten kann.“

„Meinst du wirklich, die Öffentlichkeit interessiert sich dafür, ob mir irgendein Bekloppter das Leben schwer macht?“, meinte Helen zweifelnd.

„Die Öffentlichkeit, Schätzchen, will, dass du gute Bücher schreibst. Und ich möchte nicht wissen, was passiert, wenn deine Fans erfahren, dass dich irgend so ein Riesenarschloch daran hindert, indem er dir die Hölle auf Erden bereitet.“

„So wichtig werden sie mich dann wohl doch nicht nehmen“, murrte Helen und kaute nervös auf ihrer Unterlippe herum.

„Doch, Helen, ich wette, genau das werden sie“, entgegnete Jutta und sah sie mit schiefgelegtem Kopf an. „Ich glaube, meine Süße, du hast noch immer nicht begriffen, dass du spätestens seit deinem letzten Buch eine echte Berühmtheit bist, oder?“

„Berühmtheit, pah, was heißt das schon!“ Helen verzog das Gesicht, als hätte sie auf einen sauren Drops gebissen.

„Das heißt, dass dich jetzt sogar die Bekloppten gerne haben“, erwiderte Jutta mit einem schiefen Grinsen, um dann jedoch gleich wieder ernst zu werden. „Was ist denn mit Henning Kappel? Kann der da nicht was draus machen? Du hast doch noch Kontakt zu ihm, oder?“

Jutta bemerkte, wie Helen bei der Nennung ihres Freundes kurz zusammenzuckte. „Stimmt irgendwas nicht mit Henning?“, fragte sie lauernd.

„Henning, ach, der ist doch … der hat doch bestimmt keine Zeit für sowas. Er ist immer so ungeheuer beschäftigt und immer unterwegs und … so“, stammelte Helen, und sie spürte, wie ihr das Blut in den Kopf stieg. Auf keinen Fall wollte sie, dass Jutta von den abstrusen Ängsten Hennings erfuhr, die letztlich dazu geführt hatten, dass sie, Helen, jetzt hier bei ihr im Garten saß. Nein, dass Jutta womöglich das Gefühl bekam, wegen ihrer Anwesenheit in Gefahr zu sein, musste sie auf alle Fälle vermeiden. Außerdem war sie ja inzwischen selbst davon überzeugt, dass Henning mit seinen Befürchtungen maßlos übertrieben hatte. Er war einfach zu sehr in die schmutzigen Verbrechen dieser Welt involviert, als dass er noch objektiv urteilen konnte.

„Du verschweigst mir doch was, Helen. Warum macht es dich so nervös, wenn ich seinen Namen nenne? Ist er womöglich längst an der Sache dran?“

Helen zuckte mit den Schultern und versuchte, dabei möglichst teilnahmslos zu gucken. „Ich hab ihm von der Sache erzählt. Wir hatten uns vor ein paar Tagen auf einen Kaffee verabredet. Aber er meint, dass ich der Stalking-Geschichte nicht allzu viel Bedeutung beimessen soll, weil sich solche Sachen meist von selbst erledigen“, log sie.

„Das soll Henning gesagt haben? Hm. Das passt gar nicht zu ihm.“ Jutta musterte ihre Freundin prüfend. „Du verschweigst mir doch was, Helen. Das sehe ich dir an der Nasenspitze an. Also, was ist es?“

„Nichts. Ehrlich. Können wir jetzt bitte über was anderes sprechen?“, wand sich Helen. „Bitte, Jutta, die Sache hat mich in der letzten Zeit sehr mitgenommen, und ich war gerade froh, dass ich sie in den Tagen hier wenigstens ein Stück weit aus meinem Kopf verbannen konnte.“

Jutta sah sie skeptisch an, schien sich aber zunächst damit zufrieden zu geben. „Und Markus? Was sagt der dazu?", wollte sie wissen.

„Markus?" Helen zuckte mit den Schultern. „Ich hab es ihm noch gar nicht gesagt."

„Markus weiß nichts davon?" Jutta starrte sie mit offenem Mund an.

„Nein. Und außerdem: Was sollte er denn dann tun? Nein, Jutta, Markus hat mit seinem eigenen Kram genug zu tun, da braucht er keine hysterische Ehefrau, die sich verfolgt fühlt."

„Die sich verfolgt *fühlt*?", rief Jutta nun sichtlich empört aus. „Die von einem Irren verfolgt *wird*, wolltest du wohl sagen. Du leidest nicht an einer Paranoia, Helen, sondern bist einer echten Bedrohung ausgesetzt! Also, ich finde, dass Markus sogar ein Recht darauf hat, es zu wissen. Was ist denn, wenn der Bekloppte mit seinen Drohungen ernst macht und …"

„… ich morgen tot in der Bude liege?", ergänzte Helen säuerlich.

„Ja, sowas in der Art", nickte Jutta und ließ sich ermattet in einen Liegestuhl fallen. „Hast du deswegen all deine Smartphones, Tablets und Laptops zuhause gelassen?", fragte sie dann.

Helen nickte. „Ja, ich muss mir erst neue Nummern und Zugänge besorgen. Ich hab meinem Verlag gesagt, dass ich eine Auszeit nehme und sie alle anfallenden Dinge erledigen sollen. Sie waren zwar nicht begeistert aber …"

„Papperlapapp", winkte Jutta energisch ab. „Du bist deren goldscheißender Esel, da werden sie sich schon keinen Zacken aus der Krone brechen, wenn sie für dich mal ein paar E-mails beantworten."

„Das Essen ist fertig!", tönte in diesem Moment Ihnos Bassstimme von der Terrasse her.

„Hast du geweint?", fragte der kleine Wilko schmatzend, als Helen ihm Minuten später gegenübersaß.

„Ja, weil du immer mit vollem Mund sprichst", erwiderte seine Mutter und sah ihn mahnend an.

„Echt?" Wilko warf einen so verdatterten Blick auf sein Wurstbrot, dass alle am Tisch in lautes Gelächter ausbrachen.

„Wilko und Hauke haben eine Oma im Watt mit Matsch beworfen", petzte im nächsten Augenblick die achtjährige Imke und streckte den beiden die Zunge raus.

„Gar nicht!", schrie Hauke empört und schmiss seiner Schwester eine Cocktailtomate an den Kopf. Wilko, der die Idee erwartungsgemäß ganz prima fand, wollte es ihm gerade gleichtun, als Ihno nach seinem Handgelenk griff und ihm warnend den Finger vors Gesicht hielt.

„Es stimmt aber, dass …", erkannte Imke erneut ihre Chance, während sie Martje ein Stück Banane in den Mund schob.

„Gepetzt wird hier nicht!", schnitt Jutta ihr das Wort ab, was aus unerfindlichem Grund erst Martje und dann auch die Jungen dazu veranlasste, in ein ohrenbetäubendes Geschrei auszubrechen. Das wiederum wetteiferte im nächsten Moment mit dem lauten Schrillen des etwas altertümlichen Wandtelefons.

Während sich Helen, die einen solchen Lärm nicht gewohnt war, die Ohren zuhielt, stand Ihno auf und nahm den Hörer ab. „Hier bei Familie Ballerstaller“, meldete er sich und zwinkerte spitzbübisch in die Runde. „Ja, sicher, einen kleinen Moment bitte“, sagte er dann und hielt Helen den Hörer hin. „Für dich.“

Helen warf erst ihm und dann Jutta einen fragenden Blick zu, die aber war damit beschäftigt, ihre Kinder auf eine erträgliche Lautstärke herunterzuregeln und beachtete sie nicht.

„Es ist doch hoffentlich nichts mit meiner Mutter“, murmelte Helen. Bevor sie verreist war, hatte sie in der Klinik Juttas Festnetznummer hinterlassen. „Ja, bitte“, meldete sie sich und hielt sich mit einer Hand das Ohr zu, weil es in der Küche immer noch zuging wie auf einem orientalischen Basar.

„Was fällt dir ein, einfach in den Urlaub zu fahren, ohne mir Bescheid zu sagen!?“, brüllte ihr eine wohlbekannte Stimme aus dem Hörer entgegen, um dann im nächsten Moment zuckersüß zu säuseln: *„Aber bestimmt freust du dich, dass ich nun wieder in deiner Nähe bin, mein Liebling. Du wirst verstehen, dass ich dich für deine Unartigkeit bestrafen muss. Aber ich verspreche dir, dass wir es uns danach richtig schön machen.“*

Das Geschrei in der Küche endete abrupt, als Helen im nächsten Moment den Hörer fallen ließ und wie eine Marionette ohne Fäden in sich zusammenfiel.

4

4 Tage später

„Und ich sach noch *Mach, dass du hier wegkommst, Mann! Willst uns wohl die Urlauber vergraulen!*" Der Mann nahm einen tiefen Zug seiner Zigarette, dann warf er sie in den Sand und trat sie aus. Anschließend trug er sie zum Mülleimer und warf sie mit den Worten „Ist ja nicht gut, wenn die Kinner sie in 'n Mund stecken" hinein.

„Das ist ihm ja nun dennoch gelungen", stellte Hauptkommissar David Büttner trocken fest.

„Wem? Wat?"

Büttner deutete mit einem kurzen Fingerzeig auf die Leiche. „Ihm. Die Urlauber zu vergraulen."

„Wieso?"

Büttner nickte zum rotweißen Flatterband hinüber. „Weil der Trockenstrand für den Rest des Tages polizeilich gesperrt ist. Darf kein Urlauber rein."

„Ach so. Jo."

„Und Sie haben nichts angefasst?"

„Na ja. Ich hab ihn an der Schulter gerüttelt. Dachte ja, der wär stinkeduun. War der aber nicht. War nur tot."

„Er war was?", fragte Büttners Assistent Sebastian Hasenkrug irritiert.

„Tot.“

„Nee, das davor. Er war stinkewas?“

„Duun.“

„Das hatte ich verstanden, ja“, bemerkte Hasenkrug seufzend.

„Wat will der denn nu?“, wandte sich der vielleicht sechzigjährige Mann, der in eine Jeans und ein dunkelblaues Sweatshirt gekleidet war und sich ständig mit seinen schwieligen Händen über die Halbglatze fuhr, nun seinerseits irritiert an Büttner.

„Er will wissen, in welchem Zustand man sich befindet, wenn man stinkeduun ist“, antwortete der lapidar.

„In welchem Zustand?“ Seinem Gesichtsausdruck nach zu urteilen, schien der Mann tatsächlich angestrengt nachzudenken und sagte dann: „Blau ja wohl.“

„Sie nahmen also an, er sei betrunken“, stellte Hasenkrug fest.

„Sagen Sie mal, ist der nicht ganz gar?“, wandte sich der Mann erneut an Büttner und machte vor seinem Gesicht einen Scheibenwischer. „Das hab ich doch eben gesacht.“

„Sie dachten also, der Mann sei betrunken, haben ihn an der Schulter gerüttelt, um ihn wach zu bekommen, was aber nicht gelungen ist, weil Leichen in der Regel nicht gut wach zu bekommen sind“, fasste Büttner das soeben Gesagte in einem Satz zusammen, während Hasenkrug einen Flunsch zog.

„Jo.“

„Und was haben Sie dann getan?“

„Hab die Polizei gerufen. Dachte, das ist ja nicht normal, dass da einer blutüberströmt im Strandkorb sitzt.“

„Angefasst haben Sie dann aber nichts mehr."

„Nee. Nur mein Handy natürlich."

„Gut, Herr …"

„Poppens. Poppe Poppens."

„Gut, Herr Poppens. Das war's dann fürs Erste." Büttner winkte eine uniformierte Kollegin herbei und sagte: „Nehmen Sie Herrn Poppens' Aussage bitte zu Protokoll." Dann bedeutete er seinem Assistenten mitzukommen und stapfte durch den Sand in Richtung Strandkörbe, wo sich die Gerichtsmedizinerin Dr. Anja Wilkens gerade am Opfer zu schaffen machte. Der mit einer schwarzen Lederjacke und schwarzer Jeans bekleidete Tote lag zusammengesackt in einem Strandkorb. Der Kopf war auf die Brust gesunken, die Hände lagen schlaff auf seinen Oberschenkeln. Man hätte wirklich annehmen können, er würde schlafen, wenn da nicht die großen Blutflecke auf seinem hellen Hemd gewesen wären.

„Haben wir schon die Identität des Toten?", fragte Büttner Hasenkrug.

„Er hatte lediglich den Leseausweis einer Bibliothek bei sich. Der lautet auf den Namen Rolf Wernicke."

„Ist er von hier?"

„Wenn ihm der Leseausweis gehört, dann wohl eher nicht. Der wurde nämlich in der Stadtbibliothek in Köln ausgestellt."

„Ich dachte, die sei eingestürzt."

„Das war das Stadtarchiv."

„Ach ja, richtig. Sonst noch irgendwelche Hinweise?"

„Derzeit nicht."

„Gut. Dann fragen Sie schon mal alle Herbergsbetriebe

in der Gegend ab, ob jemand einen Gast namens Wernicke vermisst."

„Läuft schon."

„Okay. Ich nehme an, der Mann starb an dem Stich?", wandte sich Büttner nun an Dr. Wilkens.

„An den Stichen", korrigierte die Ärztin. „Es sind nämlich vier, soweit ich es sehen kann. Ob er daran starb, kann ich aber erst sagen, wenn er bei mir auf dem Tisch liegt."

„Er hat ziemlich viele Hämatome an Gesicht und Oberkörper", stellte Büttner fest.

„Ja. Allerdings würde ich sagen, dass sie deutlich vor den Messerstichen zugefügt wurden."

„Wie lange vorher?"

„Vielleicht 24 Stunden oder auch weniger."

„Eine Prügelei?"

„So sieht's zumindest aus, ja."

„Und er wurde hier im Strandkorb ermordet?"

„Ja. Es deutet alles darauf hin." Dr. Wilkens nahm ein Handy in die Hand und sagte: „Das hier lag neben ihm. Er hat wohl noch versucht, Hilfe zu rufen, es aber nicht mehr geschafft. Es wurde nur zweimal die Eins eingetippt."

„Gibt es Hinweise auf die Mordwaffe?"

„Ja. Ein Küchenmesser. Die Kollegen von der Spusi haben es im Papierkorb nicht weit vom vermutlichen Tatort gefunden, mit diversem anderen Unrat in eine leere Chipstüte eingewickelt."

„Klingt nicht besonders durchdacht, eher nach einer Panikreaktion. Können Sie schon was zum Todeszeitpunkt sagen?"

„Gegen Mitternacht, schätze ich."

„Und Herr Poppens hat ihn wann gefunden, Hasenkrug?“

„Gegen sieben Uhr, sagt er. Er läuft morgens immer den Trockenstrand ab, ob alles in Ordnung ist.“

Büttner schaute sich um. Noch lag der Küstenstreifen im Nebel, die Sonne aber gab sich schon sichtlich Mühe ihn zu durchdringen. Wenn man dem Wetterbericht glauben konnte, würde es spätestens gegen Mittag wieder sehr heiß sein. Der künstlich angelegte Trockenstrand von Upleward lag binnenlands, also unmittelbar hinter dem Deich. Und damit eigentlich auf der falschen Seite, denn um ans Wasser zu gelangen, musste man diesen erst überqueren. Neben etlichen bunten Strandkörben gab es hier ein Beachvolleyballfeld, einen Grillplatz sowie einen Abenteuerspielplatz mit einem halb versunkenen Holzschiff, das, so hatte es ihm seine Frau Susanne mal erklärt, das Schiff des Seeräubers Klaus Störtebeker darstellen sollte. Ein Kiosk, vor dem sich jetzt eine ganze Menge Leute tummelten und neugierig herübersahen, sorgte für das leibliche Wohl der Gäste.

„Ist schon interessant, was sich die Ostfriesen so einfallen lassen, um der Natur ein Schnippchen zu schlagen“, bemerkte Büttner. „Anstatt sich den mühsam aufgefahrenen Sandstrand von der Flut immer wieder wegspülen zu lassen, verlagern sie ihn einfach aufs Trockene. Gar nicht dumm gedacht.“

Er schaute zu der Menschenmenge am Kiosk hinüber, die immer größer zu werden schien. Es hatte sich anscheinend inzwischen herumgesprochen, dass es einen Leichenfund gab. Denn Büttners Erfahrung nach schliefen die Urlauber erstmal in aller Ruhe aus, frühstückten dann ausgiebig und machten sich erst danach auf den Weg zum Strand. Jetzt aber war es gerade mal halb neun am Morgen. Außerdem konnte er einzelnen Wortfetzen entnehmen, dass zumindest einige der Anwesenden der plattdeutschen Sprache mächtig, also keineswegs Touristen waren.

„Moin", hörte er eine Stimme neben sich. „Man sagte mir, dass Sie hier die Ermittlungen leiten."

„Und Sie sind?", entgegnete Büttner, obwohl er die Antwort schon erahnte, denn vor dem voluminösen Bauch seines Gegenübers pendelte eine Kamera hin und her, und in der Hand hielt er Notizblock und Bleistift. Außerdem kam ihm der Mann irgendwie bekannt vor.

„Henning Kappel. Freier Journalist."

„Henning Kappel?" Büttner überlegte kurz, sah den Mann abschätzend von oben bis unten an und sagte dann: „Doch nicht etwa der Kappel, der immer den Großen und Mächtigen schmerzhaft auf die Füße tritt?"

„Wenn Sie es so ausdrücken wollen, dann ja."

„Na, da guck mal an. Welch Prominenz in unseren Reihen! Und was treibt Sie ausgerechnet nach Upleward?"

„Ich wohne hier." Als Büttner ihn daraufhin ungläubig ansah, fügte er hinzu: „Also, nicht hier direkt, aber in Ostfriesland."

„Tatsächlich. Das hätte ich jetzt nicht gedacht. Ihresgleichen wohnt doch immer in Hamburg, München oder Berlin."

Henning Kappel schien auf die Frage nicht antworten zu wollen, sondern deutete in Richtung der Leiche. „Was hat es mit dem Toten auf sich?"

„Wieso fragen Sie? Haben Sie eine bestimmte Vermutung?", fragte Büttner lauernd. „Ich meine, seit wann interessieren Sie sich für ganz normale Leichen in ganz normalen Strandkörben?" Büttner kratzte sich am Kopf. „Oder haben wir irgendwas übersehen? Handelt es sich womöglich um eine prominente Leiche? Ein Mafiamord vielleicht? Oder ein Erpressungsopfer? Oder ein korrupter Politiker? Haben Sie den Toten vielleicht mit Ihren Ermittlungen in diese unwirtliche Situation gebracht?"

„Und wenn, dann würde ich es Ihnen nicht sagen", grinste der Reporter. „Aber falls Sie herausbekommen, dass es doch so war, dann sagen Sie mir bitte zeitnah Bescheid. Könnte sein, dass ich dann in Schwierigkeiten stecke."

„Ich verstehe immer noch nicht, warum ausgerechnet Sie sich für den Fall interessieren", ließ Büttner nicht locker.

„Nur deshalb, weil ich gerade zufällig hier vorbeigekommen bin. Als Privatperson sozusagen."

„Sie kommen am frühen Morgen zufällig hier vorbei? Noch dazu mit Kamera und Notizblock?" Büttner kräuselte die Lippen und sagte dann: „Wo, sagten Sie noch gleich, kommen Sie her?"

„Ich laufe gerne mal am Deich entlang, mache ein paar Skizzen und ein paar Fotos." Henning hielt Büttner seinen Notizblock unter die Nase, auf der tatsächlich eine Bleistiftzeichnung des Campener Leuchtturms zu sehen war. Dann klopfte er sich auf den umfangreichen Bauch und fügte hinzu: „Ich mache das bevorzugt morgens. Bei diesem Wetter komme ich mittags zu sehr ins Schwitzen."

„Das kenne ich", knurrte Büttner.

„Nun gut. Wenn Sie mir doch nichts über die Leiche verraten, dann kann ich ja auch wieder gehen."

„Heute Mittag wird es vermutlich eine Pressekonferenz geben.“

Henning winkte mit einer Handbewegung ab. „Nicht für mich. Bin ja nur privat hier. Außerdem bin ich dann schon wieder unterwegs. Schließlich darf man die Großen und Mächtigen dieser Welt nicht zu lange alleine lassen. Sie kommen sonst nur auf dumme Gedanken.“ Er warf einen letzten Blick zur Leiche hinüber und lief dann in Richtung Upleward davon.

David Büttner sah ihm noch lange hinterher. Sein Bauchgefühl sagte ihm, dass der Mann ihm nicht die ganze Wahrheit gesagt hatte.

„Bist du ein echter Polizist?“, fragte eine Kinderstimme neben Büttner, als er sich wenig später auf eine Bank setzte, um sich den Sand aus den Schuhen zu schütteln.

Büttner lockerte seine Schnürsenkel und sah den kleinen blonden Jungen, der ihn spontan an Michel aus Lönneberga erinnerte, von unten herauf lächelnd an. „Ja, das bin ich.“

„Und wieso trägst du dann keine Uniform?“

„Rate mal.“

Der Junge musterte ihn von oben bis unten und sagte dann: „Bestimmt, weil sie dir nicht mehr passt.“

Büttner lachte, während er den Sand aus seinen Schuhen rieseln ließ. „Ja. Das wird wohl der Grund sein.“

„Hast du keine Pistole?“, wollte der Junge dann wissen.

„Doch. Ich hab sie nur nicht bei mir.“

„Und warum nicht?“

Büttner umschrieb mit seinen Armen einen weiten Kreis.

„Weil alle hier, denen die Uniform noch passt, eine Pistole dabei haben. Das reicht doch, oder?"

Der Junge zuckte mit den Schultern, schien aber nicht überzeugt. Er drehte sich um und zeigte mit seinen kleinen, schmutzigen Fingern zum Strandkorb hinüber, vor dem die Mitarbeiter des Bestattungsinstituts gerade die Leiche in einen Zinksarg hievten. „Ich kenne den Mann", sagte er.

„Welchen Mann?", entgegnete Büttner, während er seine Schuhe wieder zuband.

„Den sie da gerade in die Kiste legen."

„Du kennst den Toten?" Büttner hob erstaunt die Brauen.

„Ja. Das ist Rolf."

„Rolf?" Büttner sah sich um und rief dann nach seinem Assistenten. „Der Junge kennt den Toten, Hasenkrug", sagte er, als der wenig später neben ihm stand.

„Und woher kennst du Rolf?"

„Er wohnte bei uns."

„Gehört er zu deiner Familie?"

„Nee. Der war nur als Gast da. Er hat mir gestern gesagt, dass er mir ein Eis schenkt, wenn ich ihm sage, wo Helen ist."

Büttner horchte auf und warf Hasenkrug, der eifrig etwas in seinen Notizblock kritzelte, einen bedeutungsvollen Blick zu. „Und? Hast du es ihm gesagt?"

„Nee. Mama hat gesagt, dass ich für den Rest meines Lebens den Schweinestall ausmisten muss, wenn ich mit jemandem über Helen spreche. Wäre ein doofes Geschäft gewesen, oder?"

„Zweifelsohne", nickte Büttner. „Und wie heißt du, wenn ich fragen darf?"

„Wilko."

„Und mit Nachnamen?“

„Hettinga.“

„Und wo wohnst du?“

Wilko zeigte in Richtung Dorf. „Da hinten, in Upleward. Auf dem Bauernhof.“

„Und was machst du so früh hier am Strand?“

„Och, ich hab hier Blaulicht gesehen und da wollte ich mal gucken.“

„Deine Mama weiß aber, dass du hier bist?“

„Ja.“ Wilko grinste zufrieden, als er hinzufügte: „Hauke wollte auch mitkommen, aber der durfte nicht, weil er Martje ’ne Hand voll Sand ins Gesicht geworfen hat.“

„So. Ist ja ’ne Menge los bei euch.“

„Das sagt Papa auch immer.“

„Gut, Wilko“, nickte Büttner und stand ächzend auf, „es war wirklich nett, mit dir zu plaudern. Jetzt muss ich aber wieder arbeiten.“

„Ist schon okay. Ich muss auch wieder nach Hause. Hab noch nicht gefrühstückt. Und Mama sagt, ohne Frühstück wird man nicht groß und stark.“ Zur Unterstreichung seiner Worte hob Wilko seinen sonnengebräunten Arm und griff sich an den Bizeps.

„Das habe ich meiner Tochter auch immer gesagt“, nickte Büttner belustigt.

„Echt? Aber Mädchen müssen doch gar nicht stark sein!“, bemerkte Wilko entschieden.

„Hat das auch deine Mama gesagt?“

„Nee. Das hat Rolf gesagt.“

„Und was genau hat Rolf gesagt?“, fragte Hasenkrug lauernd.

„Dass die Frauen immer tun müssen, was die Männer ihnen sagen."

Büttner warf einen Blick auf den Sarg, der gerade in den Leichenwagen geschoben wurde. „Sollte mich wundern, wenn sich der gute Rolf mit dieser Meinung besonders viel Freunde gemacht hat", murmelte er kaum hörbar, bevor er Wilko über den Kopf strich und sich auf den Weg zu seinem Auto machte.

5

Nachdem David Büttner einen längeren Spaziergang mit seinem Hund Heinrich gemacht hatte, weil seine Frau Susanne und seine Tochter Jette zum Samstagsshopping nach Bremen gefahren waren, saß er am späten Vormittag an seinem Schreibtisch im Polizeirevier und studierte das Personenprofil des Opfers, das Sebastian Hasenkrug in der Zwischenzeit zusammengestellt hatte.

Rolf Wernicke, 43 Jahre alt, geschieden, keine Kinder, wohnhaft in Köln. Abitur. Zivildienst. Studium der Diplom-Mathematik, nach drei Semestern abgebrochen. Lehramtsstudium der Mathematik und der Musik, nach vier Semestern abgebrochen. Studium der Sozialpädagogik an der Fachhochschule Düsseldorf, Abschluss nach 18 Semestern.

Büttner runzelte die Stirn. Der Kerl hatte 25 Semester und damit zwölfeinhalb Jahre studiert? Klang ja nicht gerade nach Zielstrebigkeit.

Nach dem Studium ein Jahr unbezahltes Praktikum. Anstellung in einer Jugendhilfe-Einrichtung, befristet auf zwei Jahre. Anstellung in einem Streetworker-Projekt, befristet auf zwei Jahre. Danach zwei Jahre arbeitslos. Umschulung. Seither Social-Media-Berater in einer kirchlichen Einrichtung.

„Puh!", schnaubte Büttner, „eine Bilderbuchkarriere sieht anders aus."

„Dafür hatte er auch keine Zeit", bemerkte Hasenkrug, der gerade zur Tür hereinkam und von Heinrich freudig begrüßt wurde. Er schmiss seinem Chef einen weiteren Hefter auf den Tisch und sagte: „Er war mit anderen Dingen beschäftigt und ist dabei bereits mehrfach aktenkundig geworden."

„Weswegen?"

„Sexuelle Belästigung, sexuelle Nötigung, schwere Körperverletzung. Fast alle Anklagen verliefen im Sande, es gab nur eine Verurteilung, die ihm ein Jahr auf Bewährung einbrachte."

Büttner pfiff durch die Zähne. „Und der wundert sich dann, wenn er sich eines Tages mausetot in einem Strandkorb wiederfindet."

„Leider klingt das auch nach 'ner Reihe Verdächtiger", gab Hasenkrug zu bedenken.

„Na ja. Ich vermute mal, dass sich der Kreis schnell eingrenzen lässt, weil ihm seine früheren Opfer wohl kaum alle bis nach Ostfriesland gefolgt sind."

„Vielleicht hat ihn ja jemand am Strand erkannt, der auch gerade hier Urlaub macht."

„Nichts ist unmöglich", nickte Büttner. Er dachte an den Journalisten, dessen Erscheinen am Tatort ihm noch immer Kopfzerbrechen bereitete. „Aber immerhin haben wir dank des kleinen Wübbo …"

„Wilko", korrigierte ihn Hasenkrug.

„Dank des kleinen Wilko haben wir aber immerhin einen Anknüpfungspunkt, nämlich die Familie Hett … Hettatata …"

„Hettinga.“

„Familie Hettinga aus Upleward, ja. Haben Sie schon herausfinden können, Hasenkrug, was es mit dieser Helena auf sich hat, die unserem Opfer anscheinend so am Herzen lag?“

„Helen. Nein. Ich dachte …“

„Nun, Hasenkrug, da dachten Sie richtig. Kommen Sie, wir machen jetzt einen kleinen Ausflug aufs Land und sehen uns dort mal das bäuerliche Leben näher an.“

„Ich hasse Bauernhöfe“, murrte Hasenkrug schlecht gelaunt, weil er sich nur allzu gut an einen noch nicht lange zurückliegenden Fall in Greetsiel erinnerte, bei dem er das Landleben besser kennen gelernt hatte, als ihm lieb gewesen war. Entsprechend widerwillig folgte er seinem Chef und dem freudig kläffenden Heinrich nach draußen.

„Moin. Wir sind leider ausgebucht“, sagte Jutta Hettinga und sah die beiden Männer, die soeben an der Haustür geklingelt hatten, freundlich lächelnd an, während sie ihre Hände mit einem Geschirrtuch trockenrieb.

„Kein Problem für uns“, lächelte Büttner zurück und hielt ihr seinen Polizeiausweis unter die Nase. „Mein Name ist David Büttner, dies hier ist mein Kollege Sebastian Hasenkrug. Wir sind von der Kriminalpolizei.“

„Ach, dann sind Sie sicherlich wegen des Vorfalls am Strand hier.“

„Sie wissen davon?“

„Natürlich.“ Sie zögerte kurz und fügte dann hinzu: „Oder ist Wilkos Fantasie mal wieder mit ihm durchgegangen?“

„Nein, nein“, beeilte sich Büttner zu sagen. „Wir haben

Ihren kleinen Sohn am Tatort getroffen. Ein ganz entzückendes Kerlchen.“

„Ja, manchmal kann er auch entzückend sein“, grinste Jutta und nahm die hinzugestoßene Martje auf den Arm, die die beiden Männer nun neugierig musterte und Hasenkrug dann die Zunge herausstreckte. „He“, schimpfte ihre Mutter und gab ihr einen angedeuteten Klaps auf den Mund, „so begrüßt man aber keine Gäste! Also!?“

Martje schob die Unterlippe vor und sagte dann: „Moin.“

„Moin“, entgegnete Büttner amüsiert.

„Kommen Sie doch bitte mit in den Garten“, deutete Jutta um die Hausecke. „Ich habe gerade frischen Tee gemacht, und einen Zwetschgenkuchen gibt es auch dazu.“

Büttner warf einen Blick zurück zum Auto, in dem sich Heinrich wie wild gebärdete und an der Scheibe kratzte. „Wäre es ein Problem, wenn ich meinen Hund mitnehme?“, fragte er. „Er ist eigentlich ganz harmlos, auch wenn er gerade einen auf Randale macht.“

„Ich glaube, ein Problem wäre es vielmehr, wenn Sie ihn da drin ließen“, lachte Jutta.

„Wow“, entfuhr es Büttner, als er wenig später mit Heinrich an der Leine den Bauerngarten betrat, „Sie haben sich hier ja ein herrliches Fleckchen hergerichtet!“

Jutta bot ihnen einen Platz an und setzte Martje auf dem Boden ab, die auf ihren pummeligen Beinen sofort in Richtung Sandkasten davonstob. Heinrich legte seinen Kopf schief, ließ zunächst ein leises Winseln vernehmen, um dann erneut laut zu bellen. Anscheinend wollte er unbedingt hinter dem Mädchen her.

„Lassen Sie ihn ruhig laufen. Martje kennt Hunde.

Wir haben selber zwei in der Größenordnung. Sie heißen Kasper und Seppel", sagte Jutta und rief im nächsten Moment zum Haus hinüber: „Imke, bringst du bitte noch zwei Gedecke!?"

„Wie viele Kinder haben Sie, Frau Hettinga?", fragte Hasenkrug, als vor dem Haus nun noch ein weiterer Junge auftauchte, der dem kleinen Wilko recht ähnlich sah.

„Hm. Das frage ich mich auch manchmal", entgegnete sie augenzwinkernd, als sie sah, dass mit Hauke noch zwei weitere Jungen gleichen Alters um die Ecke bogen. „Meines Wissens sind es vier. An Tagen wie diesem aber auch leicht mal doppelt so viele."

„Um jetzt mal auf unseren Fall zurückzukommen", entsann sich Büttner des eigentlichen Grunds für ihren Besuch, nachdem er sich vergewissert hatte, dass Martje und Heinrich friedlich miteinander spielten. „Ich nehme an, Ihr Sohn hat Ihnen erzählt, um wen es sich bei dem Toten am Strand handelt?"

„Ja. Zumindest meinte er, der Tote habe ausgesehen wie unser Gast Rolf Wernicke. Der hat allerdings nur kurz bei uns gewohnt und ist dann weitergezogen. Gestern war er schon nicht mehr hier."

Büttner nickte und leckte sich unwillkürlich die Lippen, als Imke jetzt mit einer Tortenplatte voller Zwetschgenkuchen vor ihnen stand. „Moin", sagte sie knapp, stellte die Platte auf dem Tisch ab und sah ihre Mutter fragend an. „Darf ich jetzt zu Antje gehen?"

„Natürlich. Aber bis zum Abendessen bist du bitte wieder hier."

„Also", knüpfte Büttner wieder an das Gespräch an, nachdem Imke verschwunden war und er den ersten Bissen des köstlichen Kuchens hinuntergeschluckt hatte, „inzwischen steht fest, dass es sich bei dem Toten tatsächlich um Rolf Wernicke handelt. Seit wann war er bei Ihnen zu Gast?"

„Er ist vor drei Tagen angereist", antwortete Jutta. „Es hat ihm hier aber nicht gefallen. Zu viel Unruhe, meinte er."

„Ist Ihnen irgendwas an ihm aufgefallen?"

Jutta zögerte kurz, schüttelte dann aber den Kopf.

„Ihr Sohn erwähnte uns gegenüber eine Helen", mischte sich Hasenkrug ins Gespräch, weil sein Chef sich gerade ein großes Stück Kuchen in den Mund geschoben hatte.

Jutta, die dabei war, Kluntjes in die Tassen fallen zu lassen, hielt kurz in der Bewegung inne und tat einen tiefen Atemzug. „Helen … sie ist eine Freundin von mir", sagte sie dann nur, legte die Kandiszange zurück und nahm die Teekanne zur Hand.

„Wohnt sie auch hier in Upleward?"

Büttner bemerkte das leichte Zittern, das sich nun in Juttas Hand schlich, während sie Tee einschenkte. „Nein. Helen ist hier nur zu Besuch. Also, privat zu Besuch, nicht als Feriengast."

„Und in welchem Verhältnis steht sie zu Rolf Wernicke?"

„In welchem Verhältnis?" Jutta schob Büttner die Schlagsahne rüber, damit er sich selber bedienen konnte. „Sie kannten sich nicht, wenn Sie das meinen. Er ist ihr nur … also, irgendwie hat er sich ihr gegenüber etwas unangenehm verhalten."

Büttner war sich sicher, dass das nicht die ganze Wahrheit war. Ihm schien Jutta Hettinga, die sich ständig eine Haarsträhne hinters Ohr strich, jetzt viel zu nervös zu sein.

„Und wo ist Frau … Wie heißt Ihre Freundin mit Nachnamen?"

„Hallo, Jutta, du glaubst ja gar nicht …", erklang in diesem Moment eine hörbar aufgeregte Stimme zu ihnen hinüber. Büttner und Hasenkrug blickten auf und sahen sich nun einer recht attraktiven Frau gegenüber, die ein luftiges, hellblaues Sommerkleid trug und ihre mittelblonden Haare zu einem nachlässigen Pferdeschwanz gebunden hatte.

„Hallo, Helen", sagte Jutta tonlos. Sie deutete auf die beiden Polizisten. „Die Herren sind von der Kriminalpolizei."

Helens Gesichtsfarbe wurde um eine Nuance blasser. Sie kniff die Lippen zusammen und sah von einem zum anderen. Als ihr Blick auf Hasenkrug fiel, fingen ihre Augenlider nervös an zu flackern. „Sebastian!?", sagte sie dann ungläubig.

„Hallo, Helen", nickte dieser der Frau knapp zu und schien peinlich berührt. Auf seinen Wangen hatten sich hektische rote Flecken gebildet.

„Ich wusste gar nicht … was machst denn du in Ostfriesland, Sebastian? Ich meine …" Helen stockte und ließ sich umständlich auf einem Stuhl nieder.

Büttner räusperte sich vernehmlich, nachdem er den Blick von Jutta eingefangen, diese aber nur mit den Schultern gezuckt hatte. „Sie kennen sich wohl schon", stellte er dann überflüssigerweise fest.

„Wir kennen uns aus Köln. Da hatte ich meinen ersten Job nach der Ausbildung", erklärte Hasenkrug.

„Sie sind auch Polizistin?", fragte Büttner und sah Helen prüfend an.

„Nein, Helen ist Schriftstellerin“, beeilte sich Hasenkrug zu sagen, als diese nicht reagierte, sondern ihn nur weiterhin mit blassem Gesicht irritiert musterte. „Helen Rössling.“

„Helen Rössling?“ Büttner bekam große Augen. „Sie sind *die* Helen Rössling?“

„Liebesromane“, nickte Hasenkrug.

„Das ist ja ’n Ding. Meine Frau hat jedes Buch von Ihnen mindestens dreimal gelesen.“ Büttner schwieg für eine Weile und schien ehrlich perplex, dann aber sah er Hasenkrug mit gerunzelter Stirn an und sagte: „Und *Sie* kennen Frau Rössling?“

„Können wir das später klären?“ Hasenkrug fand es nicht besonders lustig, hier und jetzt über seine Vergangenheit ausgefragt zu werden.

„Möchte noch jemand ein Stück Kuchen?“, meldete sich Jutta mit einem Räuspern zu Wort. Auch sie hatte zunächst auf dem Schlauch gestanden, nun aber dämmerte ihr, in welcher Beziehung dieser Hasenkrug und ihre Freundin zueinander standen. Da war mal was gewesen, vor langer Zeit. Helen hatte sogar ihr gegenüber immer ein größeres Geheimnis darum gemacht. Allerdings war auch sie der Meinung, dass man die Geschichte nicht unbedingt in Anwesenheit seines Chefs aufdröseln musste – auch wenn sie selbst vor Neugierde beinahe platzte.

„Also, Frau Rössling“, kam Büttner aufs Thema zurück, nachdem ihm Jutta ein weiteres Stück Kuchen auf den Teller geschaufelt hatte. „Wie Sie sicherlich bereits wissen, wurde heute Morgen am Trockenstrand ein Mann tot aufgefunden. Der Tote heißt Rolf Wernicke.“ Als er den

Namen nannte, bemerkte er, wie Helen kurz zusammenzuckte. „Ich wüsste nun gerne, was zwischen Ihnen und Herrn Wernicke vorgefallen ist."

„Was soll denn vorgefallen sein?", fragte sie schwach.

„Okay, Frau Rössling, dann andersherum. Wie wir aus sicherer Quelle wissen, hat Herr Wernicke Sie während seines kurzen Aufenthalts hier belästigt. Und ich wüsste nun gerne, um welche Form von Belästigung es sich dabei gehandelt hat."

Helen warf Jutta einen vorwurfsvollen Blick zu, die aber hob nur abwehrend die Hände, als wollte sie sagen, dass Büttner dieses Wissen nicht von ihr habe. „Na gut", sagte sie dann. „Rolf Wernicke ist vor einigen Tagen hier aufgetaucht. Als ich ihm über den Weg lief, fing er auf unangenehme Art an mich anzubaggern. Es war ziemlich … widerlich."

„Und Sie, Frau Hettinga, haben dann Ihre Freundin ausquartiert, um sie vor diesen … Attacken zu schützen? Oder wie sonst hat es Ihr Sohn gemeint, als er sagte … Hasenkrug?" Als dieser nicht reagierte, versetzte Büttner ihm einen leichten Stoß an die Schulter. „Hallo? Erde an Hasenkrug!"

„Ähm … äh … was?" Sebastian Hasenkrug, der in Gedanken gerade in seiner Vergangenheit gewesen war, blickte seinen Chef sichtlich verwirrt an.

„Ich hätte gerne das Zitat des kleinen Wilko. Er hat sowas gesagt wie *Ich darf niemandem verraten, wo Helen ist.*"

Hasenkrug blätterte in seinem Notizblock, dann zitierte er: „Mama hat gesagt, dass ich für den Rest meines Lebens den Schweinestall ausmisten muss, wenn ich mit jemandem über Helen spreche."

Jutta ließ ein kurzes Glucksen vernehmen, wurde dann aber sofort wieder ernst und hob entschuldigend die Hand.

„Also", bemerkte Büttner, „meiner Ansicht nach sagt man so etwas nur, wenn sich eine Person in einer für sie bedrohlichen Situation befindet. In diesem Fall galt die Bedrohung also wohl Ihnen, Frau Rössling. Zumindest scheint es mir ein wenig mehr gewesen zu sein, als … widerliche Anmache." Als beide Frauen schwiegen, fügte er an Jutta gewandt hinzu: „Wäre es da nicht eigentlich ein logischerer Schritt gewesen, Herrn Wernicke des Hauses zu verweisen, wenn er sich Ihrer Freundin gegenüber so inakzeptabel benimmt? Es klang jedoch so, als sei er freiwillig gegangen. Und außerdem verlässt dann trotzdem auch Frau Rössling Ihren Hof? Das will mir nicht so ganz in den Kopf."

„Frau Rössling, also Helen, hat selbst darauf bestanden zu gehen, weil sie … ja, sie wollte nicht, dass er womöglich wegen ihr noch mal zurückkommt und Ärger macht."

Büttner sah sie ungläubig an, beschloss aber, es erstmal so stehen zu lassen. „Wo haben Sie sich denn in den letzten Tagen aufgehalten, Frau Rössling?", wollte er dann von Helen wissen.

„Freunde von uns haben ein kleines Gästehaus in Greetsiel", antwortete stattdessen Jutta.

„Und warum sind Sie nicht nach Hause zurückgekehrt, wenn Sie sich hier verstecken mussten, Frau Rössling? Die Geschichte muss Ihnen den Aufenthalt hier doch ziemlich vermiest haben, oder?", ließ Büttner nicht locker.

„Ich … ach, wissen Sie … mein Mann … er stand hier plötzlich vor der Tür, und da haben wir beschlossen, uns gemeinsam noch ein paar schöne Tage zu machen."

Büttner bemerkte, wie Hasenkrug bei diesen Worten aufblickte, beachtete ihn jedoch nicht weiter. „Ihr Mann? Das heißt Sie waren zunächst alleine hier und er kam hinterher?"

„Ja. Er war für einige Wochen beruflich in China gewesen und hatte eigentlich auch noch länger bleiben wollen. Aber dann …"

„Aber dann?" Mit einer schnellen Bewegung seiner Hand scheuchte Büttner zum wiederholten Male eine aufdringliche Wespe von seinem Kuchen, die sich ständig darauf niederließ.

„Er war schneller fertig als gedacht und ist dann hierher gekommen, statt nach Köln zu fahren."

„Was hätte er in Köln vorgehabt?"

„Wir wohnen in Köln."

„Ach was." Büttner warf Hasenkrug einen bedeutungsvollen Blick zu, der aber schien gedanklich schon wieder ganz woanders zu sein. „Rolf Wernicke kam auch aus Köln. Haben Sie das gewusst?"

„Natürlich haben wir das gewusst", mischte sich Jutta ein. „Es stand in seiner Anmeldung."

„Und es kann nicht sein, dass Sie sich in Köln bereits mal begegnet sind, Frau Rössling?", hakte Büttner nach.

„Was versuchen Sie hier eigentlich zu konstruieren?", antwortete stattdessen Jutta und tätschelte ihrer Freundin den Arm. „Es klingt ja fast so, als würden Sie Helen unterstellen wollen, etwas mit dem Tod von Rolf Wernicke zu tun zu haben."

„Wir müssen in alle Richtungen ermitteln", entgegnete Büttner und wischte sich müde übers Gesicht.

„Dann fragen Sie doch mal beim Kioskbesitzer unten am

Strand nach. Wie ich hörte, ist Wernicke da gestern ganz mächtig mit einem anderen Kunden aneinandergeraten.“

„Woher wissen Sie das, Frau Hettinga?“

„Dies ist ein Dorf, Herr Kommissar.“

„Wurden auch Namen genannt?“

„Es hieß, Wernicke habe sich mit Geert Uphoff in die Haare gekriegt und dann seien die Fäuste geflogen.“

„Wo finde ich diesen Geert Uphoff?“

„Er wohnt in der Rotdornstraße.“

„Hasenkrug, haben Sie das?“

„Ähm … was ?“

Büttner seufzte. „Schreiben Sie einfach den Namen Geert Uphoff auf. Alles andere erkläre ich Ihnen später.“

„Ich müsste mich dann mal um die Hühner kümmern“, sagte Jutta und sah Heinrich hinterher, der soeben Kasper und Seppel entdeckt hatte, die schwanzwedelnd auf ihn zuliefen.

„Ja. Tun Sie das“, meinte Büttner. „Wir kommen dann auf Sie zu, wenn wir noch Fragen haben.“ Er stand auf und wandte sich an Helen: „Und Sie halten sich bitte zu unserer Verfügung. Ich nehme an, dass wir Sie ab jetzt wieder hier auf dem Hof antreffen?“

„Ja“, nickte Helen, „mein Mann packt gerade unsere Sachen zusammen.“

Auch wenn er wenig später intensiv damit beschäftigt war, Heinrich von Kasper und Seppel loszueisen, die sich blendend zu verstehen schienen, entging Büttner nicht, wie Hasenkrug und Helen sich zum Abschied einen langen, wenn auch unergründlichen Blick zuwarfen.

„Als Erstes wüsste ich nun gerne, in welcher Beziehung Sie zu Helen Rössling stehen“, sagte Büttner zu Hasenkrug, als sie wieder im Auto saßen. Sie hatten sich auf den Weg in die Rotdornstraße gemacht, um sich mit Geert Uphoff zu unterhalten, der sich angeblich am Abend zuvor mit Rolf Wernicke eine Prügelei geliefert hatte. „Nicht, weil ich besonders neugierig bin“, fügte er schnell hinzu, obwohl er natürlich, was er nie zugegeben hätte, so gespannt war wie ein Flitzebogen, „sondern weil ich wissen will, ob Ihre emotionale Beziehung zu ihr irgendwelche Auswirkungen auf unsere Ermittlungen haben könnte. Ich nehme an, Sie verstehen, was ich damit meine.“

Hasenkrug spürte, wie ihm das Blut heiß in die Wangen stieg. Er hatte wenig Lust, sich jetzt mit seinem Chef über Helen zu unterhalten, zu sehr hatte ihn die unerwartete Begegnung mit ihr aufgewühlt. Aber er wusste, dass er gar keine andere Möglichkeit hatte, als es seinem Chef zu erzählen. „Ich sagte ja schon, dass wir uns bei meinem ersten Job kurz nach meiner Ausbildung in Köln kennen gelernt haben“, sagte er daher gepresst.

„Privat oder beruflich?“

„Hm. Erst beruflich und dann … ja, wenn Sie so wollen, dann wohl auch privat.“

„Wie privat?“

„Ich … ähm … wir …“ Wenn Büttner gedacht hatte, Hasenkrugs Gesicht habe bereits das Maximum an roter Färbung angenommen, so wurde er jetzt eines Besseren belehrt, denn dessen Kopf leuchtete nun so tiefrot wie vermutlich Büttners Kontostand nach der Shoppingtour seiner Tochter.

„Sie hatten ein Verhältnis mit ihr?", half ihm Büttner auf die Sprünge.

„Ja, nein, ich, wir …"

„Vielleicht fangen Sie einfach am Anfang an und hören am Ende auf", stöhnte Büttner, während er seinen Wagen am Straßenrand vor dem Haus der Uphoffs parkte. „Also?"

Hasenkrug fingerte nervös an seinem Hemdkragen herum, der ihm plötzlich zu eng zu sein schien, dann begann er stammelnd zu sprechen: „Sie war damals Zeugin in einem Fall, den ich in meinem Team bearbeitete. Es ging um einen brutalen Raubüberfall. Ich, wir … irgendwie hat es gefunkt, wir haben uns verabredet, sind ins Kino gegangen und dann … blöderweise hat mein Chef Wind von der Sache bekommen, und es gab ohne Ende Ärger, wie Sie sich vorstellen können." Hasenkrug strich sich fahrig über das Kinn und sagte dann leise: „Das alles war Helen zu stressig. Außerdem hatte sie bereits einen Freund, und den wollte sie nicht verlassen. Es ist jetzt zwölf Jahre her. Wir … waren noch sehr jung damals."

„Sie hätten die Beziehung aufrechterhalten? Trotz des Ärgers, der unweigerlich damit verbunden gewesen wäre?", wollte Büttner wissen.

„Ja", nickte Hasenkrug. „Ja, ich glaube, das hätte ich."

„Na, ehrlich sind Sie ja wenigstens", stellte Büttner fest und stieg aus, was den bis dahin still vor sich hin schlummernden Heinrich unvermittelt in helle Aufregung versetzte. Büttner öffnete den Kofferraum und ließ ihn hinausspringen. Zwar fand er es nicht besonders geschickt, Heinrich mit zu einer Befragung zu nehmen; allerdings war es draußen inzwischen schon wieder so heiß, dass er den Hund auf keinen Fall im Fahrzeug lassen wollte. Zur Not konnte er ihn ja immer noch an einem schattigen Platz anbinden, wenn im Hause Uphoff jemand an einer Hundeallergie oder -phobie litt, befand er.

„Moin. Geert Uphoff?", fragte er, als ein stämmiger Mann mit rotbackigem Gesicht und Grillzange in der Hand nach seinem Klingeln die Haustür öffnete.

„Moin. Wir kaufen nichts, unsere Kinder laufen selbst", erwiderte dieser mit einem breiten Grinsen. Doch wich dieses schnell einer gerunzelten Stirn, als Büttner und Hasenkrug ihm ihre Ausweise unter die Nase hielten. „Sind Sie wegen dem Toten am Trockenstrand hier?", fragte er nun schon sichtlich weniger entspannt.

„So sieht's aus", nickte Büttner. „Wir haben gehört, dass Sie sich gestern Abend nicht besonders gut mit ihm vertragen haben."

„Kommen Sie mit auf die Terrasse", winkte Uphoff die beiden Polizisten herein, „sonst hab ich gleich Briketts statt Steaks auf dem Grill."

„Darf ich den Hund mit reinnehmen?", zeigte Büttner auf Heinrich, der den korpulenten Mann, der so gut nach gegrilltem Fleisch roch, eifrig beschnupperte.

„Jo. Man zu."

Büttners Magen fing trotz Zwetschgenkuchenfüllung unanständig laut an zu knurren, als ihnen auf der Terrasse der köstliche Duft über Holzkohle gegrillten Fleisches entgegenschlug. Drei Augenpaare musterten sie neugierig, als sie zur Tür hinaustraten, und allen dreien sah man an, dass sie gutem Essen gegenüber selten abgeneigt waren. Das bestätigte auch der Fleischberg, der neben dem hochwertigen

Grill noch darauf wartete zubereitet zu werden. Entweder erwarteten die Uphoffs noch einen Bus voller Gäste, oder aber sie hatten tatsächlich vor, sich jeder ein halbes Schwein hinter die Kiemen zu schaufeln.

Heinrich wollte sich sogleich auf den Teller mit Fleisch stürzen, wurde jedoch von seinem Herrchen in strengem Tonfall auf seinen Platz verwiesen. „Moin", sagte Büttner dann.

„Moin", erklang es im Chor zurück.

„Die Herren sind von der Polizei und wollen wissen, warum ich dem Kerl am Kiosk gestern die Fresse poliert habe", redete Geert Uphoff nicht lange drumherum, während er die Steaks auf dem Grill wendete.

„Das kann ich Ihnen sagen", brummte eine stark übergewichtige Frau, die in einer Schüssel mit mayonnaisegetränktem Kartoffelsalat rührte und Büttner aus schmalen Augen anstierte. „Wenn sich jemand an unserer Tochter zu schaffen macht, dann kriegt der schneller 'n paar auf die Zwölf, als er gucken kann."

„Er hat Sie belästigt?", wandte sich Büttner an ein vielleicht siebzehnjähriges Mädchen, das neben einem etwa gleichaltrigen Jungen in einer quietschenden Hollywoodschaukel saß und sich immer wieder mit dem bloßen Fuß am Tisch abstieß. Beide hielten eine Flasche Cola in der Hand.

„Er hat Jenny an den Busen gegrabscht", antwortete Geert Uphoff und wedelte bedrohlich mit einem Fleischmesser in der Luft herum. „Das macht so 'n Arschloch nicht zweimal, das können Sie mir glauben. So schnell guckt der gar nicht, wie ich Hackfleisch aus dem mach."

„Er hat Ihrer Tochter einfach so an den Busen gegrabscht?", hakte Hasenkrug nochmals nach. „Ohne Vorwarnung? Oder fühlte er sich dazu ermuntert?"

„Ermuntert?", funkelte Uphoff ihn böse an. „Sie meinen, ob Jenny freiwillig mit dem rumgemacht hat?" Er nahm einen Fleischhammer zur Hand und klopfte mit solcher Wucht auf ein noch rohes Schnitzel ein, als müsse es zuerst noch erlegt werden, bevor es auf den Grill landete. „Wenn meine Tochter mit jemandem rummachen will, dann ist das Ronny." Er deutete mit dem Hammer auf den jungen Mann in der Schaukel, der nun verlegen grinste. „Nee, nee, Herr Kommissar, der Kerl war einfach ein Perverser. Ist nur gut, dass ihn jetzt jemand kalt gemacht hat."

„Wie kommen Sie auf die Idee, dass er ein Perverser war?", fragte Büttner, dem angesichts des leckeren Essens das Wasser im Mund zusammenlief.

„Weil der in den letzten Tagen dauernd irgendwo Ärger gemacht hat", knurrte Uphoff. „Meint, er könnte hier Urlaub machen und reihenweise unsere Frauen vernaschen. Fragen Sie doch mal unten am Strand und am Kiosk nach, wie der sich die ganzen Tage aufgeführt hat. Eines kann ich Ihnen sagen, Herr Kommissar: Wenn's nach mir ginge, dann würde man solchen Männern die Eier abschneiden und gut is. Aber das darf man in diesem Land ja nicht laut sagen. Dann geht doch gleich wieder das Gejammer los, von wegen der hatte 'ne schwere Kindheit und so. Aber wissense was?" Er fuchtelte Hasenkrug nun mit dem Fleischmesser so gefährlich nah vor dem Gesicht herum, dass der erschrocken die Luft anhielt. „Ist mir scheißegal, was der für 'ne Kindheit hatte. So 'ne Kreatur gehört aus der Welt geschafft und gut is."

„Und das haben Sie dann getan", stellte Büttner ruhig fest.

Es dauerte eine Weile, bis Geert Uphoff begriffen hatte, was Büttner damit meinte, dann aber brach er unvermittelt in ein dröhnendes Gelächter aus. „Schön wär's, Herr Kommissar", grölte er, „dann hätte ich ihn gleich filetiert und heute auf den Grill geschmissen. Aber nee, wissense, für so 'n Stück Dreck geh ich nicht in den Knast. Da müssense wohl nach jemand anderem gucken." Er nahm sich einen Teller zur Hand, legte mit der Fleischgabel zwei Steaks darauf und stellte ihn vor Büttner auf den Tisch. „So, und nun essense mal was. So gutes Fleisch kriegense so schnell nicht wieder, das kann ich Ihnen versichern."

Sofort sprang Heinrich unter dem Tisch hervor, sah Geert Uphoff mit einem mitleiderregenden Blick an, begann erbärmlich zu winseln und hob bettelnd eine Pfote in die Höhe. Noch bevor Büttner ihn zurückpfeifen konnte, hatte Uphoff nach einem Würstchen gegriffen und es Heinrich vor die Pfoten geschmissen, der es sofort schmatzend verschlang.

„Darf ich fragen, was Sie beruflich machen?", fragte Büttner und nickte der Frau von Uphoff dankbar zu, die Kartoffelsalat auf seinen Teller schaufelte und ihm Senf und Ketchup reichte.

„Metzger", antwortete der und füllte einen weiteren Teller.

„Warum wundert mich das jetzt nicht?", murmelte Hasenkrug, kaute aber im nächsten Moment ebenfalls genüsslich auf seinem Steak herum, das ihm soeben von Uphoff gereicht worden war.

6

Gegrillt wurde an diesem Tag nicht nur bei Familie Uphoff, sondern gegen Abend auch auf dem Hof der Hettingas. Mit der Stimmung allerdings stand es hier, wie schon die Tage zuvor, nicht zum Besten. Und doch waren die Erwachsenen bemüht, den Kindern solange gute Laune vorzugaukeln, bis diese ins Bett gehen würden. Als Jutta ihre Sprösslinge schließlich ins Haus brachte, um ihnen vor dem Schlafengehen noch eine Geschichte vorzulesen, räumten Helen, Markus und Ihno das Geschirr zusammen und trugen es ins Haus. Die Sonne versank schon am Horizont, so dass es draußen nun schnell kühl werden würde. Also beschlossen sie, sich für den Rest des Abends bei einem guten Glas Wein ins Wohnzimmer zurückzuziehen.

„Dass Wilko aber auch nie die Klappe halten kann!", schnaubte Ihno zum wiederholten Male, als Jutta sich nach vollbrachter Lesestunde zu ihnen setzte und ihre müden Füße auf seine Beine legte, damit er sie massieren konnte.

„Es ist, wie es ist", gebrauchte Jutta einen seiner Lieblingssprüche und lockte ihm damit immerhin ein kurzes Lächeln ins sonnengebräunte Gesicht.

„Ja", nickte Markus, „Wilko können wir wohl kaum einen Vorwurf machen. Außerdem denke ich, dass die Polizei sowieso über kurz oder lang darauf gekommen wäre, dass dieser Widerling und Helen ein Problem miteinander hatten.“

„Bleibt nur zu hoffen, dass sie den Täter bald finden, damit endlich wieder Ruhe einkehrt“, meinte Helen mit belegter Stimme. Das plötzliche Auftauchen Rolf Wernickes in ihrem sicher geglaubten Ferienparadies hatte in ihrer Seele tiefe Spuren hinterlassen. Der Schrecken, den sie zuerst nach dem Telefonat und dann kurz nach seiner Ankunft bekommen hatte, als sie von einem Moment auf den anderen begriff, um wen es sich bei dem neu eingetroffenen Gast handelte, saß ihr noch immer in den Gliedern. Wie paralysiert hatte sie dagestanden und ihm fassungslos in die Augen gestarrt. Sie hatte wegrennen wollen, aber ihre Beine hatten sich auf einmal angefühlt, als wären sie in Beton gegossen. Völlig willenlos hatte sie seine Liebkosungen über sich ergehen lassen, während das Rauschen in ihrem Kopf so laut und betäubend gewesen war wie nie zuvor.

„Puh“, entfuhr es Jutta, deren Gedanken anscheinend gerade denselben Weg genommen hatten, „da steht doch dieser Typ an der Rezeption und unterschreibt seine Anmeldung, als plötzlich Helen zur Tür reinkommt. Diesen Blick, mit dem er sie total irre angeglotzt hat, werde ich nie vergessen. Und als er dann einfach zu ihr gegangen ist, sie um die Taille gefasst und dann ihren Hals geküsst hat, wäre ich beinahe in Ohnmacht gefallen. *Wie schön, dass wir nun endlich wieder zusammen sind, meine Süße!* hat er dabei ständig vor sich hingebrabbelt. Ich dachte wirklich, mir bleibt das Herz stehen!“

Helen brach in Erinnerung an diese Szene unvermittelt in Tränen aus und schlug die Hände vors Gesicht. In heftigen Weinkrämpfen brach sich die Anspannung der letzten Tage Bahn. „Pssssssst“, machte Markus, legte seinen Arm um ihre Schultern und strich ihr beruhigend immer wieder durchs Haar. „Nun ist doch alles gut, mein Liebling“, murmelte er. „Der Dreckskerl ist tot und wird dir nie wieder etwas antun.“

„Na, nur gut, dass …“ setzte Jutta erneut zum Reden an, wurde jedoch sogleich von ihrem Mann unterbrochen. „Wenn ihr mich fragt, sollten wir jetzt besser das Thema wechseln. Ihr seht doch, wie die ganze Sache Helen aufregt. Lasst sie erstmal zur Ruhe kommen. Und uns auch. Die letzten Tage waren der reinste Alptraum, nicht nur für sie, sondern für uns alle. Da besitzt der Kerl doch tatsächlich den Schneid, mir zu sagen, wenn mir die Gesundheit meiner Kinder lieb sei, dann …“ Ihno spürte, wie er sich, wie so oft in den letzten Tagen, schon wieder in Rage redete und machte eine abwehrende Handbewegung. „Also“, sagte er bestimmt und schlug sich entschlossen auf die Oberschenkel, „Schluss für heute! Je mehr wir uns dem Thema noch widmen, desto mehr Aufmerksamkeit bekommt der Typ auch noch nach seinem Tod. Und das gönne ich ihm nun wirklich nicht.“

Für eine ganze Weile schwiegen sich die Vier an und nippten, jeder in seine Gedanken versunken, an ihrem Wein. Nur Helen klammerte sich an einem Orangensaft fest. Dann aber rief Ihno plötzlich betont gut gelaunt in den Raum: „Wie sieht’s aus mit einer Runde Tischtennis? Ich könnte jetzt ein bisschen sportliche Betätigung gebrauchen. Das bringt uns alle auf andere Gedanken.“

Markus sah Helen fragend an, die aber schüttelte den

Kopf, und auch Jutta ließ sich in die Couch zurückfallen zum Zeichen, dass mit ihr an diesem Abend nicht mehr zu rechnen war.

„Geht ihr nur“, sagte Helen an die Männer gewandt, „ich glaube, Jutta und ich mixen uns lieber noch einen Cocktail und lassen den Abend gemütlich ausklingen. Oder?“

„Unbedingt“, stimmte Jutta ihr lächelnd zu.

„Ich will dich aber jetzt ungerne alleine …“, begann Markus, wurde aber von seiner Frau sogleich unterbrochen.

„Es ist völlig okay, wenn du mit Ihno noch ’ne Runde Tischtennis spielst, Markus“, sagte sie und brachte sogar ein schiefes Lächeln zustande. „Ich weiß doch, wie sehr du in den letzten Tagen dein regelmäßiges Fitnesstraining vermisst hast. Da kannst du doch Ihno jetzt einfach mal zeigen, wo der Hammer hängt.“

„So“, klatschte Jutta in die Hände, nachdem die Männer den Raum verlassen hatten, „und nun will ich endlich wissen, was es mit diesem Polizisten auf sich hat, der heute da war. Die Spannung zwischen euch hätte ja ausgereicht, um unseren ganzen Hof mit Strom zu versorgen.“

Helen seufzte. „Ich weiß ja nicht, was ich verbrochen habe, dass es ausgerechnet Sebastian ist, der in diesem Fall ermitteln muss. Keine Ahnung, was den in die Krummhörn treibt. Als ich ihn das letzte Mal gesehen habe, hat er so begeistert von Köln geschwärmt, dass ich glaubte, er würde sich für immer da festsetzen.“

„Ja, ja“, winkte Jutta ab, „aber nun sag schon. War das der Typ, mit dem du damals was angefangen hast, als …?“

„Ich hätte Lust auf ’nen Caipi“, unterbrach Helen sie

und stand auf, um in die Küche zu gehen. Jutta verdrehte die Augen, folgte ihr dann aber. Nachdem sie Zuckerrohrschnaps, Limetten, Rohrzucker und zerstoßenes Eis in ein Glas und die alkoholfreie, schwangerenfreundliche Variante in ein anderes gefüllt hatten, kramte Jutta noch ein wenig Salzgebäck aus dem Schrank und füllte es in eine Glasschüssel. Dann setzten sich die beiden Frauen an den großen, massivhölzernen Küchentisch, der in der Mitte des Raums stand, und Jutta startete einen erneuten Versuch, hinter Helens Geheimnis zu kommen, indem sie ihre Freundin herausfordernd ansah.

„Ja", nickte Helen und hob ergebend die Hände, „du hast recht. Sebastian ist der Mann, mit dem ich vor rund zwölf Jahren ein kurzes, aber heftiges Intermezzo hatte."

„Erstaunlich", erwiderte Jutta und zog kräftig an ihrem Strohhalm. „Er sieht gar nicht aus wie ein Latin Lover."

„Ist er auch nicht", grinste Helen, wurde dann aber gleich wieder ernst. „Sebastian war ganz anders als alle anderen Männer, die ich bis dahin gekannt hatte. Er hörte mir zu. Und er nahm mir die Angst. Weißt du, ich hatte damals ein wirklich übles Verbrechen beobachtet. Ein Typ hat einen anderen auf offener Straße brutal zusammengeschlagen, so dass der später im Krankenhaus gestorben ist. Auf der einen Seite wollte ich natürlich, dass der Täter bestraft wird. Auf der anderen Seite aber hatte ich Angst, dass er sich dafür rächen würde." Sie nahm eine Hand voll Salzgebäck, schob es sich in den Mund und fuhr dann fort: „Irgendwie ist es Sebastian mit seiner ruhigen Art gelungen, mir die Angst zu nehmen. Und dann, nur einen Tag später, wurde ich zu einer Gegenüberstellung geladen. Ich hab den Typen auf den ersten Blick erkannt und bin in Erinnerung an die Tat sofort wieder in Tränen ausgebrochen. Da hat er mich einfach in den Arm genommen und festgehalten. Er hat nichts gesagt. Er hat mich einfach nur festgehalten."

„Und dann?"

„Hm. Er fragte mich, ob ich mit ihm zum Italiener gehe. Und, weißt du was?"

„Mensch, Helen, mach's nicht so spannend!"

„Er wurde dabei ganz rot. Das war total süß!"

„Ja. So hatte ich ihn eingeschätzt", nickte Jutta. „Genauso 'n Typ ist das. Frag mich nur, warum so einer Polizist wird. Irgendwie hatte ich mir die immer … härter vorgestellt."

„Machos gibt's nun wirklich genug bei der Polizei. Denen tut so einer wie Sebastian mal ganz gut", erwiderte Helen bestimmt.

„Mag sein. Aber nun sag endlich, wie es weiterging!"

„Ich hab zu meiner Pasta viel zu viel Wein getrunken. Und du weißt ja …" – Helen hob auffordernd den Zeigefinger – „Alkohol macht Frauen spitz", sagten dann beide im Chor und lachten.

„Ja. Und so sind wir irgendwie in der Koje gelandet."

„Und das war's dann?"

„Nee." Helen schlürfte geräuschvoll den letzten Rest ihres alkoholfreien Caipis aus dem Glas, um es gleich darauf erneut aufzufüllen. „Ich hatte das Gefühl, dass ich genau ihn jetzt brauchte. Er gab mir Wärme, Geborgenheit. Und er war total verknallt in mich. Und außerdem: So schlecht war er gar nicht im Bett."

„Sag bloß. Und was ging schief?"

„Sein Chef hat's mitgekriegt."

„Autsch!"

„Ja. Genauso fühlte es sich an. Der hat vielleicht getobt, kann ich dir sagen! Ermittelnder Bulle schläft mit Hauptbelastungszeugin. Ging gar nicht!"

„Und dann hat Sebastian den Schwanz eingekniffen?" Erst als sie diesen Satz beendet hatte, bemerkte Jutta, welch nettes Wortspiel ihr da gelungen war, und – der Alkohol tat seine Wirkung – sie brauchte lange, bis sie sich von ihrem Lachanfall wieder erholt hatte.

„Nee", schüttelte Helen den Kopf. „Sebastian war so verliebt in mich, dass er für mich sogar seine Karriere hätte sausen lassen. Aber das war mir zu viel. Ich hab ihm gesagt, dass es aus ist und bin gegangen."

„Der Arme."

„Ja. Ich nehme an, dass er gelitten hat wie ein Tier. Ein paar Mal hat er noch versucht mich anzurufen. Aber ich hab ihn ignoriert. Was auch mir nicht leicht gefallen ist. Aber alles andere wäre der helle Wahnsinn gewesen."

„Und Jahre später sitzt er auf einmal hier im verschlafenen Upleward im Bauerngarten, macht nur seinen Job, ahnt nichts Böses und – Simsalabim! – steht die liebe Helen plötzlich wieder vor ihm."

„Ja. Das Schicksal kann schon manchmal gemein sein", sagte Helen nachdenklich.

„Aber du bist ihm hoffentlich nicht wieder verfallen!", rief Jutta so laut, dass es auch Markus und Ihno hörten, die gerade völlig verschwitzt zur Tür hereinkamen.

„Wem ist Helen verfallen?", wollte Markus wissen und hob fragend die Augenbrauen.

„Dir, mein Schatz, wem sonst!?", antwortete Helen ein bisschen zu schnell.

„Hast du mir irgendwas …?", wollte Markus nachhaken, Jutta aber kam ihm zuvor und rief: „Na, da habt ihr euch aber auch einen Caipi verdient, so abgekämpft, wie ihr ausseht!" Rasch sprang sie auf und holte zwei weitere Cocktailgläser aus dem Schrank.

Aber so schnell ließ sich Markus nicht abwimmeln. „Ich weiß ja, dass ich dich zu oft alleine lasse. Und gerade in den letzten Wochen, da hättest du …"

„Ist alles gut, mein Schatz", fiel Helen ihm ins Wort und verschloss seinen Mund mit einem langen Kuss. „Ich liebe dich", flüsterte sie ihm ins Ohr, „nur dich."

7

Genau das hatte er befürchtet, es aber eigentlich nicht hören wollen. Der Anruf seiner Kölner Kollegen erreichte ihn, als er, David Büttner, sich gerade über den Sonntags-Rollbraten hermachen wollte, den seine Frau Susanne so köstlich zubereitete. Nun aber war ihm der Appetit vergangen, was bei ihm nur sehr selten vorkam. „Tut mir leid", murmelte er, steckte sein Handy in die Tasche zurück und schob seinen Teller von sich.

„Schlechte Nachrichten?", fragte seine Frau besorgt, und auch seine achtzehnjährige Tochter Jette schaute nun neugierig von ihrem Smartphone auf.

„Ich fürchte, weiß es aber noch nicht genau", seufzte Büttner und fuhr sich mit der Hand übers Gesicht.

„Hat es was mit deinem neuen Fall zu tun? Mit dem toten Mann im Strandkorb? Wo war das noch gleich?"

„Upleward."

„Und deswegen hat dich gerade jemand angerufen?"

„Ja. Die Kollegen aus Köln. Und leider sieht es jetzt so aus, als ob wir eine Hauptverdächtige hätten."

„Und was ist daran so schlimm? Ich meine, womöglich ist der Fall dann doch schnell aufgeklärt, oder? Das kann dir doch eigentlich nur recht sein."

„In diesem Fall würde mich das nur nicht so recht freuen,

weil …", begann Büttner seinen nächsten Satz, wurde jedoch von Jettes aufgeregter Stimme unterbrochen. Wie immer hatte sie sich in Windeseile über den Mordfall im Internet informiert und rief jetzt mit glänzenden Augen: „Wow! Mama, du glaubst ja nicht, was hier steht, wer den Kerl im Strandkorb mit 'nem Messer erdolcht hat!"

„Aber Jette, es kann doch gar nicht sein, dass das da steht. Wir wissen doch noch gar nicht, wer es war", wies ihr Vater sie zurecht.

„Und was ist das dann?", entgegnete Jette und hielt ihm mit triumphierendem Blick ihr Smartphone unter die Nase. „Da steht's doch: *Erfolgsautorin Helen Rössling ersticht ihren Peiniger in Strandkorb.*"

Während Büttner noch sprachlos auf das Display starrte, verschluckte sich seine Frau heftig an einem Stück Kartoffel, das sie sich gerade in den Mund geschoben hatte. „Das … ich … aber … sagtest du … Helen Rössling?", keuchte sie entsetzt zwischen ihren Hustenattacken.

„Steht hier", nickte Jette und sah dabei recht zufrieden aus.

„Hast du … das gewusst?", fragte Susanne ihren Mann und wischte sich nach einem erneuten Hustenanfall die Tränen aus den Augen.

„Ich sag doch, dass wir … Himmel Herrgott noch einmal!", fing Büttner unvermittelt an zu fluchen. „Wenn ich den Schmierfink in die Finger kriege, dann …!" Er schaute seine Tochter mit hochrotem Kopf finster an. „Steht da, wer das geschrieben hat?"

Jette scrollte ein bisschen herum, dann sagte sie: „Ein Henning Kappel."

„Henning Kappel?" Büttners Stimme überschlug sich fast. „Wieso sollte denn ausgerechnet Henning Kappel so etwas schreiben? Das glaube ich doch im Leben nicht!" Als er die verdutzten Gesichter seiner beiden Frauen sah, fügte er hinzu: „Ihr wisst doch sicherlich, dass Kappel einer der herausragenden Journalisten dieses Landes ist!"

Während Jette nur mit den Schultern zuckte, schien es jetzt auch seiner Frau Susanne zu dämmern. „*Der* Henning Kappel soll *das* geschrieben haben? Das glaubst du doch wohl im Leben nicht, David."

„Hab ich doch gerade gesagt, dass ich das nicht glaube", knurrte der. „Ich lasse das gleich überprüfen. Und wenn ich denjenigen, der das verbrochen hat, in die Finger bekomme, dann dreh ich ihn höchstpersönlich bei Metzger Uphoff durch den Fleischwolf!"

„Wer ist Metzger Uphoff?", fragte Jette, doch ihr Vater schlug nur heftig mit der Faust auf den Tisch und sprang dann von seinem Stuhl auf. „Ich muss ins Kommissariat!", rief er über die Schulter zurück, und schon im nächsten Moment fiel die Haustür hinter ihm ins Schloss.

Mit undurchdringlicher Miene, aber reichlich wächserner Gesichtsfarbe schaute Sebastian Hasenkrug seinem Kollegen über die Schulter, der soeben Helens Daumen und dann die weiteren Finger auf den Scanner legte, um von ihr die Fingerabdrücke zu nehmen. Er kniff die Lippen zusammen, als er bemerkte, dass Helen stumme Tränen über die Wangen liefen. Gerne hätte er sie jetzt in den Arm genommen und ihr über den Kopf gestrichen, so wie er es damals in Köln getan hatte, aber das ging natürlich nicht. Er musste jetzt einen kühlen Kopf und vor allem seine Professionalität bewahren. Allerdings war er sich nicht sicher, ob ihm das gelingen würde. Das Einzige, was er wusste, war, dass er die ganze Nacht nicht geschlafen hatte, weil ihm das Wiedersehen mit seiner großen Liebe mehr zu schaffen machte, als ihm recht sein konnte. Eigentlich hatte er gedacht, längst über Helen hinweg zu sein. Schließlich war seit ihrer kurzen Beziehung viel Zeit ins Land gegangen, und sein Leben hatte sich durch seinen Entschluss, Köln zu verlassen und ins vermeintlich verschlafene Ostfriesland zu ziehen, von Grund auf verändert. Aber, so musste er sich zum wiederholten Male eingestehen, was half alles Weglaufen, wenn man sich dabei selbst immer mitnahm!? Und wenn ihm – man stelle sich mal diese Ironie des Schicksals vor! – nun die Frau seines Lebens ausgerechnet in den Teil der Republik gefolgt war, von dem er angenommen hatte, dass er sie genau dort würde vergessen können?

Eine Hand auf seiner Schulter riss ihn aus seinen trüben Gedanken. Er schaute sich um und sah seinen Chef hinter sich stehen, der die Szenerie mit finsterer Miene musterte. „Der schriftliche Bericht der KTU liegt nun vor", sagte Büttner mit solch einer Grabesstimme, dass Hasenkrug unwillkürlich ein Frösteln durchfuhr. Ein Blick in das Gesicht seines Chefs sagte ihm auch ohne Worte, dass der Bericht mit Sicherheit nicht dazu beitragen würde, Helen aus ihrer misslichen Lage zu befreien.

„Das Messer, das wir im Papierkorb gefunden haben und das eindeutig als Mordwaffe identifiziert wurde, trägt ausschließlich Frau Rösslings Fingerabdrücke", fiel Büttner mit der Tür ins Haus, kaum dass sie an ihren Schreibtischen im Büro Platz genommen hatten.

Hasenkrug spürte, wie ihm das Blut aus dem Kopf sackte und ein eigentümliches Pfeifen in seinen Ohren urplötzlich dazu führte, dass er alle anderen Geräusche nur noch wie durch Watte gedämpft vernahm. „Aber sie war's nicht", sagte er mit belegter Stimme und griff sich an die schmerzhaft pochenden Schläfen. „Ich weiß, dass sie es nicht war."

„Damit dürften Sie ziemlich alleine stehen", entgegnete Büttner leise und schob einen blassgelben Pappordner zu ihm rüber. „Nach der Indizienlage können wir davon ausgehen, dass sowohl der Staatsanwalt als auch der Richter von einer Schuld Frau Rösslings ausgehen werden. Und, wenn Sie mich fragen, bleibt ihnen auch gar nichts anderes übrig."

„Aber was beweisen denn die Fingerabdrücke!?", rief Hasenkrug und raufte sich verzweifelt das spärlich verbliebene Haupthaar. „Ich meine, das heißt doch nur, dass Helen das Messer irgendwann mal in der Hand hatte. Es beweist aber nicht, dass …"

Büttner schnitt ihm mit einer Geste das Wort ab. „Das ist ja noch nicht alles, Hasenkrug. Ich verstehe ja, dass Sie keine Lust haben, die Akte intensiv zu studieren, aber Sie werden wohl nicht drumherum kommen, genau das zu tun." Büttner holte tief Luft und stieß sie dann geräuschvoll wieder aus. Dann fügte er hinzu: „Es sei denn, Sie wollen, dass man Sie von diesem Fall abzieht."

Hasenkrug hob den Kopf und sah seinen Vorgesetzten an, als hätte er ihm soeben ein unmoralisches Angebot gemacht. „Das … nein. Nein, nein. Auf keinen Fall!", rief er dann und straffte entschlossen den Rücken. „Das können Sie mir nicht antun, Chef!“

„Es geht hier nicht um mich, Hasenkrug. Sie selbst müssen sicherstellen, dass hier niemand auch nur auf die Idee kommt, Sie seien nicht in der Lage, in diesen Fall objektiv und ohne persönliche Motive zu handeln und zu entscheiden.“

Hasenkrug ließ sich müde in seinen Stuhl zurücksinken und nahm wortlos die Akte in die Hand. Er wusste, dass sein Chef recht hatte. Er, Sebastian Hasenkrug, musste sich jetzt verdammt noch mal zusammenreißen und einen klaren Kopf bewahren. Denn wenn man ihn von dem Fall abzog, würde er Helen nicht helfen können. Wenn ihr überhaupt noch zu helfen war, schoss es ihm im nächsten Moment durch den Kopf, als ihm dieser eine Satz im KTU-Bericht ins Auge fiel: *Unter den Fingernägeln des Opfers fanden sich Hautreste, die mit an Sicherheit grenzender Wahrscheinlichkeit Helen Rössling zuzuordnen sind.*

„Aber woher wissen die denn, dass es sich dabei um Helens DNA handelt?“, fragte Hasenkrug verwirrt. „Sie haben doch noch gar keinen Test gemacht.“

„Doch, haben sie“, entgegnete Büttner. „Ich hatte bei unserem Besuch bei den Hettingas, nun, sagen wir mal, ein wenig Material sichergestellt.“

„Wie das?“

„Der Zwetschgenkuchen. Er war ziemlich matschig. Alle haben nach ihrer Serviette gegriffen und sich den Mund abgewischt.“ Büttner räusperte sich, bevor er fast entschuldigend hinzufügte: „Nun ja, irgendwas bleibt immer hängen.“

„Sie hatten Helen von Anfang an in Verdacht?" Hasenkrug sah ihn ungläubig an.

„Nein. Meine Intention war vielmehr, den Verdacht von vornherein auszuschließen. Sowohl für die Hettingas als auch für Helen Rössling. Leider kam es anders."

Hasenkrug schluckte. Das sah nicht gut aus für Helen, gar nicht gut. Er bemühte sich, seine Gedanken zu sammeln und konzentrierte sich für einige Minuten auf die Akte. Die Kölner Kollegen hatten inzwischen die Wohnung von Rolf Wernicke durchkämmt und allerhand Unterlagen sichergestellt. Darunter etliche Fotos von Helen, die darauf hindeuteten, dass Wernicke sie über Wochen, wenn nicht gar über Monate in allen Lebenssituationen beobachtet und fotografiert hatte. Außerdem hatte er bei einem Onlineanbieter rund eine Woche lang Blumensträuße geordert und sie an Helens Adresse liefern lassen. Einige vorgefertigte Schreiben deuteten zudem darauf hin, dass Wernicke Helen mit irgendwelchen Schriftstücken belästigt hatte.

„Sie ist gestalkt worden", stellte Hasenkrug mit zittriger Stimme fest und ließ die Akte auf den Schreibtisch sinken. Er sah seinen Chef aus großen Augen an, als könne er nicht fassen, was er da gerade gelesen hatte. „Dieses Schwein hat Helen über Wochen observiert und belästigt!"

„So sieht's aus", nickte Büttner. „Und als er sie dann auch noch in ihrem Urlaub heimsuchte, hat sie schließlich kurzen Prozess gemacht."

„Hat sie nicht!" Hasenkrug ließ seine Fäuste auf den Schreibtisch niederfahren.

„Ich bat Sie, objektiv zu bleiben, Hasenkrug, schon vergessen?"

„Ja. Ja. Natürlich.“ Hasenkrug presste angestrengt die Lippen aufeinander und schwieg.

„Die Kölner Kollegen durchsuchen gerade die Wohnung von Frau Rössling. Außerdem schauen sich unsere Kollegen vor Ort bei den Hettingas um. In Kürze wissen wir also mehr. Ich würde vorschlagen, wir kümmern uns nun erst einmal um diesen ekelhaften Schmierfink, der meint, Frau Rössling noch vor ihrer Verurteilung im Internet öffentlich an den Pranger stellen zu können und dafür auch noch den Namen Henning Kappels besudelt.“ Büttner schnaubte. „Möchte mal wissen, warum er sich ausgerechnet dessen Namen aussucht. Hat er ihn womöglich mit mir am Strand gesehen? Oder haben sie sonst eine Rechnung offen? Möchte mal wissen, was der Wichtigtuer überhaupt weiß. Und wenn er was weiß, von wem er es weiß. Sollte mich wundern, wenn wir da nicht wenigstens ’ne Unterlassung erwirken können. Ich sage Ihnen, Hasenkrug, der kann sich warm anziehen, wenn …“ Der Rest des Satzes ging im Läuten von Büttners Handy unter. Als er es nach wenigen Minuten wieder beiseite legte, hatten sich auf seiner Stirn zwei steile Falten gebildet.

„Was ist?“, fragte Hasenkrug, als sein Chef ihn mit zusammengekniffenen Augen ansah und langsam den Kopf schüttelte.

„Im Messerblock der Familie Hettinga fehlt ein Messer. Und zwar das Messer, das wir im Papierkorb am Strand gefunden haben.“

8

Es war zum Verzweifeln. Alle Versuche, Henning Kappel zu kontaktieren, verliefen seit Stunden erfolglos. Auch die Polizisten, die die Aufgabe gehabt hatten, den Journalisten entweder zuhause oder sonstwo ausfindig zu machen und aufs Kommissariat zu bringen, kehrten unverrichteter Dinge wieder zurück. So, wie es aussah, hatte Kappel sich entweder aus dem Staub gemacht, nachdem er Helen Rössling in aller Öffentlichkeit zur Mörderin abgestempelt hatte, woran Hauptkommissar David Büttner allerdings nach wie vor am wenigsten glaubte. Oder aber er war aus anderem Grund verschwunden. Freiwillig oder unfreiwillig. Büttner ging zunächst einmal von Letzterem aus, denn schließlich lag es in der Natur von Enthüllungsjournalisten, dass sie immer mal auf unbestimmte Zeit in der Versenkung verschwanden, um dann mit einem Knalleffekt, der wochenlang die Berichterstattung der Medien bestimmen würde, wieder aufzutauchen.

Doch – wo auch immer Kappel sich gerade aufhielt – die Angriffe auf Helen Rössling gingen weiter. Gerade erst war eine Polizistin in Büttners Büro gekommen und hatte ihm den Ausdruck eines Screenshots auf den Schreibtisch gelegt. Unter der Überschrift *Polizei verhaftet Strandkorb-Mörderin Helen Rössling* hatte der angebliche Kappel sich

85

in wenigen Sätzen auf einem Internetportal darüber ausgelassen, wie erholsam es sei zu wissen, dass man diese *völlig
talentfreie Möchtegern-Autorin, die endlich ihr wahres Gesicht gezeigt hat*, aus dem Verkehr gezogen habe.

Zwischenzeitlich war auch eine Fotoserie im Internet
aufgetaucht, die den getöteten Rolf Wernicke leblos im
Strandkorb und später im Zinksarg zeigte. Und Kappel
hatte eine Kamera dabei gehabt, als er Büttner am Tatort ansprach. Das Foto könnte also tatsächlich von ihm
stammen. Doch eigentlich hatte Kappel bei Büttner nicht
den Eindruck erweckt, als sei ihm ein Foto der Leiche
besonders wichtig. Da der Kommissar im Laufe seiner
Karriere jedoch schon einiges an journalistischen Kniffen
und Tricks erlebt hatte, wenn es darum ging, sich ex-
klusive Bilder von Opfern oder Tätern zu beschaffen,
musste er die Möglichkeit, dass Kappel das Foto aus
welchem Grund auch immer gemacht hatte, zumindest
in Betracht ziehen.

Wie auch immer, dachte Büttner und legte den Screen-
shot in die Akte, ganz offensichtlich hatte es irgendein
Schmierfink auf Helen Rössling abgesehen und wollte
ihr mit seinen bewusst diffamierenden Behauptungen auf
infame Weise schaden. An einen Zufall glaubte Büttner
dabei nicht, sondern ging davon aus, dass derjenige sich für
seine Attacke ganz bewusst die Autorin ausgesucht hatte.
Also hatte Büttner seinen Assistenten Sebastian Hasenkrug – der angesichts der Veröffentlichungen sichtlich an
sich hatte halten müssen, um nicht in rasender Wut die
Büroausstattung zu Kleinholz zu verarbeiten – darauf an-
gesetzt, herauszufinden, wer genau dieser Henning Kappel

eigentlich war und ob bei ihm womöglich doch ein Motiv für diesen medialen Amoklauf zu finden war.

Büttner beschloss, nochmals zum Bauernhof der Hettingas zu fahren und Helen erneut zu vernehmen, solange Hasenkrug damit beschäftigt war, in den Akten, im Internet und per Telefon zu recherchieren. Es hatte eine Weile gedauert, bis Büttner die zuständige Haftrichterin angesichts der erdrückenden Indizienlast davon überzeugt hatte, Helen Rössling die Untersuchungshaft gegen die Zahlung einer hohen Kaution und die Einhaltung weiterer Auflagen zu ersparen. Durch die Blume hatte er immer wieder Helens Schwangerschaft ins Spiel gebracht, wohl wissend, dass die junge Richterin selbst erst vor wenigen Monaten ihr erstes Kind zur Welt gebracht hatte. Deren Gesichtszüge waren im Laufe der Anhörung dann auch immer weicher geworden, und schließlich hatte sie verfügt, dass Helen zunächst von der Haft verschont bleiben, zu den Hettingas zurückkehren und sich täglich bei der Polizei melden solle.

Als Büttner in Upleward ankam, setzte gerade ein feiner Nieselregen ein, der die heißen, staubigen Straßen mit einem dünnen feuchten Film benetzte und kleine Dampfwolken aufsteigen ließ. Der Wetterbericht hatte für Ostfriesland und das Emsland schwere Gewitter vorausgesagt. Derzeit sah es allerdings eher danach aus, als würden sich diese Gewitter vor allem im Binnenland austoben, während sich der Küstenstreifen mit ein wenig Nieselregen und der unweigerlich darauf folgenden Schwüle würde arrangieren müssen. Alleine beim Gedanken an solch ein Waschküchenwetter lief Büttner bereits der Schweiß den Rücken hinunter. Wenn er eines nicht leiden konnte, dann waren es tropische Wetterverhältnisse. Und eigentlich hatte er angenommen, in Ostfriesland von eben diesen verschont zu bleiben. Doch anscheinend machte der Klimawandel selbst vor diesem Landstrich nicht halt, und so hatte er in den letzten Jahren schon so manch schweißtreibenden Sommer über sich ergehen lassen müssen.

Auf seinem Weg nach Upleward hatte Büttner seinen Hund Heinrich ins Auto geladen, weil er wusste, dass der sich in der Gesellschaft der Hettinga-Kinder und -Hunde sehr wohl fühlte und Gelegenheit haben würde, sich richtig auszutoben. Und so geriet Heinrich auch bereits an der Einfahrt zum Hof ganz aus dem Häuschen und konnte es offenbar gar nicht abwarten, sich auf die Suche nach seinen neugewonnenen Kumpeln zu machen. Wie der Blitz stob er fröhlich kläffend davon, nachdem sein Herrchen die Klappe des Kofferraums geöffnet hatte, und wurde umgehend von Kasper und Seppel in Empfang genommen.

„Guten Tag, Herr Kommissar“, begrüßte ihn Helens Mann Markus von der Gartenpforte her und ersparte es dem Polizisten somit, an der Haustür zu läuten. Seinem Gesicht nach zu urteilen, schien sich Markus nicht besonders darüber zu freuen, Büttner zu sehen, was diesen angesichts der Umstände auch nicht verwunderte. „Moin“, grüßte er daher nur knapp zurück und fragte dann: „Ist Ihre Frau auch da?“

Dass diese Frage nicht die geschickteste gewesen war, wurde Büttner gleich darauf selber klar, als Markus spöttisch das Gesicht verzog und erwiderte: „Bevor Sie Ihre ganze Armada Spürhunde auf sie hetzen, haben wir heute mal davon abgesehen, unseren Urlaub ans andere Ende der Welt zu verlegen."

Büttner nickte nur und betrat den Garten. Helen sah ihm aus tiefliegenden, dunkel umrandeten Augen mit ausdrucksloser Miene entgegen, während alle anderen Anwesenden ihn neugierig musterten. Außer Helen saßen noch vier weitere Personen unter einem ausladenden Sonnensegel um den Gartentisch herum und hatten entweder ein Glas Bier oder Limonade vor sich. „Moin, Herr Kommissar", erklang eine tiefe Stimme aus der Runde heraus, und nach einem kurzen Zögern wusste Büttner auch, woher er den dazugehörigen Mann kannte. Es war Christian Beekmann, ein Landwirt aus Greetsiel, mit dem er in einem anderen Fall zu tun gehabt hatte. Neben ihm saß seine Frau Hedda, die er bisher allenfalls flüchtig kannte.

„Moin", grüßte Büttner und nickte den beiden zu. „Alles okay bei Ihnen? Wie geht es Ihrer Großmutter?" Uroma Wübkea Beekmann war ihm noch in sehr guter Erinnerung, da sie ihm nicht nur während seiner Ermittlungen in Greetsiel, sondern kurz darauf auch bei einem Fall in Pewsum praktisch ständig über den Weg gelaufen war. Sehr zu Hasenkrugs Leidwesen, dem die burschikose Art der alten Bäuerin nicht so wirklich gelegen hatte.

„Oma geht es gut", erwiderte Christian Beekmann. „Sie ist trotz ihres biblischen Alters noch jeden Tag im Stall und kümmert sich um die Tiere."

„Das freut mich zu hören", nickte Büttner und setzte

sich nach einer Aufforderung Juttas zu der Gruppe an den Tisch. Bereits im nächsten Moment hatte er auch schon ein Glas Limonade vor sich stehen, aus dem er durstig trank. „Ich habe meinen Hund dabei", wandte er sich dann an Jutta. „Ich hoffe, es ist in Ordnung, wenn ich ihn hier einfach laufen lasse."

Sie machte nur eine kurze, zustimmende Handbewegung und sagte dann: „Gibt's was Neues?"

Büttner warf Helen einen unsicheren Blick zu, die aber sagte nur müde: „Reden Sie ruhig ganz offen, Herr Kommissar. Hier wissen alle über alles Bescheid. Wir reden sowieso über nichts anderes, wie Sie sich sicherlich denken können."

„Ich würde Sie später trotzdem gerne noch alleine sprechen", entgegnete Büttner. „Aber da wir nun ja schon mal alle so nett beieinander sitzen, wüsste ich gerne, was in den Tagen von der Ankunft Rolf Wernickes bis zu dessen Tod passiert ist."

„Sie haben Ihre Täterin doch bereits gefunden", schnaubte Markus sichtlich ungehalten, „warum interessiert es Sie da noch, was wir zu sagen haben?"

„Oder glauben Sie etwa trotz allem noch an Helens Unschuld?", fragte Jutta lauernd.

„Es ist nicht meine Aufgabe, an irgendwas zu glauben", entgegnete Büttner bestimmt. „Ich habe in einem Mordfall zu ermitteln, und leider sieht es für Frau Rössling derzeit alles andere als gut aus. Umso wichtiger ist es, keinen Hinweis und keine Spur außer acht zu lassen. Noch habe ich die Ermittlungen nicht abgeschlossen. Mir ist das alles ein wenig zu … glatt."

„Sie meinen, jemand will Helen etwas anhängen?", fragte Ihno, der gerade aus dem Stall kam und eine ganze Kinderschar im Schlepptau hatte, die sich nun durstig über die Limonadenflaschen hermachte. Büttner erkannte die Hettinga-Kinder Imke, Hauke und Wilko sowie die Kinder der Beekmanns, Mareike und Jelko, die altersmäßig gut zu ihnen passten. Sobald sie versorgt waren, schickte Ihno sie in den Stall zurück, wo sie Cowboy und Indianer gespielt hatten.

„Ich schließe es zumindest nicht aus. Allerdings brauche ich Ihre Hilfe, da ich, wie gesagt, bisher nur eine recht vage Vorstellung davon habe, was hier in den letzten Tagen vorgefallen ist." Er nahm einen tiefen Schluck aus seinem Glas, dann fuhr er fort: „Sie, Frau Hettinga, hatten mir gesagt, dass sich Geert Uphoff mit Rolf Wernicke geprügelt habe. Das hat Uphoff inzwischen bestätigt. Auch sagte er, dass Wernicke seit seiner Ankunft mehrere Frauen belästigt habe. Haben Sie davon etwas mitbekommen?"

Die Erwachsenen warfen sich fragende Blicke zu, dann meinte Christian Beekmann: „Bei uns in Greetsiel geht das Gerücht, dass dieser Wernicke schon öfter mal wegen solchen Frauengeschichten angeklagt war. Stimmt das?"

„Dazu kann ich nichts sagen", antwortete Büttner knapp.

„Hm. Also in Visquard hab ich heute jemanden sagen hören, dass irgendjemand gesagt hat, dass der Kerl sich mit ein paar Kitesurfern am Deich angelegt hat", meldete sich Hedda Beekmann zu Wort. „Die müssen ziemlich verärgert gewesen sein. Einer sagte wohl, er solle bloß aufpassen, dass er ihnen nicht im Dunkeln über den Weg läuft."

„Welche Kitesurfer?", hakte Büttner nach.

„Hier in Upleward gibt es 'ne Kiteschule. Gleich hinterm Deich."

„Na, da werde ich dann morgen mal vorbeifahren. Was Genaueres wissen Sie aber nicht?"

Hedda schüttelte den Kopf. „Erzählt wird ja gerade 'ne ganze Menge. Weiß nicht, ob das überhaupt alles so stimmt."

„Nun gut." Büttner hatte den Eindruck, dass er so nicht weiterkam und sah zu Helen hinüber. „Frau Rössling, können wir uns jetzt bitte nochmals alleine unterhalten? Ich hätte da noch ein paar konkrete Fragen …"

„Ich wüsste nicht, warum ich nicht dabei sein sollte", unterbrach Markus ihn kühl.

„Herr Rössling", erwiderte Büttner betont ruhig, „ich glaube, Sie verkennen hier ein wenig die Situation, in der Ihre Frau gerade steckt. Wenn man unter Mordverdacht steht, ist es wahrhaftig keine gute Idee, allzu viele Forderungen zu stellen. Wir haben wirklich großes Glück gehabt, dass sie jetzt hier mit Ihnen im Garten sitzen kann und nicht das wenig erbauliche Leben in einer Gefängniszelle fristen muss. Das allerdings kann sich jederzeit ändern, wenn bei der Haftrichterin auch nur annähernd der Eindruck entsteht, dass sich Ihre Frau nicht kooperativ verhält oder sich von anderen zu solch einem Verhalten anstiften lässt. Ich hoffe, das ist klar angekommen!?"

Markus sah ihn aus dunklen Augen mürrisch an, sagte aber nichts. Büttner bemerkte aus dem Augenwinkel, dass Helen ihrem Mann einen beschwörenden Blick zuwarf.

„Also, Frau Rössling, wo können wir uns in Ruhe unterhalten? Oder wollen Sie lieber mit aufs Kommissariat kommen?"

„Nein", schüttelte sie schnell den Kopf, „nein, nein. Bitte entschuldigen Sie, Herr Kommissar. Wir sind hier alle in einer Ausnahmesituation, da kann es schon mal …"

„Geschenkt!", winkte Büttner mit einer Handbewegung ab. „Also?"

„Ihr könnt in die Küche gehen. Ich sorge dafür, dass euch keiner stört", sagte Jutta.

Die Küche der Hettingas war sehr geräumig und strahlte eine typisch ländliche Gemütlichkeit aus. Die Wände waren bis zur halben Höhe mit weißen Kacheln gefliest, auf denen mehrfach in blau gehaltene ostfriesische Motive wie Windmühlen, Krabbenkutter oder Klappbrücken zu sehen waren. Über den Fliesen waren die Wände bis zur Decke in einem Taubenblau gehalten und – soweit nicht mit Möbeln zugestellt – mit den handgemalten Bildern der Kinder beklebt. Nur eine der Wände, in die zwei große Sprossenfenster sowie eine Tür zum Garten eingelassen waren, war ausschließlich mit weiß gestrichener Raufaser tapeziert. In der Mitte des Raumes stand ein großer, massiver Holztisch, an dem mindestens acht Personen Platz hatten. Die Schränke, Regale, Vitrinen und Küchengeräte sahen aus wie zufällig durcheinander gewürfelt, auf ihnen standen endlos viele Tongefäße, Schüsseln und Körbe sowie bunt bemalte Blumentöpfe mit frischen Gartenkräutern. Dennoch vermittelte alles einen harmonischen Gesamteindruck, wie Büttner anerkennend feststellen musste.

Bevor sie sich zu Büttner an den Tisch setzte, machte

sich Helen Rössling am Wasserkocher zu schaffen, stellte zwei Teetassen auf den Tisch und kramte eine Schüssel mit Kluntjes sowie ein kleines Kännchen mit Sahne hervor. Als das Wasser kochte, goss sie den Tee auf und platzierte die Kanne auf einem Stövchen. Alles schien so behaglich, dass ein Außenstehender unweigerlich den Eindruck bekommen hätte, dass man sich hier auf einen geruhsamen Sonntagnachmittag einrichtete.

Doch davon konnte angesichts der Umstände nun wirklich keine Rede sein, und auch die fahrigen Bewegungen Helens verrieten die große Anspannung, unter der sie stand.

Büttner nickte ihr dankbar zu, als sie den heißen Tee in seine Tasse goss und das leise Knistern des Kluntje für einen Moment das einzige Geräusch im Raum war.

„Ich möchte nicht, dass mein Kind im Gefängnis zur Welt kommt", sagte Helen mit erstickter Stimme, ließ sich auf einen Stuhl sinken und strich sich über den leicht gewölbten Bauch. Ihre Augen füllten sich mit Tränen, und sie blickte den Kommissar mit einem unendlich traurigen Blick an. „Bitte helfen Sie mir!", flüsterte sie zwischen zwei verzweifelten Schluchzern.

„Wir tun, was wir können", erwiderte Büttner, „doch leider führen derzeit alle Indizien zu Ihnen, wie Sie wissen."

„Aber ich war es nicht!", rief sie verzweifelt aus. „Bitte glauben Sie mir doch, dass ich den Kerl nicht getötet habe!"

„Es geht nicht darum, was ich Ihnen glaube, Frau Rössling. Entscheidend ist alleine, wovon der Staatsanwalt und die Richterin überzeugt sind. Und da haben Sie zurzeit ganz schlechte Karten." Büttner nippte an seinem Tee und sagte über den Rand seiner Tasse hinweg: „Eigentlich müsste ich dieses Gespräch im Kommissariat führen und aufzeichnen, sowie wir es nach Ihrer Verhaftung getan haben, als Sie allerdings die Aussage verweigerten."

„Ich stand noch ganz neben mir, ich …", setzte Helen zu einer Rechtfertigung an, wurde jedoch sogleich von Büttner unterbrochen. „Darum geht es jetzt nicht. Wichtig ist, dass ich Sie für morgen zum Verhör vorladen werde, und ich würde Ihnen empfehlen, Ihren Anwalt hinzuzunehmen. Heute aber möchte ich Ihnen die Gelegenheit geben, einfach mal darzulegen, was in den letzten Tagen und in den Wochen zuvor zwischen Ihnen und Rolf Wernicke passiert ist."

„In den Wochen zuvor?" Helen sah ihn von unten herauf unsicher an. „Aber es war nichts in den Wochen zuvor."

Büttner atmete geräuschvoll ein und aus und sagte dann: „Frau Rössling, es wäre wirklich hilfreich, wenn Sie mir alles sagen würden. Wie Sie sich vorstellen können, waren unsere Kollegen inzwischen in Ihrer Kölner Wohnung und haben sich ein wenig umgesehen. Dasselbe in der Wohnung des Opfers. Uns ist also bekannt, dass Sie Wernicke nicht erst hier begegnet sind, sondern dass er Ihnen bereits in Köln nachgestellt hat." Er blickte sie aus schmalen Augen an und fügte hinzu: „Wenn Sie natürlich nach wie vor schweigen wollen, ist es Ihr gutes Recht. Allerdings würde ich mal behaupten, dass Sie sich damit keinen Gefallen tun." Er trank seine Tasse leer und schenkte sich noch mal nach. „Dass ich hier mit Ihnen sitze, ist ein persönliches Entgegenkommen. Wir können das Ganze auch hier und jetzt abbrechen und sehen uns morgen auf dem Revier. Ganz wie Sie wollen."

Bei seinen Worten war Helen immer mehr in sich zusammengesackt und sie begann, nervös ihre Finger zu kneten. „Tut mir leid", sagte sie dann mit brüchiger Stimme, „ich denke immer noch, dass alles, was ich Ihnen sage, nur zu meinem Nachteil sein kann. Aber … es ist wirklich nett von Ihnen, dass Sie mir helfen wollen, obwohl es ja gar nicht Ihre Aufgabe ist. Ich … oder …" Helen sah sich kurz um, als würde sie jemanden suchen. „Wieso ist Ihr Kollege eigentlich nicht mitgekommen?" Sie fuhr sich ein paar Mal mit den Händen über die Oberschenkel, bevor sie, nun hektische rote Flecken im Gesicht, hinzufügte: „Oder will er mit dem Fall womöglich gar nichts mehr zu tun haben? Ich meine, ich könnte es verstehen, wenn er irgendwie nicht so gut auf mich zu sprechen wäre."

„Hasenkrug hat mir erzählt, dass Sie sich von früher kennen", antwortete Büttner und verzog das Gesicht. „Was für die Ermittlungen nicht zwingend positiv sein muss. Aber wenn es Sie beruhigt: Nein, er macht eher nicht den Eindruck, als würde er zu Ihnen auf Distanz gehen wollen. Derzeit kümmert er sich um Rechercheaufgaben."

„Was für eine Recherche?"

„Also, Frau Rössling", ging Büttner nicht auf ihre Frage ein. „Nun wüsste ich gerne ganz genau von Ihnen, wie lange Sie mit Rolf Wernicke bereits Probleme hatten und welcher Art diese Probleme waren."

Helen saß für eine ganze Weile nur schweigend da und fuhr mit dem Griff ihres Teelöffels die Maserung im Küchentisch nach. Als Büttner schon dachte, sie würde sich auch jetzt nicht äußern wollen, begann sie zunächst zögernd, dann immer flüssiger zu erzählen:

„Es fing vor ungefähr fünf Wochen an. Ich hatte ein Radiointerview beim WDR gehabt, weiß aber nicht, ob es damit wirklich im Zusammenhang steht. Auf jeden Fall fingen am Tag darauf die Belästigungen an. Zuerst hab ich noch geschmunzelt, als eine Rose mit einer kurzen Liebesbotschaft unter dem Scheibenwischer meines Autos steckte. Nach öffentlichen Auftritten bekomme ich immer viel Fanpost und manchmal auch unzweideutige Angebote, das ist nicht Besonderes. *Du hast eine sexy Stimme*, stand auf dem Zettel. Darum nehme ich an, dass er mich im Radio gehört hatte. Dann aber, an den folgenden Tagen, wurden die Botschaften schärfer. Er wisse doch, dass ich ihn genauso liebte, wie er mich, dass wir zusammengehörten, dass unsere Liebe unauslöschlich sei. Schließlich wisse er genau, dass ich meinen letzten Roman doch extra für ihn geschrieben habe.“

„Ihren letzten Roman?“

„Ja. Inzwischen, seit ich seinen Namen kenne, weiß ich auch, was er damit gemeint hat. Mein Protagonist hieß auch Rolf. Es ging, wie immer in meinen Büchern, um die ganz große Liebe. Sie verzehrt sich nach ihm und umgekehrt, aber irgendetwas steht ihrem Glück im Wege. Letztlich aber kommt es natürlich zum Happy End.“ Helens Mundwinkel umspielte ein schwaches Grinsen. „Alles andere würden mir meine Leserinnen auch nicht durchgehen lassen.“

„Verstehe. Und Rolf Wernicke bildete sich nun ein, dass Sie dieses Buch für ihn geschrieben hatten.“

„Ja. Und er wartete natürlich auf eine Reaktion von mir.“

„Hatte er eine Telefonnummer, eine Mailadresse oder Ähnliches hinterlassen?“, forschte Büttner nach.

„Nein. Er verlangte, dass ich meine Antworten genau dort deponierte, wo er sie hinterlassen hatte. Was ich natürlich nicht tat. Dann auf einmal änderten sich seine Botschaften."

„Inwiefern?"

„Er hinterließ jetzt Fotos. Er beobachtete mich, Tag und Nacht, in allen Lebenssituationen, und er machte diese Bilder. Ich traute mich kaum noch aus dem Haus, meldete mich krank, ließ die Rollläden herunter. Ich … ich … es war so furchtbar!" Helen riss in Erinnerung an die Geschehnisse panisch die Augen auf, ihre Stimme klang jetzt hoch und schrill.

Büttner wartete ab, bis sie sich wieder etwas beruhigt hatte und fragte dann: „Und die Blumensträuße? Ihr Mülleimer war voller roter Rosen. Waren die auch von ihm?"

Helen nickte. „Ja. Sie kamen in der Woche vor meiner Abreise jeden Tag durch einen Kurier. Und dann …" Sie schlug die Hände vors Gesicht und brach in Tränen aus.

„Und dann?", fragte Büttner leise. Er hasste es, sie so quälen zu müssen, aber er sah keinen anderen Weg, wenn er die Zusammenhänge verstehen wollte.

„Plötzlich rief er auch noch an", sagte sie heiser. „Ich habe Geheimnummern, wissen Sie. Aber er muss sie herausgefunden haben."

„Ja. Wir haben Ihre Nummer auf seinem Prepaid-Handy gefunden", nickte Büttner. „Und Ihr Mann? Warum hat er nichts dagegen unternommen?"

„Er war doch in China. Ich hab ihm nichts davon gesagt. Er … es stand geschäftlich viel auf dem Spiel für ihn, da wollte ich ihn nicht damit belasten."

„Und dann haben Sie beschlossen, nach Ostfriesland zu fahren."

„Ja. Ich dachte, dort findet er mich nicht."

„Aber Sie wussten doch, dass er Sie beobachtet."

„Ich bin in Köln zu einer Freundin gefahren und habe dort übernachtet. Ganz früh am Morgen hab ich mich zur Kellertür aus dem Haus geschlichen. Es war noch dunkel. Meine Freundin hat mir ein Auto geliehen, das einige Straßen weiter geparkt stand und in das sie mein Gepäck geladen hatte. So ist es mir gelungen, ihn abzuhängen."

„Aber er hat dennoch herausgefunden, wo Sie sind."

„Ja. Ich habe keine Ahnung, wie er das geschafft hat."

Büttner stand auf und stellte sich, die Hände in den Hosentaschen vergraben, ans Fenster. Der Nieselregen war wieder einem strahlenden Sonnenschein gewichen. Für eine Weile beobachtete er die Kinder, die ausgelassen durch den Garten sprangen und sich – wahlweise mit einem Gewehr oder mit Pfeil und Bogen bewaffnet – gegenseitig niederstreckten. Anscheinend beabsichtigten die Cowboys ihren Kumpel Hauke zu befreien, der von den Indianern an einen Marterpfahl gefesselt worden war. Auch die Hunde hatten sichtlich Spaß an dem Herumgetolle und jagten sich gegenseitig und laut bellend mal in die eine, mal in die andere Richtung. Was wiederum die Gänse dazu veranlasste, ohrenbetäubend schnatternd hinter einer Brombeerhecke Zuflucht zu suchen. Eigentlich hätte er Bauer werden sollen, schoss es Büttner durch den Kopf, dann würde er nicht tagein, tagaus mit den Abscheulichkeiten dieser Welt konfrontiert, sondern könnte solch eine Idylle genießen, gemütlich mit seinem Traktor durch die

Gegend juckeln und den lieben Gott einen guten Mann sein lassen. Auch wenn das, so dachte er schmunzelnd, vielleicht eine etwas zu kurzgegriffene Vorstellung vom vermeintlich romantischen Leben eines Landwirts war.

Er drehte sich um und bemerkte, wie Helen erschrocken zusammenzuckte, als er wie aus heiterem Himmel seine nächste Frage stellte. „Und was passierte, nachdem Wernicke hier in Upleward aufgetaucht war?"

Helen schüttelte sich wie ein nasser Hund, bevor sie antwortete: „Sobald er mich gesehen hatte, ließ er mich nicht mehr in Ruhe. Er belästigte mich einfach überall."

„Wie muss ich mir das vorstellen?"

„Er war total auf mich fixiert, lauerte mir überall auf. Wenn ich um eine Ecke trat, stand er plötzlich vor mir, versperrte mir den Weg, nahm mich in den Arm, versuchte mich zu küssen. Es war einfach widerlich und …", erneut fuhr ein Schauer durch ihren Körper, „ja, es war so erniedrigend."

„Ich verstehe nicht, warum keiner was dagegen unternommen hat", bemerkte Büttner. „Ich meine, der Kerl läuft hier tagelang herum, belästigt Sie auf Schritt und Tritt und auf die widerwärtigste Weise, und trotzdem geht alles seinen gewohnten Gang? Ist denn niemand auf die Idee gekommen, die Polizei zu rufen?"

„Die Polizei?" Helen sah ihn beinahe mitleidig an und sagte dann bitter: „Ich war in Köln bei der Polizei. Die haben mich einfach auflaufen lassen. Fühlten sich nicht zuständig, weil ja angeblich nichts passiert war." Sie schnaubte. „Natürlich haben Markus, Jutta und Ihno auch gesagt, dass ich zur Polizei gehen soll. Aber ich hab darin keinen Sinn gesehen. Die handeln doch erst, wenn irgendjemand körperlich verletzt wurde. Seelische Blessuren interessieren die nicht."

Büttner zog eine Fratze, konnte aber nicht abstreiten, dass es sich in den meisten Fällen tatsächlich genauso verhielt. „Apropos Verletzungen", sagte er dann und deutete mit dem Kopf auf ihren Arm, auf dessen Unterseite sich lange, rote Striemen abzeichneten. „Im Bericht der Gerichtsmedizin steht, dass man unter Wernickes Fingernägeln Hautpartikel gefunden hat, die Ihnen zuzuordnen sind. Können Sie mir sagen, wie es dazu kommen konnte?"

„Er hat versucht mich festzuhalten." Sie zeigte auf ein paar Hämatome am Arm, die von heftig zufassenden Fingern herrühren konnten. „Ich hab mich losgerissen. Dabei ist es passiert."

„Wann war das?"

„Am Tag vor dem Mord."

„Ich dachte, da seien Sie bereits in Greetsiel untergetaucht?", wunderte sich Büttner.

„Ja, aber erst nach dem Frühstück. Er hatte mich vorher erwischt."

„Wann genau ist Ihr Mann hier angekommen?"

„Nachdem ich diesen Anruf erhalten hatte, hat Jutta ihn ohne mein Wissen angerufen. Er stand am nächsten Abend spät vor der Tür."

„Da hatten Sie aber noch keine Ahnung, dass der Anrufer, Rolf Wernicke also, sich hier als Feriengast eingebucht hatte."

„Nein. Das heißt er kam fast zur gleichen Uhrzeit wie

Markus hier an und hat sich dann ja auch ziemlich schnell zu erkennen gegeben."

„Und wie hat Ihr Mann auf die Übergriffe reagiert?"

„Er ist total ausgerastet, genau wie Ihno. Irgendwie hatte der Kerl wohl auch noch eine indirekte Drohung gegen Juttas Kinder ausgestoßen. Markus und Ihno wollten ihn daraufhin ordentlich verprügeln. Aber als sie sich ihn bei nächster Gelegenheit geschnappt haben, ist Jutta ziemlich schnell dazwischen gegangen, weil sie nicht wollte, dass die anderen Feriengäste aufgeschreckt würden. Wernicke hat nur ein paar Fausthiebe auf die Brust abbekommen. So viel ich weiß, haben Markus und Ihno den Drecksack danach in Ruhe gelassen. Ich hab Jutta gesagt, dass Markus und ich nach Greetsiel gehen, damit er uns nicht weiterhin auflauert. Was wir dann ja auch getan haben."

Das würde die Hämatome an Wernickes Körper erklären, dachte Büttner bei sich, sprach es aber nicht aus. Schließlich kam dafür ja auch noch Metzger Geert Uphoff in Betracht, der unumwunden zugegeben hatte, mit dem Opfer am Abend vor seinem Tod eine körperliche Auseinandersetzung gehabt zu haben. „Greetsiel ist nicht gerade aus der Welt. Warum sind Sie ausgerechnet dorthin gegangen? Sie hätten doch auch nach Köln zurückfahren können", sagte er daher nur.

Helen zuckte lahm mit den Schultern. „Markus meinte, hier in der Nähe würde er uns am wenigsten vermuten. Nach Köln wäre er uns doch sofort nachgereist. Das sagte ich ja bereits."

„Das hätte ewig so weiter gehen können. Wollten Sie für immer vor Wernicke auf der Flucht sein?"

Helen sah ihn aus ausdruckslosen Augen lange an und sagte dann nur: „Das hat sich ja nun erledigt."

Büttner setzte sich wieder auf seinen Stuhl, nahm seine Tasche zur Hand und zog ein Foto hervor, das er vor Helen auf den Tisch legte. „Kennen Sie diesen Mann?", fragte er.

Als Helen das Bild aufmerksam betrachtete, wäre ihr beinahe ein überraschter Laut über die Lippen gekommen. Im letzten Moment aber zwang sie sich zur Ruhe und schüttelte dann den Kopf. „Nein. Wer soll das sein?"

„Sein Name ist Henning Kappel. Er ist Journalist."

„Nein. Sagt mir nichts", log sie und bemühte sich, dem Polizisten mit festem Blick in die Augen zu sehen.

Hatte sich Büttner getäuscht, oder war Helen Rössling beim Anblick dieses Fotos wirklich nervös geworden? „Haben Sie in den letzten Tagen mal ins Internet geschaut, Frau Rössling?", wollte er wissen.

„Dafür hatte ich nun wirklich keinen freien Kopf. Außerdem habe ich gar kein internettaugliches Gerät dabei."

„Aber Ihr Mann doch ganz sicher."

„Ja. Aber wieso fragen Sie?"

Büttner schob ihr einen weiteren Zettel vor die Nase und sah gleich darauf, wie Helens Gesichtsfarbe beim Anblick der Überschrift *Erfolgsautorin Helen Rössling ersticht ihren Peiniger in Strandkorb* noch eine Spur bleicher wurde. „Wer macht denn sowas!?", krächzte sie entsetzt.

„Dieser Artikel ist von eben diesem Henning Kappel. Und Sie kennen ihn wirklich nicht?", sah Büttner sie forschend an.

„Nein", schüttelte sie heftig den Kopf. „Ich habe ihn

noch nie gesehen. Ganz bestimmt nicht." Auf gar keinen Fall wollte sie der Polizei von ihrem Gespräch mit Henning erzählen, das brachte ihn sicherlich nur unnötig in Schwierigkeiten. Allerdings verstand sie auch nicht, warum Henning jetzt im Internet auf so niederträchtige Weise auf sie einprügelte. Was sollte das? Gehörte das zu seinem Plan? Ein Ablenkungsmanöver vielleicht? Wenn ja, dann schuldete er ihr eine Erklärung. Aber eine richtig gute.

„Ich habe Herrn Kappel am Tatort getroffen, er interessierte sich für die Leiche Rolf Wernickes", bemerkte Büttner wie nebenbei, als er das Foto zurück in die Tasche gleiten ließ. „Haben Sie eine Vorstellung, was er da gewollt haben könnte?"

Helens Reaktion ließ für Büttner keine Zweifel daran offen, dass sie mehr wusste, als sie sagte. Sie starrte ihn aus großen Augen an, schüttelte aber heftig den Kopf. „Ich weiß nichts", krächzte sie, „wirklich nicht."

„Hm. Dann kommen wir an dieser Stelle nicht weiter." Büttner stand auf und reichte einer sichtlich verstörten Helen die Hand. „Wir sehen uns dann morgen um neun Uhr im Kommissariat."

9

Brutale Mörderin bleibt gegen Kaution auf freiem Fuß. Wann wird Helen Rössling erneut zuschlagen? Ermittlungsbehörden gefährden die öffentliche Sicherheit. Büttner war klar, dass diese Schlagzeile ihn seine Nachtruhe kosten würde, weil er sich auch noch Stunden später über sie würde ärgern müssen. Immer wieder nahm er sich vor, zu derartigen Vorkommnissen mehr Abstand zu gewinnen, denn schließlich war die Ermittlungsarbeit ja nicht mehr als ein Job. Aber es gab einfach Dinge, die seine Emotionen ungesund in Wallung versetzten, und dazu gehörte ganz klar dieses Pamphlet, das Hasenkrug ihm soeben wortlos auf den Schreibtisch gelegt hatte.

„Ach, Hasenkrug", stöhnte er auf und rieb sich den plötzlich schmerzenden Nacken, „ich hatte kurz mit dem Gedanken gespielt, heute nicht mehr ins Büro zu gehen. Jetzt wünschte ich, ich hätte es getan. Warum nur müssen Sie mich an einem Sonntagabend mit derlei Schmierereien quälen?"

Sebastian Hasenkrug antwortete nicht gleich, sondern klickte sich weiterhin konzentriert durchs Internet. „Es ist unfassbar", sagte er dann mehr zu sich selbst, „dieser Kerl gibt einfach keine Ruhe. Seine bösartigen Artikel erscheinen beinahe im Stundentakt auf den unterschiedlichsten Plattformen." Er rieb sich mit Daumen und Zeigefinger die müden Augen, bevor er an Büttner gewandt fortfuhr: „Wie zu erwarten war, haben sich inzwischen zwei Fraktionen an Kommentatoren gebildet. Die einen melden Zweifel an Helens Schuld an, ihr Fanclub spricht gar von infamer Verleumdung, Verletzung des Persönlichkeitsrechts und Missbrauch der Pressefreiheit."

„Womit sie nicht ganz unrecht haben dürften", brummte Büttner.

„Die andere Seite beschwört aber genau diese und zeigt sich begeistert, dass sich endlich mal einer traut, offen die Fakten zu benennen, anstatt, so wörtlich, *wie die ostfriesische Polizei die gemeingefährliche Täterin in Schutz zu nehmen.* Natürlich ist dieses Thema auch längst in den Sozialen Medien angekommen. Facebook, Twitter, Google+ und so weiter. Das volle Programm. Die Sache entgleitet uns völlig." Hasenkrug ließ sich laut aufstöhnend in seinen Schreibtischstuhl zurücksinken und verschränkte die Arme hinter seinem Kopf.

„Und immer noch keine Spur von Henning Kappel?"

„Nein. Der kann natürlich überall sein. Wenig wahrscheinlich, dass wir den so schnell finden."

„Ich glaube ja nach wie vor nicht, dass Kappel diese Schmierereien tatsächlich selbst verfasst. Nur frage ich mich, warum er nicht dagegen einschreitet. Wissen wir denn, ob es tatsächlich seine Plattformen sind, auf denen das Geschreibsel erscheint?"

„Ja, eindeutig. Es sind alles Seiten, die Kappel betreibt", erwiderte Hasenkrug. „Eines dürfte jedenfalls sicher sein: Seine Karriere befördert Kappel durch dieses Verhalten auf keinen Fall. Der Deutsche Journalistenverband hat sich bereits zu Wort gemeldet und distanziert sich ausdrücklich von seinem Geschreibsel. Selbst die einschlägige Boulevardpresse – die einer objektiven und fairen Sichtweise gemeinhin eher unverdächtig ist – hat verlauten lassen, dass sie das Vorgehen des Kollegen Kappel aufs Schärfste verurteilt."

„Veröffentlicht er denn auch zu anderen Themen, oder sind die Angriffe auf Helen Rössling das Einzige, was er derzeit verfasst?"

Hasenkrug nickte. „Ja. Auch das ist seltsam. In den Tagen vor dem Mord hat er sich noch zu allem Möglichen geäußert, sozusagen das ganze Weltgeschehen kritisch beleuchtet. Seither aber ist Schluss damit. Auch seine Social Media-Accounts sind nicht mehr aktualisiert worden."

„Kam das bei ihm schon öfter vor?"

„Ab und zu mal, ja. In der Regel, wenn er sich irgendwo undercover eingeschleust hatte. Dann war bei ihm absolute Funkstille."

„Also können wir aus diesem Stillstand eigentlich noch nichts Konkretes ableiten."

„Sie meinen, ob er ausgewandert ist, entführt oder gar ermordet wurde? Nein."

„Und es gibt niemanden, den er informiert, bevor er abtaucht? Niemanden, der in der Zeit seine Blumen gießt oder so?"

„Zumindest hat sich noch niemand geoutet."

Büttner seufzte gequält. „Schöner Mist. Was wissen wir ansonsten über Henning Kappel?"

„Er ist vierzig Jahre alt, ledig, wohnhaft in Jever."

„In Jever?", fragte Büttner erstaunt. „Und wieso stolpert

er dann ausgerechnet am frühen Morgen über eine frisch eingetroffene Leiche in der Krummhörn? Ich meine, der muss doch bereits vor Ort gewesen sein. Von Jever nach Upleward sind es doch bestimmt …“

„Siebzig Kilometer“, ergänzte Hasenkrug.

„Ja. Angeblich wollte er Fotos und Zeichnungen machen. Wenn ich aber mal so richtig in mich gehe, dann sagt mir mein Gefühl, dass er da nicht so ganz die Wahrheit gesagt hat. Was meinen Sie, Hasenkrug?“

„Tja. Das ist eine von vielen Fragen, die nur er uns beantworten kann“, zuckte Hasenkrug die Achseln. „Nur leider macht er von diesem exklusiven Privileg zurzeit keinen Gebrauch.“

„Hm. Was wissen wir noch?“

„Er hat ein Studium der Germanistik mit Auszeichnung abgeschlossen. Schon als Student hat er für verschiedene kleinere Zeitungen gearbeitet, anschließend bei einer Tageszeitung in München sein Volontariat gemacht. Seither ist er ausschließlich als freier Journalist tätig. Auch für die ganz großen, überregionalen Zeitungen und Magazine. Er wurde schon mehrfach für seine Arbeit ausgezeichnet.“

„Welchen Ruf genießt er bei den Zeitungen und Kollegen?“

„Ich hab mal ein wenig in den Redaktionen herumtelefoniert, die er als Referenzen auf seiner Homepage stehen hat. Henning Kappel gilt allgemein als kompetent und freundlich, wenn auch sehr ehrgeizig. Seine Recherchen führte er normalerweise alleine durch, griff nur auf die Hilfe seiner Informanten zurück, deren Namen aber natürlich geheim sind. In allen Redaktionen fühlte man sich berufen mir mitzuteilen, dass man ein solch unprofessionelles Vorgehen von ihm niemals erwartet hätte und dass man sein Verhalten gegenüber Helen Rössling aus der verantwortungsbewussten Journalistenseele heraus selbstverständlich zutiefst verabscheue."

„Wie sind seine finanziellen Verhältnisse?"

„Wohlhabend. Seine Enthüllungen haben ihm naturgemäß eine ganze Menge Geld eingebracht. Keine Auffälligkeiten. Einige der Kollegen wussten allerdings zu berichten, dass Kappel sich für Geld nicht interessierte. Es sei ihm immer nur um die Sache gegangen." Hasenkrug sah betont unbeteiligt zum Fenster in die einsetzende Dämmerung hinaus und fragte dann in auffallend neutraler Tonlage: „Was sagt denn Helen? Gibt es irgendeinen Hinweis, dass sie mal was mit Henning Kappel zu tun hatte?"

„Nein", schüttelte Büttner den Kopf. „Gar nichts. Zumindest behauptete sie, sie kenne ihn nicht. Allerdings machte sie einen recht aufgewühlten Eindruck, als ich ihr das Foto und die Pamphlete im Internet zeigte. Gut möglich, dass sie uns was verschweigt." Büttner klatschte laut in die Hände, bevor er hinzufügte: „Tja, jetzt stehen wir da und haben nichts. Rein gar nichts. Wenn nicht irgendwas Entscheidendes passiert oder es unseren Kollegen nicht endlich gelingt, Kappel irgendwo zu orten, dann müssen wir den weiteren Entwicklungen in dieser Sache hilflos zusehen. Eine Situation, der ich wenig bis gar nichts abgewinnen kann."

„Das Einzige, was unsere Kollegen herausgefunden haben, ist, dass Kappel ständig von einem anderen Rechner aus agiert. Er muss Unmengen unterschiedlichster Geräte besitzen. So ist er nur schwer zu orten. Natürlich kann das auch einfach nur eine Masche von ihm sein, denn bei seinem Job wäre es ja fatal, wenn man ihn überall gleich finden könnte."

„Hm. Dann können wir da wohl nichts machen. Konzentrieren wir uns also auf den Mord an Rolf Wernicke." Büttner schob seine Unterlagen zusammen, stand von seinem Stuhl auf, drückte ein paar Mal das Kreuz durch und sagte dann gähnend: „Aber jetzt fahre ich erstmal nach Hause. Da warten ein gutes Essen und dann die Fortbildung auf mich."

„Fortbildung?", fragte Hasenkrug und sah ihn mit gehobenen Brauen verwundert an. „An einem Sonntagabend?"

„Tatort", erwiderte Büttner knapp, pfiff nach Heinrich und verschwand mit einem angedeuteten Winken zur Tür hinaus.

10

Helens Körper wurde von haltlosen Schluchzern geschüttelt. Noch nie hatte Markus sie auch nur ansatzweise so niedergeschlagen erlebt wie jetzt. Schon seit dem Morgen gab er sich alle erdenkliche Mühe, sie zu beruhigen und auf andere Gedanken zu bringen. Aber ganz egal, was er auch versuchte, ihr Vorrat an Tränen schien an diesem Tag unerschöpflich zu sein. Selbst der kleinen Martje, die es mit ihrer drolligen Art sonst immer schaffte, Helen zum Lachen zu bringen, gelang es diesmal nicht, ihr auch nur ein Schmunzeln aufs Gesicht zu locken.

Markus hatte ihr vorgeschlagen, einen langen Spaziergang am Deich entlang zu machen. Nach dem Wochenende hatte sich die Zahl der Urlauber deutlich reduziert, und somit würden sie sich den Weg vermutlich nicht mehr mit einem großen Pulk, sondern allenfalls noch vereinzelt mit anderen Menschen teilen müssen.

Es war an diesem Montag noch heißer als an den Tagen zuvor, über der flachen ostfriesischen Landschaft lag eine drückende Schwüle. Trotzdem zog Helen fröstelnd ihre leichte Sommerjacke fester um sich und schlang sich auch das Tuch wieder um den Hals, das sie zuvor in die Tasche gesteckt hatte. Sie verspürte eine innere Kälte, die sich, da war sie sich sicher, selbst durch einen Saunagang nicht hätte vertreiben lassen. Mit einem erschöpften Seufzer ließ sie sich so abrupt ins Gras auf der Deichkrone fallen, dass Markus für einen Moment glaubte, sie sei ohnmächtig geworden. „Ist dir nicht gut?", fragte er besorgt und setzte sich neben sie. Beschützend legte er ihr seinen Arm um die zuckenden Schultern und zog sie an sich. „Wenn ich dir doch nur helfen könnte", murmelte er und drückte ihr einen zärtlichen Kuss auf die Schläfe.

„Sei einfach nur bei mir", flüsterte Helen mit tränenerstickter Stimme und ließ ihren Kopf gegen den seinen sinken. „Was hab ich denn nur falsch gemacht?", fragte sie wohl zum tausendsten Mal an diesem Tag. „Was hab ich denn getan, dass man mir so übel mitspielt?"

Markus zuckte nur leicht mit den Schultern, denn eine Antwort auf diese Frage hatte natürlich auch er nicht parat. Minutenlang saßen sie einfach nur da und ließen ihre Blicke über die so friedvolle Szenerie des Wattenmeeres schweifen. Bis auf das Rauschen des auffrischenden Windes und das Kreischen der Möwen war kein Laut zu hören. Das Meer hatte sich zurückgezogen, so dass das Watt im Sonnenlicht funkelnd und glitzernd vor ihnen lag. Nur ab und zu schoben sich ein paar luftige Schäfchenwolken wie Wattebäusche vor die Sonne und ließen bizarre Schattenspiele über der scheinbaren Unendlichkeit der Landschaft tanzen.

Markus legte die Hand wie einen Schirm über die Augen und sah zum Campener Leuchtturm hinüber, dessen rotes Stahlgerüst wie eine Miniaturausgabe des Eiffelturms in den blauen Septemberhimmel stach. „Hast du Lust, dir diese fantastische Landschaft mal von oben anzugucken?", fragte er Helen und bemühte sich um einen fröhlichen Tonfall.

Helens Blick folgte Markus' Arm in die angegebene Richtung, wo der höchste Leuchtturm Deutschlands seit mehr als hundert Jahren den Schiffen den Weg durch die Emsmündung wies. „Bitte sei mir nicht böse", schüttelte sie den Kopf, „aber dafür bin ich nun wirklich nicht in Stimmung." Sie verzog ihr Gesicht zu einer Fratze und fügte hinzu: „Allenfalls würde ich mich von oben runterstürzen, um dieses Elend endlich hinter mich zu bringen."

„Na, na", strich ihr Markus liebevoll über den Bauch und stieß ein eher missglücktes Lachen hervor, „lass das bitte unser Kind nicht hören!" Deutlich ernster fügte er hinzu: „Ich bin sicher, dass sich diese unselige Geschichte bald aufklärt und wir uns endlich wieder auf die wichtigen Dinge des Lebens konzentrieren können."

Helen nestelte in ihrer Jackentasche herum und zog einen Zettel hervor, den sie mit zittrigen Fingern auseinanderfaltete. „Im Moment habe ich aber eher das Gefühl, dass alles immer nur noch schlimmer wird anstatt besser", sagte sie bedrückt.

„Nun lass doch diesen Zettel!", erwiderte Markus finster und versuchte, ihn seiner Frau wegzunehmen. Die aber zog schnell ihre Hand weg und rief verzweifelt aus: „Ich verstehe das nicht! Was macht Henning denn da? Zuerst die ganzen schmierigen Artikel im Internet, und jetzt will er auch noch ein Geständnis!? Er ist doch mein Freund!"

Tatsächlich hatte die Angelegenheit mit den verleumderischen Artikeln am Morgen eine neue Qualität angenommen, als Jutta nichtsahnend mit der Zeitung einen

Umschlag aus dem Briefkasten gezogen hatte. Eigentlich hatte sie ihn gleich wegwerfen wollen, weil weder eine Adresse noch ein Absender vermerkt gewesen waren und sie davon ausgegangen war, dass es sich um eine Werbesendung handelte. Ihr Gefühl aber hatte sie dazu bewogen, doch mal einen Blick hineinzuwerfen. Nur wenig später hatte sie den Brief mit einem erstickten Schrei auf den Küchentisch fallen lassen, als hätte sie sich an ihm die Finger verbrannt.

Markus hatte den Brief stirnrunzelnd an sich genommen, reflexartig nach Luft geschnappt und ihn an seine Frau weitergereicht. Als Helen ihn las, hatten sich die Worte wie eine Schlinge um ihren Magen gezogen und sich bis zu diesem Moment nicht wieder gelöst.

Gefallen Dir meine Artikel? stand in dem Brief geschrieben. *Oder möchtest Du, dass es aufhört? Das wird es nur, wenn Du endlich gestehst, Rolf Wernicke umgebracht zu haben. Ich will Dich für diese perfide Tat im Knast sehen, verstehst Du? Schlimm genug, dass Du immer noch frei herumläufst.*

Der Brief war mit *Henning* unterzeichnet.

„Ich werde ihn Sebastian geben", murmelte Helen vor sich hin, nachdem sie den Zettel nachlässig wieder in ihre Jacke gestopft hatte.

„Wer ist Sebastian?" Markus sah sie forschend an.

Helen guckte irritiert. „Sebastian?", fragte sie dann, um Zeit zu gewinnen. Ihr war nicht bewusst gewesen, dass sie die Worte laut ausgesprochen hatte. Bisher hatte sie Markus noch nichts von ihrem früheren Techtelmechtel erzählt, denn für die Konstellation *Polizist hat Affäre mit*

Tatzeugin hätte er keinerlei Verständnis gehabt. Dafür war er viel zu korrekt. Außerdem verstand sich Helen im Nachhinein ja selbst nicht mehr. Wie nur hatte sie jemals so naiv sein können!? Andererseits war Sebastian damals der Einzige gewesen, der ihr ein wenig Halt gab. Und den hatte sie nach diesem furchtbaren Erlebnis weiß Gott nötig gehabt.

„Ja. Du hast gesagt, dass du den Brief Sebastian geben willst", riss Markus sie aus ihren Gedanken.

„Ich … ich hab seinen Nachnamen vergessen", sagte sie ein wenig zu hastig.

„Aha. Und wen, bitte schön, meinst du?" In Markus' Augen stand nun deutliches Misstrauen.

„Sebastian …", sie schnippte mit den Fingern und presste angestrengt die Lippen zusammen zum Zeichen, dass sie nach einem Namen suchte. „Na, dieser Polizist eben, der die Tage bei uns war."

„Meines Wissens hieß der Büttner", bemerkte Markus kühl.

„Nee", schüttelte Helen den Kopf. „Der andere. Als sie zum ersten Mal da waren, waren sie zu zweit. Und der andere hatte einen etwas seltsamen Namen, den ich mir nicht merken kann."

„Und da nennst du ihn einfach Sebastian. Hm." Markus beobachtete dumpf vor sich hinbrütend ein paar Schafe, die hinter einem Drahtzaun neugierig zu ihnen hinüberschauten und ihr Mittagessen wiederkäuten. „Heute Morgen, als du zum Verhör geladen warst, hast du noch gesagt, dass du den Zettel auf keinen Fall der Polizei geben willst. Und du hast es auch nicht getan."

„Ich hab's mir anders überlegt", erwiderte Helen.

„Kommissar Büttner hat recht, wenn er sagt, dass er mir nur helfen kann, wenn ich mit offenen Karten spiele. Ich werde ihm auch von Henning erzählen. Irgendwas ist da faul."

„Und wieso fällt dir dann dieser Sebastian ein und nicht Büttner?", ließ Markus nicht locker.

„Weil ich vielleicht ein bisschen verwirrt bin im Moment!", fuhr Helen ihn ungewohnt schroff an und sprang auf. „Es wäre wirklich schön, wenn du nicht gleich jedes Wort, das ich sage, auf die Goldwaage legen würdest, Markus! Was ist denn, bitte schön, jetzt so wichtig daran, wem ich diesen verdammten Brief gebe!"

„Ich wollte doch nur wissen … ach, ist ja auch egal", winkte Markus mit einer ruppigen Handbewegung ab und stand nun ebenfalls auf. „Komm, lass uns zurückgehen. Eigentlich sollst du den Hof doch gar nicht verlassen. Nachher denken die noch, du seist auf der Flucht."

„Sehr witzig."

„Überhaupt nicht witzig", knurrte Markus. „Wenn keiner weiß, wo du bist, geben sie ruckzuck 'ne Fahndung nach dir raus, und dann wanderst du schneller in den Knast, als du gucken kannst."

„Du hast doch vorgeschlagen einen Spaziergang zu machen, oder etwa nicht!?", rief Helen aufgebracht. „Jetzt komm mir also bitte nicht mit diesem Scheiß!"

„Weil ich dachte, ein Spaziergang an der frischen Luft würde dir guttun!", brüllte Markus zurück, woraufhin die Schafe erschrocken zu blöken anfingen. „Außerdem habe ich zu diesem Zeitpunkt gar nicht darüber nachgedacht, ob es richtig ist oder nicht. Ich wollte nur, dass du diesen blöden Brief aus dem Kopf kriegst und endlich mal wieder an etwas anderes denkst als an diese verdammte … verdammte … ach, mach doch, was du willst!"

Schnellen Schrittes, den Oberkörper gegen den nun frischen Nordwestwind gestemmt, lief er Richtung Upleward davon, während Helen sich langsam wieder in die Sitzposition begab, weil sie plötzlich ein so seltsames Stechen im Unterleib verspürte. Sie überlegte kurz, Markus zurückzurufen, entschied sich dann aber dagegen. Sie wollte jetzt alleine sein. Und außerdem hatte sie das dringende Bedürfnis mit Sebastian zu sprechen, der am Morgen beim Verhör nicht dabei gewesen war. Also griff sie zum Handy, das Markus ihr aus der Stadt mitgebracht hatte, und wählte seine Nummer.

11

Hauptkommissar David Büttner marschierte, die Hände auf dem Rücken verschränkt, im Stechschritt in seinem Büro auf und ab. Draußen tobte das Gewitter, das eigentlich für den Tag zuvor angekündigt gewesen war, doch er nahm das infernalische Donnern und Blitzen kaum wahr. Gerade noch war er in Upleward am Deich gewesen, um mit den Kitesurfern zu sprechen, die sich angeblich kurz vor dessen Tod mit Rolf Wernicke angelegt hatten. Was auch zutraf, wie sie unumwunden zugegeben hatten. Völlig ohne Anlass habe Wernicke sie plötzlich angepöbelt und dann eine der anwesenden Frauen aufs Widerlichste angebaggert. Selbstverständlich sei man der Frau zu Hilfe geeilt und habe den Kerl mit allerhand Drohungen über den Deich davongejagt. „Wer meint, hier den notgeilen Macho geben zu müssen, ist bei uns falsch", hatte einer der Surfer entschieden gesagt. „Wir haben ihm deutlich zu verstehen gegeben, dass es ihm schlecht bekommt, wenn er sich hier noch mal blicken lässt. Am gleichen Abend hat er dann die Tochter vom Metzger betatscht. Hätte er sich besser vorher überlegt. Himmel, ich dachte, der verarbeitet ihn zu Blutwurst!"

Doch trotz aller Anfeindungen deutete nichts darauf hin, dass einer von den Surfern irgendetwas mit dem Tod von

118

Wernicke zu tun haben könnte. Zumal sich alle gegenseitig ein Alibi gaben. Angeblich hatten sie nach dem Surfen in einer Pewsumer Kneipe gemeinsam das Wochenende eingeläutet und sie erst weit nach Mitternacht auch gemeinsam wieder verlassen. Ob das im Einzelnen stimmte, musste noch überprüft werden. Aber Büttner glaubte sowieso nicht daran, dass einer von den Sportlern blindlings auf einen Mann eingestochen hatte, nur weil der sich zu nahe an eine der Frauen herangetraut hatte.

„Wann, sagten Sie, hat Helen Rössling Sie angerufen?“, wandte sich Büttner an Hasenkrug, der kreidebleich an seinem Schreibtisch saß.

Hasenkrug griff nach seinem Handy und sagte dann: „Exakt um 14:12 Uhr.“

„Und was genau wollte sie von Ihnen?“

„Sie hat irgendwas von einem Zettel gebrabbelt, den ich mir unbedingt ansehen müsse. Sie klang ziemlich aufgelöst.“

„Und was stand auf diesem Zettel?“

„Das wollte sie mir am Telefon nicht sagen.“

„Heute Morgen beim Verhör hat sie nichts von einem Zettel gesagt.“

„Vielleicht hat sie ihn erst später bekommen.“

„Hm. Hat sie gesagt, von wo aus sie anruft?“

„Sie meinte, sie sitzt nicht weit vom Campener Leuchtturm am Deich.“

„Und was, in drei Gottes Namen, hatte sie da zu suchen!?“ Büttners Stimme schnitt nun scharf wie eine Klinge durch den Raum. Sein tiefrot angelaufenes Gesicht signalisierte höchste Alarmstufe. „Hatten wir ihr nicht ausdrücklich zu verstehen gegeben, dass sie den Hof der Hettingas nicht verlassen darf!?"

„Das habe ich sie auch gefragt", sagte Hasenkrug kleinlaut und zog angesichts seines wütenden Chefs den Kopf zwischen die Schultern. „Aber sie meinte, das sei jetzt nicht wichtig, sie müsse mir diesen Zettel zeigen."

„Und dann?"

„Ich hab ihr gesagt, sie solle zum Hof zurückgehen und dort auf mich warten. Allerdings wollte sie das aus irgendeinem Grund nicht und meinte, sie würde lieber ins Kommissariat kommen. Also hab ich ihr gesagt, sie solle zum Leuchtturm laufen, ich würde ihr einen Wagen schicken, der sie dort abholt. Als der Kollege am Leuchtturm ankam, war Helen jedoch weit und breit nicht zu sehen. Und auch sonst war kein Mensch da, außer der Frau, die unten im Leuchtturm Eintrittskarten verkauft. Die aber hatte niemanden gesehen, auf den Helens Beschreibung gepasst hätte."

„Ganz prima", ätzte Büttner. „Haben Sie schon bei den Hettingas angerufen? Vielleicht ist sie ja doch zum Hof zurückgegangen."

„Natürlich hab ich da angerufen. Frau Hettinga hat sofort alles abgesucht. Von Helen keine Spur."

„Und ihr Mann? Markus Rössling? Vielleicht sind die beiden gemeinsam unterwegs?"

„Nein. Der war zuhause, also in seiner Ferienwohnung, als ich anrief. Nun fährt er mit dem Auto wohl die ganze Krummhörn ab, um Helen zu suchen."

Büttner trommelte für eine Weile mit seinen Fingern gegen die Fensterscheibe, was aufgrund des lautstark an die Scheibe prasselnden Regens jedoch kaum zu hören war. „Geben Sie die Fahndung raus, Hasenkrug!“, sagte er dann hörbar angespannt.

„Aber …“, setzte Hasenkrug zu einer Erwiderung an, fuhr aber sogleich zusammen, als sein Chef nun mit der flachen Hand gegen die Wand donnerte.

„Kein Aber, Hasenkrug“, presste er zwischen den Zähnen hervor. „Unsere Hauptverdächtige in einem Mordfall ist unauffindbar. Eine Hauptverdächtige, für die wir bei der Richterin um Haftverschonung geradezu gebettelt haben. Wenn ihr Verschwinden bei der Staatsanwaltschaft bekannt wird, können wir beide ab morgen zuhause bleiben und Topflappen häkeln.“ Er atmete tief durch und fügte dann hinzu: „Nichtsdestotrotz bleibt mir jetzt gar nichts anderes übrig, als den Gang nach Canossa auf mich zu nehmen. Sie veranlassen alles Weitere. Und zwar pronto!“

Als sein Assistent mit versteinerter Miene zum Hörer griff, drehte Büttner sich auf dem Weg zur Tür noch mal um und sagte: „Für mich bitte die Häkelnadeln mit dem blauen Griff, Hasenkrug.“

„Es lebe der Galgenhumor“, murmelte der, bevor er einem Kollegen durchs Telefon die knappe Ansage machte: „Fahndung nach der im Mordfall Rolf Wernicke Verdächtigen Helen Rössling. Volles Programm.“

12

Fluchend ging Jutta in die Waschküche, nahm Eimer und Wischlappen in die Hand und kehrte in den Frühstücksraum zurück. „Am besten, ich leg mich wieder ins Bett und steh dann noch mal auf", murmelte sie verdrossen vor sich hin. Obwohl es noch früh am Morgen war, wusste sie schon jetzt, dass dieses nicht ihr Tag sein würde. Aber wie sollte er auch, nach allem, was am gestrigen Tag passiert war. Noch immer wurde ihr ganz übel, wenn sie daran dachte, dass Helen womöglich irgendetwas zugestoßen war. Aber welchen Grund sollte ihre Freundin sonst haben, von ihrem Spaziergang nicht zum Hof zurückzukehren?

Die beiden Polizisten waren gegen Abend noch mal aufgetaucht. Auch sie hatten reichlich mitgenommen ausgesehen, vor allem Helens Ex-Kurzzeit-Affäre Sebastian Hasenkrug. Nervös die Hände knetend und mit ungesund wächserner Gesichtsfarbe hatte er dagesessen und dankbar eine Tasse Kaffee entgegengenommen, die er jedoch noch zur Hälfte gefüllt stehen ließ, als er sich später wieder verabschiedete. Zunächst hatte nur sein Chef – trotz der auch bei ihm spürbaren Anspannung – routiniert Fragen gestellt, später dann hatte auch Hasenkrug sich berappelt und von einem Moment auf den anderen erstaunlich eloquent gewirkt.

Nur leider waren sie trotz aller Bemühungen, einen Anhaltspunkt zu den Umständen von Helens Verschwinden zu finden, nicht einen Schritt weitergekommen. Wie Sebastian Hasenkrug ihnen berichtete, habe man Helen nur deshalb so bald vermisst, weil sie ihn im Präsidium habe aufsuchen wollen.

„Bestimmt wollte sie Ihnen den Zettel geben", hatte Markus genickt. Und auf Büttners Frage, welche Art Zettel es gewesen sei, hatten Jutta und er den Polizisten von dem Drohbrief erzählt, der am Morgen im Briefkasten gelegen hatte. Dabei hatte Jutta zur Überraschung der Polizisten auch erwähnt, dass Helen Rössling und Henning Kappel seit langen Jahren gut befreundet seien und der Journalist von dem Stalker gewusst habe. Jetzt blieb abzuwarten, was die Polizei mit dieser Information anfing.

„Kann ich Ihnen helfen?", fragte eine vielleicht dreißigjährige Frau und nickte zu der großen Kaffeelache vor dem Büffet hinüber, in der mehrere zerbrochene Tassen lagen. Soeben war Jutta das Tablett hinuntergefallen, als sie für einen kurzen Moment unachtsam gewesen war.

„Um Himmels willen, nein!", schüttelte Jutta schnell den Kopf und lächelte die Frau, die am Abend zuvor angereist war, freundlich an. „Sie sind hier, um Urlaub zu machen und sollen sich erholen. Meine Dusseligkeit bade ich schon alleine aus." Sie bückte sich, um die Porzellanscherben in den Eimer zu sammeln.

„Ach was!", winkte die Frau ab und sprang von ihrem Stuhl auf. „Kommt doch gar nicht infrage, dass ich Ihnen beim Putzen zusehe. Außerdem kann ich auf diese Weise gleich mein reichhaltiges Frühstück wieder abtrainieren“, fügte sie augenzwinkernd hinzu.

Und so kam es, dass von dem ganzen Malheur nur wenige Minuten später nichts mehr zu sehen war, außer einem wischfeuchten Fleck auf dem steinernen Fußboden.

„Herzlichen Dank, Frau Badoni“, sagte Jutta und streckte der schlanken Frau die Hand hin. Sie hatte sie gleich auf Anhieb sympathisch gefunden mit den lebenslustig funkelnden grünen Augen in ihrem schmalen Gesicht und dem langen, kastanienbraunen Haar, das ihr glatt über die Schultern fiel und im einfallenden Sonnenlicht rötlich schimmerte. Sie war zweifellos eine Schönheit.

„Ach, warum so förmlich!“, schmetterte die junge Frau. „Ich bin Patricia. Meine Freunde nennen mich Pat.“

„Schön, dass du hier bist, Pat“, strahlte Jutta. „Ich heiße …“

„Jutta“, sprach sie in diesem Moment eine Stimme von hinten an, und sie drehte sich zur Tür. Dort stand Markus und sah sie aus einem völlig übernächtigten Gesicht müde an. Er sah absolut erbärmlich aus. „Ich würde meinen Kaffee gerne mit in den Garten nehmen, geht das?“

„Natürlich. Kein Problem.“ Jutta schenkte ihm schnell eine große Tasse ein und drückte sie ihm in die Hand. „Soweit alles okay, oder kann ich noch was für dich tun?“, fragte sie besorgt.

„Nein. Danke. Ich überlege gerade, wo ich vielleicht noch suchen könnte“, sagte er matt und rieb sich die müden Augen.

„Haben Sie Ihren Autoschlüssel verlegt?“, fragte Pat mit einem Zwinkern. „Das passiert mir auch ständig. Hab mir jetzt so 'nen Piepser angeschafft, damit kann ich ihn selbst unter Bergen von Sofakissen noch orten."

„Markus, das ist Pat. Sie ist gestern hier eingetroffen", beeilte sich Jutta zu sagen, als Markus ihren neuen Gast mit einem so finsteren, ja fast wütenden Blick musterte, dass sie fürchtete, er würde Pat im nächsten Moment seinen Kaffee ins Gesicht schütten. Doch zu ihrer Erleichterung schnaubte er nur kurz und verließ dann wortlos den Raum.

„Ups. Was ist denn das für ein Miesepeter!", verzog Pat das Gesicht, lachte aber sogleich wieder. „Eigentlich ein Bild von einem Mann. Er scheint aber einen Hang zu schlechter Stimmung zu haben, wenn mich nicht alles täuscht."

Jutta seufzte. Pat hatte recht. Markus sah mit seinen dunklen, kurzgeschorenen Haaren, seinen bernsteinfarbenen Augen und seiner athletischen Figur zum Anbeißen aus. Natürlich konnte Pat nicht wissen, dass er normalerweise auch ein wirklich netter Typ war. Ein bisschen glatt vielleicht für Juttas Geschmack. Sie stand mehr auf solch robuste, naturbelassene Kerle wie ihren Ihno. Aber zu Helen passte er. Die hatte schon immer mehr auf diese Karrieretypen gestanden. „Nimm's ihm nicht übel", sagte sie und fühlte sich plötzlich unendlich müde. Mit einem erneuten Seufzer ließ sie sich auf einen Stuhl sinken und fügte schulterzuckend hinzu: „Na ja, du wirst es ja sowieso mitkriegen, schließlich spricht hier derzeit niemand über irgendwas anderes."

„Du machst es aber spannend!", sagte Pat und blickte sie aus großen Augen an.

Jutta sah sich im Raum um. Alle anderen Gäste waren

bereits fertig mit dem Frühstück, so dass niemand außer Pat hören würde, was sie sagte.

„Markus' Frau ist seit gestern verschwunden", erklärte sie und spürte, wie ihr bei diesen Worten die Tränen in die Augen stiegen. Schnell wischte sie sie mit dem Handrücken weg.

„Oh mein Gott", hauchte Pat und schlug sichtlich erschrocken die Hand vor den Mund. „Aber … wie kann denn sowas sein?" Sie umschrieb mit beiden Armen einen weiten Bogen. „Ich meine, hier, in diesem Idyll. Das ist doch gar nicht möglich!"

„Sie ist meine beste Freundin", schluchzte Jutta auf, und es gelang ihr nicht, die Tränen zurückzuhalten. „Und sie ist schwanger. Und nun … ist sie einfach weg!" Ihr letzter Satz hatte so verzweifelt geklungen, dass Pat sich zu ihr hinabbeugte und sie in den Arm nahm.

„Habt ihr die Polizei schon informiert?", fragte sie mitleidig.

Jutta nickte. „Ach, es ist eine so verzwickte, eine so furchtbare Geschichte! Ich weiß gar nicht …" Ihre nächsten Worte gingen in einem haltlosen Wimmern unter. „Entschuldigung", murmelte sie nach einer Weile und wischte sich mit dem Ärmel ihres Sweatshirts die Tränen aus dem Gesicht, „ich wollte dich nicht … mein Gott, du machst hier Urlaub und ich heul dir die Ohren voll! Es tut mir leid! Bitte vergiss es einfach!" Sie stand auf und machte sich daran, das Frühstücksgeschirr abzuräumen.

„Ist es … es ist aber nicht diese Helen Rössling, oder?", fragte Pat vorsichtig.

Jutta sah sie aus verheulten Augen erstaunt an. „Woher …
ich meine, woher …“

Pat tippte auf die Zeitung, die auf dem Tisch lag.
„Fahndungsaufruf“, sagte sie nur.

„Oh mein Gott!“, rief Jutta aus und fügte dann weniger
traurig als empört hinzu: „Aber sie ist doch nicht geflüchtet! Keiner kann doch wirklich glauben, dass Helen
auf der Flucht ist!“

„Zumindest steht es so in der Zeitung“, sagte Pat leise.

„Ihr muss was passiert sein, da gibt’s keinen Zweifel“,
schüttelte Jutta energisch den Kopf.

„Wenn ich irgendwas tun kann, dann …“, setzte Pat zum
Reden an, hielt jedoch schnell inne, als sie Markus erneut
zur Tür hereinkommen sah. Er beachtete sie gar nicht,
sondern stellte nur seine leere Tasse auf dem Tisch ab. „Ich
kann hier nicht rumsitzen“, sagte er rau. „Ich höre mich
noch mal in der Gegend um, ob irgendjemand was gesehen
hat.“ Wortlos verschwand er zur Tür hinaus.

„Der Arme“, murmelte Pat und schnappte sich ihre
Tasche und eine große Kamera. „Ich leg dann auch mal
los.“

„Du bist Fotografin?“, fragte Jutta ohne wirkliches
Interesse.

„Ja. Naturaufnahmen. Das Wattenmeer fehlt noch in
meiner Sammlung.“

„Klingt, als wärest du viel unterwegs.“

„Ja“, lachte Pat, „die große, weite Welt ist mein Zuhause.
Ich war schon auf allen Kontinenten, habe Aufnahmen von
beinahe allen interessanten Landschaften dieser Welt.“ Sie
schürzte die Lippen und fuhr dann fort: „Aber, wie das so

ist, häufig sieht man die Schönheit vor der eigenen Haustür zuletzt. Aber das wird sich jetzt ändern."

„Und was machst du mit den Bildern?"

„Ich verkaufe sie an Magazine und veröffentliche sie in Bildbänden." Sie öffnete ihre Tasche, zog ein paar Bücher hervor und legte sie auf den Tisch. Jutta trat neugierig näher und betrachtete die Sammlung. Australien, Kalifornien, Antarktis, Japan, Südafrika, Island. „Alle Achtung", sagte sie anerkennend.

„Das sind nur Ausschnitte", lachte Pat. „Ich trage immer eine Auswahl mit mir herum, falls mir eines Tages doch noch mein großer Entdecker über den Weg läuft und mich meiner Bestimmung zuführt."

„Und die wäre?", fragte Jutta lächelnd. Mit dieser lebenslustigen Pat in einem Raum konnte man unmöglich lange Trübsal blasen.

„Der Nobelpreis für Fotografie natürlich", sagte Pat augenzwinkernd und lachte dann aus vollem Halse über ihren eigenen Witz.

„Da wirst du mit unserem schönen Wattenmeer ganz bestimmt die allerbesten Chancen haben", neckte Jutta zurück. „Zeigst du mir die Bilder mal, wenn sie fertig sind?"

„Klar. So, jetzt muss ich aber wirklich los, sonst ist noch die Sonne weg. Für heute Mittag sind nämlich schon wieder Gewitter angesagt."

Hoffentlich sitzt Helen irgendwo warm und trocken, schoss es Jutta durch den Kopf, als sie die gut gelaunt vor sich hin pfeifende Pat mit ihrer Ausrüstung in Richtung Parkplatz laufen sah.

13

Das Erste, was Helen spürte, war ein rasender Kopfschmerz. Schon häufiger hatte sie unter schweren Migräneattacken gelitten und war deswegen auch lange Zeit in ärztlicher Behandlung gewesen. Erfolglos. Erst, als eine Freundin sie auf eine spezielle Diät aufmerksam machte und Helen ihren Lebenswandel von Grund auf änderte, stellte sich der gewünschte Erfolg ein. Seither war sie eigentlich beschwerdefrei. Woher also kam jetzt plötzlich dieses unerträglich dumpfe Grollen in ihrem Schädel?

„Markus?", krächzte Helen mit belegter Stimme. Sie schluckte. Ihre trockene Kehle fühlte sich an wie Schmirgelpapier. Was war nur los mit ihr? Hatte sie über Nacht eine schwere Grippe erwischt? Sie wollte sich an die Stirn fassen, um ihre Temperatur zu fühlen, aber ihr Arm gehorchte ihr kaum. Vielmehr schien er nicht mehr zu ihr zu gehören, lag schwer und kraftlos neben ihrem Körper. Sie bewegte die Finger und spürte ein Tuch. Ein Laken vielleicht? Lag sie auf einem Bett? Zuhause? Oder hatte sie einen Unfall gehabt? War sie womöglich in einem Krankenhaus?

Trotz des pochenden Schmerzes hinter ihren Augen versuchte sie, ihre Lider zu heben. Nur ganz verschwommen nahm sie jetzt ihre Umgebung wahr. Sie wollte ihren Blick fokussieren, doch immer wieder schoben sich tänzelnde

Schatten vor ihren Augen entlang, die sie in die Dunkelheit zurückschickten. Sie spürte Panik in sich aufsteigen, ihr Atem ging stoßweise. Was war denn bloß mit ihr passiert? „Markus?", krächzte sie erneut, doch auch diesmal kam keine Antwort.

Helen zwang sich, ruhiger zu atmen, und nach ein paar Minuten gelang es ihr, ihre Panik einigermaßen unter Kontrolle zu bekommen. Sie lauschte – und hörte nichts. Um sie herum war Stille. Keinerlei Geräusche drangen von außen zu ihr, kein Straßenlärm, keine menschlichen Stimmen, kein Vogelgezwitscher. Nichts. Wieder machte sich eine beklemmende Angst in ihr breit, die ihr die Luft abzuschnüren drohte.

Angestrengt versuchte sie sich zu erinnern. Markus. Er saß mit – konnte es Jutta sein? Ja. Ja, es war ihre Freundin Jutta, die mit ihm an einem Tisch saß. In einem wunderschönen Garten. Kindergeschrei. Woher kamen die Kinder? Es waren doch nicht … Helen stöhnte auf. Sie war schwanger! Sie trug ein Kind unter dem Herzen! Was war … Wieder versuchte sie, ihren Arm zu heben, um mit ihm die Wölbung ihres Unterleibs zu ertasten. Vergeblich. „Mein Kind", hauchte sie benommen, weil ihre brennende Kehle keinen Laut mehr von sich gab. „Markus, was ist mit unserem Kind?"

Das Wattenmeer. Ostfriesland. Urlaub. Ja, jetzt wusste sie es wieder. Sie war zu Jutta gefahren, weil … eine eiskalte Hand legte sich um ihren Hals und drohte sie zu ersticken. Der Stalker! Die Rosen! Sie war vor ihm geflüchtet, aber nun … oh, lieber Gott, hatte er sie nun doch erwischt? Hatte Henning nicht gesagt, sie sei hier in Sicherheit?

Henning! Warum nur war er so gemein zu ihr? Hatte er sie an den Stalker verraten? Hielt der sie hier etwa gefangen? Hatte er … nein. Ganz langsam setzte sich in ihrem Kopf ein Bild zusammen. Sebastian. Er sagt, ihr Peiniger sei tot. Ermordet. Mit einem Messer. Aber was war mit Henning?

Helen stöhnte gequält auf. Wo war sie jetzt? Und bei wem? Sie wollte doch zum Leuchtturm, sie wollte zu Sebastian. Und dann?

Sie hielt in ihrer Überlegung inne, weil sie glaubte, ein Geräusch vernommen zu haben. Angestrengt horchte sie in die Dunkelheit. Dunkelheit? Nein. Gerade noch hatte sie doch Licht gesehen, bevor ihre Lider wieder den Dienst versagten. Es musste Tag sein. Nicht Nacht. Da! Ein Quietschen! Jetzt ein Klappern! Es war jemand bei ihr im Raum. „Markus?“

Es kam keine Antwort. Aber es musste doch jemand da sein, sie hörte es nun ganz deutlich. Es klang wie das Klappern von Geschirr, dazu ein Keuchen, so, als wäre jemand nach einem Dauerlauf ganz außer Atem. „Hallo?“

Wieder dieses seltsame Quietschen und dann – nichts.

14

Sebastian Hasenkrug schluckte schwer, als ihm die Kollegin aus der Presseabteilung einen Ausschnitt des Pressespiegels, um den er sie gebeten hatte, auf den Tisch legte. Hatten sich die Medien in den letzten Tagen noch zurückgehalten und unisono ihren Kollegen Henning Kappel wegen seiner *voreiligen und jedem presseethischen Kodex zuwiderlaufender Berichterstattung* in die Hölle der schreibenden Zunft gewünscht, so übten sie sich angesichts des Fahndungsaufrufes der Polizei nun selbst in den abenteuerlichsten Spekulationen. Dass die prominente Hauptverdächtige in einem Mordfall von jetzt auf gleich spurlos verschwand, werteten die meisten Zeitungen ganz offensichtlich als Geständnis. Von *Helen Rössling nutzt Freiheit zur Flucht* über *Autorin von Liebesromanen schreibt ihren eigenen Krimi* bis hin zu *Spekuliert sie auf Bestseller im Knast?* übertrafen sich die Blätter regional wie überregional in unzweideutiger Stimmungsmache. Nur wenige Redaktionen stellten zumindest die Frage, ob hinter ihrem plötzlichen Verschwinden womöglich auch ein Unglück oder eine Entführung stecken könne. Eine württembergische Tageszeitung verlor sich gar ausschweifend in der Annahme, die Autorin habe womöglich mit der Schande – oder der Schuld? – nicht leben können und Selbstmord begangen. Eines jedenfalls war nach einer genauen Analyse der Medien sicher: Helen Rössling war zum medialen Abschuss freigegeben.

Natürlich standen nun auch die Telefone im Kommissariat nicht mehr still, denn in allen Blättern wurde im letzten Absatz darauf hingewiesen, dass man sich bei sachdienlichen Hinweisen auf den Verbleib Helen Rösslings beim zuständigen Kommissariat oder jeder anderen Polizeidienststelle melden solle. Und diese Hinweise gab es erwartungsgemäß zuhauf. Selbst aus Paris hatte sich ein Mann gemeldet, der die Gesuchte am Flughafen Charles de Gaulle gesehen haben wollte. Eine betagte Dame aus Hamburg meinte gar gesehen zu haben, dass die Autorin am helllichten Tag, nämlich genau um 15:11 Uhr, eine Geisel genommen und sich mit dieser in einem alten Hafenspeicher verschanzt habe. Auf die Frage, wie denn Helen Rössling den Weg von Ostfriesland nach Hamburg in weniger als einer Stunde habe zurücklegen können, hatte die Dame schlichtweg erklärt: „Och, in Zeiten des Internets ist das doch wohl möglich." Anscheinend sahen die Leute zu viele schlechte Krimis.

Was den Staatsanwalt an der Berichterstattung naturgemäß am meisten in Rage versetzte, war der Vorwurf der Medien an die Ermittlungsbehörden, sie hätten in dieser Sache *beispiellos versagt*. Hauptkommissar David Büttner hatte am Morgen noch nicht mal seinen Mantel an die Garderobe gehängt, als er auch schon zum Rapport bei der Staatsanwaltschaft einbestellt worden war. Als sein Chef vor wenigen Minuten wieder zurück ins Büro kam, war sich Hasenkrug sicher zu wissen, dass der Staatsanwalt

den Spruch *Einen Kopf kürzer machen* wörtlich genommen
hatte. Selten hatte er erlebt, dass Büttner in irgendeiner
Situation seinen Kopf einzog, diesmal aber trug er ihn so
tief zwischen den Schultern, dass man meinen konnte, der
Staatsanwalt habe mit ihm *Hau den Lukas* gespielt. Entsprechend mies war nun Büttners Laune.

Minutenlang saß der Hauptkommissar nur da, starrte
mit düsterer Miene aus dem Fenster in den dichten
Nebel hinaus und schob sich einen Schokoriegel nach
dem anderen in den Mund. Hasenkrug hätte sich lieber
freiwillig in der Ems ertränkt, als seinen Chef in diesem
Moment anzusprechen. Sogar als er niesen musste, hielt
er sich schnell die Nase zu, aus lauter Angst, am nächsten
Morgen selbst als das nächste Todesopfer in der Zeitung
zu stehen.

Als Büttners Stimme schließlich die angespannte Stille
durchbrach, war Hasenkrug so erschrocken, dass er
meinte, sein Herz würde einen letzten, heftigen Schlag tun
und damit seinem noch jungen Leben ein schnelles, aber
gnädiges Ende bereiten. Zu seinem Erstaunen aber ging
nun kein donnerndes Gewitter über ihm nieder, sondern
Büttner sagte mit ruhiger Stimme: „Was schlagen Sie vor,
Hasenkrug?“

„Ich … ähm … also … tja …“, japste Hasenkrug völlig
überrumpelt.

„Das dachte ich mir“, nickte Büttner, verzog jedoch
immer noch keine Miene, sondern starrte nach wie vor
mürrisch aus dem Fenster.

Hasenkrug war froh, dass sein Handy in diesem Moment
klingelte und er der Verlegenheit entkam, nun schnell etwas

einigermaßen Kluges von sich geben zu müssen. „Es gibt eine Zeugin, die gesehen haben will, wie Helen am Campener Leuchtturm von einem Mann in ein Auto gezerrt wurde“, sagte er, nachdem er den Anruf beendet hatte.

„Es gibt dutzende Zeugen, die so was gesehen haben wollen“, erwiderte Büttner lahm und machte eine wegwerfende Handbewegung.

„Das Interessante an dieser Zeugin ist aber, dass dieses Auto, das sie gesehen haben will, genau das Modell war, das Henning Kappel auch fährt. Sie erinnerte sich sogar an zwei Ziffern des Kennzeichens, die ebenfalls passen würden.“

Büttner hob erstaunt die Augenbrauen und sah Hasenkrug erstmals an diesem Tag ins Gesicht. „Das klingt zumindest so, als müssten wir uns diese angebliche Zeugin mal ansehen. Zu dem Mann aber konnte sie keine Angaben machen?“

„Nur, dass er wohl ziemlich korpulent gewesen sei. Aber auch das würde ja auf Kappel zutreffen.“

„Gibt es denn inzwischen irgendwelche Anhaltspunkte, warum dieser Journalist es auf Helen Rössling abgesehen haben könnte?“

Hasenkrug schüttelte den Kopf. „Nein. Da tappen wir noch völlig im Dunkeln. Es gibt überhaupt keinen Anhaltspunkt. Inzwischen haben wir gemeinsame Freunde von ihnen befragt und auch ihren Ehemann und Jutta Hettinga diesbezüglich noch mal in die Mangel genommen. Aber alle waren sich einig, dass sich die beiden immer außerordentlich gut verstanden haben. Manche haben gar von einer Seelenverwandtschaft gesprochen.“

„Kann Eifersucht im Spiel sein?“

„Auch das hielten alle für nicht denkbar. Aber genau weiß man das natürlich nie. Wer guckt schon in die Köpfe?“

„Aber irgendwas muss den Kerl doch verdammt noch mal antreiben!“, fluchte Büttner, der es nicht leiden konnte, wenn er in einer Ermittlung so fürchterlich durchs Nichts stolperte. „Die Sache muss ihm immerhin so wichtig sein, dass er dafür seine exzellente Reputation aufs Spiel setzt. Sowas macht man doch nicht einfach aus Lust und Laune.“ Er stutzte kurz, bevor er fortfuhr: „Immer vorausgesetzt natürlich, dass er selber für diese Angriffe verantwortlich ist. Außerdem frage ich mich, warum Helen Rössling geleugnet hat ihn zu kennen. Dafür muss es doch einen Grund geben!“

Er sah seinen Assistenten aus schmalen Augen an und sagte: „Haben Sie wirklich Kappels ganzes Leben gecheckt, Hasenkrug? Ich meine, vielleicht hat Helen Rössling ihm im Sandkasten das Schäufelchen geklaut, und sein Therapeut hat erst jüngst diese tiefsitzende Kränkung in langen Sitzungen aus seinem Unterbewusstsein wieder ans Licht gezerrt. Bei manchen Leuten kann so was auch Jahrzehnte später noch höchst seltsame Reaktionen hervorrufen.“ Büttner nickte mit gekräuselten Lippen wissend vor sich hin, als hätte er mit solch einem Fall schon dutzende Male zu tun gehabt.

Hasenkrug war sich nicht sicher, ob er die Bemerkung seines Chefs ernst nehmen sollte oder sich zum Deppen machte, wenn er nun darauf einging. Also schwieg er lieber und begann geschäftig, auf seinem Computerbildschirm rauf und runter zu scrollen.

„Sie haben die Adresse?“, fragte Büttner nach einigen Minuten.

„Welche Adresse?"

„Die der angeblichen Zeugin."

„Ach so. Ja." Hasenkrug schaute auf seine Schreibtischunterlage und sagte: „Sie betreibt eine Kneipe in Emden. Hat wohl ganztags geöffnet."

„Dann holen wir uns da jetzt mal eine Frikadelle mit Ketchup ab", meinte Büttner gedehnt und stand auf, nachdem er sich einen weiteren Schokoriegel aus der Schreibtischschublade genommen hatte.

Die Emder Kneipe mit Namen *Swantjes Eck* war das, was man landläufig als Kaschemme bezeichnete. Sie lag in einer kleinen Seitengasse unweit des Außenhafens und machte einen heruntergekommenen Eindruck. Büttner schaute kritisch auf die Risse im verputzten Mauerwerk und die verschmierten Fenster, die bestimmt seit Jahren keinen Putzlappen mehr gesehen hatten. Hasenkrug verzog angeekelt das Gesicht, als er die klebrige Türklinke herunterdrückte, die sich anfühlte, als habe sie jemand mit Butter eingeschmiert.

Als sie durch einen schweren, dunkelgrünen Vorhang das Innere der Kneipe betraten, schlug ihnen eine dichte Dunstglocke entgegen, die ihnen für einen kurzen Moment den Atem nahm und einen Hustenreiz auslöste. Anscheinend waren sie in einer der wenigen noch existierenden Raucherkneipen gelandet, stellte Büttner angewidert fest, und bekam bei dem Gedanken, dass er somit den Rest des Tages stinken würde wie ein abgestandener Aschenbecher, sofort wieder schlechte Laune.

„Moin", brummte er missgestimmt. Der Rauch biss unangenehm in seinen Augen, als er diese prüfend durch den eingenebelten Raum schweifen ließ. Vier Männer saßen auf Barhockern an der rustikalen Theke, eine Frau stand dahinter. Alle blickten ihnen mit skeptischem Blick schweigend entgegen. „Mein Name ist Büttner, das hier ist mein Kollege Hasenkrug. Wir sind von der Kriminalpolizei", stellte Büttner sich und seinen Assistenten vor und bemerkte, wie einer der Männer sofort nervös auf dem Barhocker herumrutschte und zur Tür hinüber schielte. „Sie hatten uns angerufen", ignorierte er den Mann mit dem offensichtlich schlechten Gewissen und wandte sich an die Frau hinter dem Tresen.

„Ich?", fragte die Frau fortgeschrittenen Alters und sah ihn grimmig an. Sie trug Jeans und einen fleckigen Pullover, an dem sie sich nun die nassen Finger abwischte. Ihre blondierte Dauerwelle stand ihr wirr vom Kopf ab, ihr faltiges Gesicht wirkte ledrig und verlebt.

Hasenkrug warf einen Blick in seine Notizen und sagte dann: „Sie sind doch Swantje Lütjens?"

„Kann wohl sein", erwiderte sie, nahm einen kräftigen Zug ihrer Zigarette und musterte ihn aus schmalen Augen.

„Sie sagten am Telefon, Sie hätten am Campener Leuchtturm beobachtet, wie ein Mann eine Frau in sein Auto zerrte", half Hasenkrug ihr auf die Sprünge.

Als hätte jemand einen Schalter umgelegt, kam plötzlich Leben in die Runde. „Oha, dat ging ja fix", bemerkte ein spindeldürrer Mann mittleren Alters, und sein neben ihm sitzender Kumpel sagte knapp: „Do kiek an." Die beiden anderen nickten stumm.

„Jo. Das war 'n Ding." Swantje Lütjens machte sich

am Zapfhahn zu schaffen und stellte dem spindeldürren Mann ein neues Bier auf die Theke. „Auch eins?", fragte sie an die Polizisten gewandt, die aber winkten ab. Eigentlich hätte Büttner ganz gerne einen Kaffee getrunken, aber angesichts der mangelhaften hygienischen Zustände sah er lieber davon ab.

„Tja, Frau Lütjens, dann erzählen Sie mal", sagte er stattdessen und setzte sich auf einen freien Barhocker.

„Jo. Das war 'n Ding", wiederholte sie zunächst nur. Gerade, als sie offensichtlich anfangen wollte zu erzählen, wurde sie von dem nervösen Mann unterbrochen: „Nu mach uns auf den Schreck hin erst mal allen 'nen Söpke, Swanni."

Hasenkrug schüttelte sich innerlich, als die Wirtin wenig später vier Gläser Doornkaat vor den Männern auf der Theke verteilte. Wie konnte man sich so früh am Tag schon so viel Alkohol hinter die Binde kippen? Außerdem fragte er sich, ob Büttner und er hier nicht ihre Zeit verschwendeten. Er wollte gar nicht wissen, was die Leute sich in ihrem umnebelten Hirn so alles zusammenreimten. Allerdings, so stellte er fest, schien die Wirtin selbst keinen Alkohol anzurühren. Sie nippte zwischendurch nur an einem Glas Wasser.

„Also", begann Swantje Lütjens, während sie ihre Zigarette im Aschenbecher ausdrückte und sich sogleich eine neue ansteckte, „ich war gestern mit meinem Enkel am Campener Leuchtturm. Da ist der ganz gerne. Wie die lütten Jungs eben so sind. Und seine Mutter, was meine Tochter ist, hatte keine Zeit. Musste zur Schicht. Hab dann den Lütten öfter. Wo soll er auch sonst hin."

„Is ja alles nicht mehr so einfach für die jungen Frauen heutzutach", nickte der Spindeldürre. „Was meine Tochter is, die is ja Verkäuferin. Und der Dreckskerl hat sie einfach sitzen lassen. Sind die Kinner oft allein zuhaus. Aber was soll sie tun, sie …"

„Was passierte dann am Leuchtturm?", schnitt Büttner ihm das Wort ab.

„Ich komm da wieder runter, also vom Leuchtturm, und dann seh ich da so 'n Auto."

„Was für ein Fabrikat?"

„Weiß nicht. VW, glaub ich. Combi. Grün. Und zwei Dreier auf 'm Nummernschild. Aber das hab ich ja schon am Telefon gesacht."

„Machst mir mal 'ne Frikadelle warm?", meldete sich einer der bisher schweigsamen Männer zu Wort.

„Jetzt nicht", entgegnete Swantje Lütjens mit einer unwirschen Handbewegung.

„Hab aber Hunger", ließ der Mann nicht locker.

„Sach mal, haste Schmalz inne Ohren oder was? Jetzt nicht, hab ich gesacht!" Die Wirtin funkelte ihn böse an.

„Geh nach Haus und sach Heidrun, sie soll dir 'n Spiegelei machen", nickte der Spindeldürre.

„Ach wat", winkte der Angesprochene ab, „die hat gesacht, ich soll mich vor heut Abend nich blicken lassen. Is Putztach heut. Nachher kriegt die mich noch ans Kloputzen, wenn ich zu früh komm."

„Ist auch kacke, wenn 'n Kerl zu früh kommt", nickte sein Kumpel mit einem kurzen Augenzwinkern, und mit ein paar Sekunden Verzögerung brachen er und seine Saufgenossen in grölendes Gelächter aus und stießen mit ihren

Biergläsern auf den ihrer Meinung nach gelungenen Scherz an.

„Und was haben Sie dann am Auto gesehen?", brüllte Büttner gegen den Heiterkeitsausbruch an.

„Da war 'n Mann. Ziemlich dick. Und 'ne Frau. Die sah aus, wie die ausser Zeitung." Swantje Lütjens hob eine Tageszeitung in die Höhe und klopfte mit ihrem gelblich verfärbten Zeigefinger auf das Bild von Helen Rössling. „Hab noch gedacht, was macht denn der da mit ihr. Hat sie einfach von hinten gepackt, und auf einmal war die ganz schlaff. Hat so komisch mit den Armen geschlenkert und der Kopf fiel zur Seite." Sie machte die Bewegungen nach, was die Männer an der Theke zu einem erneuten Lachanfall veranlasste. „Dachte, die ist bestimmt vor Schreck in Ohnmacht gefallen. Er hat sie dann ins Auto geschoben und ist dann weggefahren."

„Könnte das dieser Mann gewesen sein?", fragte Hasenkrug und legte ein Bild von Henning Kappel auf den Tresen. Sie setzte ihre Brille auf und sah es sich genau an. „Kann sein", sagte sie und blies Hasenkrug den Zigarettenrauch ins Gesicht. „Hab ihn nur von hinten gesehen. Jo. Kann sein, kann aber auch nicht sein. Figur stimmt."

„War sonst noch jemand in der Nähe?", wollte Büttner wissen.

„Nee. Wir waren die Einzigen am Leuchtturm. Bis auf die Frau, die die Karten verkauft hat. Und da fing ja auch schon das Gewitter an. Sind dann noch mal auf 'n Turm rauf. Meikel wollte das unbedingt von oben sehen, die Blitze und den Regen und so."

„Ihr Enkel heißt Michael?"

„Jo." Als sie sah, dass Hasenkrug den Namen notierte, sagte sie: „Nee. Nicht Michael. Meikel! Wie Michael Jackson. M, E, I, K, E, L."

„Verstehe." Hasenkrug wollte eine Bemerkung machen, verkniff sie sich dann aber, weil sein Chef ihm einen warnenden Blick zuwarf. „Haben Sie mit der Frau vom Kartenverkauf über den Vorfall gesprochen?", fragte er daher nur.

„Nee."

„Kannste mir jetzt 'ne Frikadelle warm machen?", versuchte der Hungrige noch mal sein Glück.

„Nee. Einfach Klappe halten, okay!?"

„In welche Richtung ist das Auto gefahren?", fragte Büttner. „Emden oder Greetsiel?"

„Da hab ich nicht nach geguckt. Wir sind dann ja auf 'n Turm rauf."

„Und heute in der Zeitung haben Sie die Frau wiedererkannt?"

„Na ja. Dachte, die hab ich doch schon mal gesehen." Swantje Lütjens wischte mit einem Lappen über die Theke, wo einer der Männer bei einer unbedachten Bewegung gerade sein Bier hatte überschwappen lassen. „Und wenn das 'ne gefährliche Mörderin ist, da dachte ich, rufst mal besser die Polizei."

„Es ist noch gar nicht bewiesen, dass sie eine Mörderin ist", gab Hasenkrug sichtlich angespannt zu bedenken.

„Ach wat", erwiderte der Spindeldürre, „das steht doch in allen Zeitungen, dass die den Kerl im Strandkorb umgebracht hat. Da kann das doch nicht falsch sein, wenn's überall steht." Er kratzte sich am Kopf, kniff dann ein

Auge zu und sagte an Büttner gewandt: „Ich hab den Kerl ja gesehen.“

„Welchen Kerl haben Sie gesehen?“

„Na, die Leiche. Da lebte der aber noch.“

„Rolf Wernicke?“, fragte Büttner verwundert.

„Jo. Rolf. So hieß der ja wohl.“ Er förderte aus den Tiefen seiner Lungen Schleim hervor und spuckte ihn auf den Boden, woraufhin ihm die Wirtin ihren feuchten Putzlappen um die Ohren haute und ihn wütend aufforderte, die Schweinerei sofort aufzuwischen.

„Und wo haben Sie ihn gesehen?“, sagte Büttner unbeeindruckt, während Hasenkrug angeekelt das Gesicht verzog.

„Hier, gleich nebenan. Hat sich mit Dirk angelegt“, schnaufte der Dürre angestrengt, als er den Boden mehr schlecht als recht von seinen schleimigen Hinterlassenschaften säuberte. „Ich dachte, Dirk macht den alle, so wütend war der.“

„Wer ist Dirk?“

„Der hat den Puff nebenan. *Loveaffairs*. Nehme an, dieser Rolf war frech zu einem der Mädchen.“

„Oh ja“, nickte der Hungrige, „da kann Dirk richtig wütend werden. Nicht lang her, da hat er so ’nem Matrosen ’n Messer in die Familienplanung gerammt. Dafür hat er dann Bewährung gekriegt.“

„Ist schon richtig, dass der die Mädchen verteidigt. Ich mein, die machen doch nur ihren Job“, sagte der Mann, der bisher noch gar nicht den Mund aufgemacht hatte. „Sollen doch dankbar sein, die Jungs, dass die Mädchen für sie die Beine breit machen. Aber wehtun, nee, das geht nun wirklich nicht.“

„Und wann haben Sie den Streit zwischen diesem Dirk und Wernicke beobachtet?"

„Hm. Das mach wohl so gegen halb zehn am Abend gewesen sein. Am nächsten Morgen war der jedenfalls tot, das weiß ich noch."

„Sie glauben, dass dieser Dirk was mit dem Mord zu tun haben könnte?", horchte Hasenkrug auf.

„Dirk? Ach wat. Der wird zwar manchmal echt sauer, ist aber 'n guter Kerl. Der bringt keinen um, oder was meint ihr?" Er sah seine Kumpel fragend an, und die schüttelten einhellig den Kopf.

„Wie heißt Dirk mit Nachnamen?", fragte Büttner.

„Rickleffs."

„Gut. Das war's dann fürs Erste. Bitte rufen Sie mich an, wenn Ihnen noch was einfällt", sagte Büttner an Swantje Lütjens gewandt. „Danke für Ihre Hilfe."

„Da nicht für", nickte die Wirtin und machte sich daran, vier weitere Bier zu zapfen.

15

Die Wohnung war nicht groß. Sie bestand aus einem vielleicht zwanzig Quadratmeter großen Zimmer sowie einem kleinen Bad mit Dusche, Waschbecken und WC. Das Zimmer war nur spartanisch möbliert, es gab ein schmales Bett, einen Tisch, einen Stuhl und eine Kommode. Auf dem Tisch lagen ein paar Bücher. In der Ecke brummte ein kleiner Kühlschrank vor sich hin. Fenster hatte der Raum keine, sondern lediglich ein großes Oberlicht aus Glasbausteinen, in denen sich die Sonnenstrahlen brachen und die soviel Tageslicht hereinließen, dass man alles erkennen konnte, ohne die Deckenlampe anmachen zu müssen. In eine der Wände war eine massive Holztür eingelassen, die, das hatte Helen schon herausgefunden, abgeschlossen war.

Als Helen am Morgen erwacht war, hatte zwar der fürchterlich pochende Schmerz in ihrem Kopf kaum nachgelassen, dafür aber konnte sie ihre Gliedmaßen wieder bewegen. Vor allem aber konnte sie ihre Augen wieder problemlos öffnen. Nachdem sie sich kurz irritiert in dem Zimmer umgesehen hatte, war sie auf wackeligen Beinen ins Badezimmer gerannt und hatte ihre Blase entleert, die kurz vorm Platzen stand.

Nun saß sie benommen auf dem Bett und dachte angestrengt darüber nach, wie sie hierher gekommen war.

Aber so sehr sie sich auch das Hirn zermarterte, es wollte ihr nicht einfallen. Sie erinnerte sich daran, dass sie mit Markus am Deich gesessen und geweint hatte. Auch war ihr der Brief wieder eingefallen, den ihr angeblich ihr Freund Henning geschickt hatte. Hektisch hatte sie in ihrer Tasche nach dem Zettel gesucht, aber der war verschwunden. Das Portemonnaie mit ihren Papieren aber hatte man ihr gelassen. Es steckte nach wie vor in der kleinen Handtasche, die über der Lehne des Stuhls hing. Sie wusste noch, dass sie mit Sebastian telefoniert und sich auf den Weg ins Kommissariat gemacht hatte. Ab da hatte sie einen kompletten Filmriss. Wie, um alles in der Welt, war sie also in diese Wohnung gekommen? Irgendjemand musste sie hierher gebracht haben. Aber wer? War sie entführt worden?

„Ja", murmelte Helen leise vor sich hin und bemühte sich, trotz der plötzlich aufsteigenden Panik ruhig und gleichmäßig zu atmen, „eine Entführung ist tatsächlich die einzig logische Erklärung." Aber warum hatte man sie entführt? Und vor allem wer? Was versprach sich derjenige davon? Geld? Vermutlich. Denn ging es nicht bei den meisten Entführungen um Geld? Wenn es so war, dann musste Markus inzwischen Bescheid wissen. Ja, Markus würde sich um das Lösegeld kümmern und sie hier rausholen. Mit einem bitteren Lächeln auf dem Gesicht erinnerte sich Helen daran, dass sie erst vor rund zwei Monaten mit ein paar Freunden zusammengesessen hatten, um ihren großen Bucherfolg zu feiern. Markus, ein begnadeter Hobbykoch, hatte ein fantastisches Menü gezaubert, der Champagner war in Strömen geflossen. Ihre Freundin Barbara hatte ihr beim Anstoßen zugezwinkert und lachend gesagt, dass sie nun ja womöglich bald einen Bodyguard brauche, so reich und berühmt wie sie nun sei. Natürlich hatten alle über diese Bemerkung herzlich gelacht. Wer sollte Helen schon entführen? Alleine der Gedanke war doch völlig absurd!

Helen blickte zum Tisch hinüber, über dem eine vielleicht dreißig mal dreißig Zentimeter große, verschlossene Durchreiche in die Wand eingelassen war. Auf dem Tisch standen ein Teller mit Messer, Gabel und Löffel sowie ein Becher aus festem, blauem Plastik. Bei seinem Anblick verspürte sie plötzlich einen heftigen Durst. Sie stand auf, nahm den Becher in die Hand und füllte ihn im Bad mit Leitungswasser. Gierig trank sie ihn in einem Zug leer, füllte ihn erneut und nahm ihn mit ins Zimmer. Verdursten würde sie hier schon mal nicht. Aber was war mit Essen? Wie auf ein geheimes Kommando hin gab ihr Magen ein lautes Knurren von sich. Ihr Blick fiel auf den Kühlschrank. Unsicheren Schrittes ging sie auf ihn zu und zog die Tür auf. Butter, Käse, Brot, Marmelade. Außerdem ein Liter Milch.

Helens Herz schlug hart gegen ihre Rippen. Was war hier los? Langsam, fast wie in Zeitlupe, zog sie die obere Schublade der Kommode auf. Zu ihrem Erstaunen fand sie zwei Pullover, zwei Hosen, mehrere T-Shirts sowie Unterwäsche und Socken in ihrer Größe. In der mittleren Schublade waren ein paar Handtücher sowie Seife, Zahnbürste und Zahnpasta. Die untere war bis auf einen Zettel leer. Mit zittrigen Fingern nahm sie ihn in die Hand und faltete ihn auseinander. *Dir soll es an nichts fehlen, meine Süße. Mach dich schön für mich. Denn wir werden bald wieder vereint sein*, las sie.

Helen schnappte entsetzt nach Luft, knüllte den Zettel zusammen, warf ihn an die Wand und starrte ihn minutenlang an wie ein abscheuliches Insekt. Das konnte doch nicht sein? Er … der Stalker … ihr Peiniger … er war doch tot! Man beschuldigte doch sogar sie, ihn getötet zu haben! Und nun dieser Brief? Es war dieselbe Handschrift, da war sie sich ganz sicher! Niemals würde sie doch diese Handschrift vergessen, die ihr wochenlang das Leben zur Hölle machte und derentwegen sie nach Ostfriesland geflüchtet war!

Völlig außer sich rannte Helen zur Zimmertür und begann an ihr zu rütteln. Doch so sehr sie sich auch anstrengte, sie gab nicht nach. Nicht einen Millimeter. Es war, als hätte sie jemand im Rahmen festgeklebt. „Markus, bitte, bitte, hol mich hier raus!", schrie sie aus Leibeskräften wieder und wieder, bis sie erschöpft zusammenbrach und sich wie ein Embryo schluchzend auf dem Boden zusammenrollte.

16

„Darf ich das machen?"

Jutta, die ein Wiegemesser in der Hand hielt und gerade damit beginnen wollte, die gesammelten Küchenkräuter zu zerkleinern, hielt in der Bewegung inne und sah Markus verblüfft an. „Wie jetzt", fragte sie zerstreut, „was willst du machen?"

„Kochen", antwortete Markus knapp und nahm ihr das Wiegemesser aus der Hand.

„Aber das ist das Abendessen für unsere Gäste", gab Jutta zu bedenken und wischte sich die Hände an ihrer Küchenschürze ab. „Um unser Essen kümmere ich mich erst später. Wenn du mir dann helfen willst …"

Von ihrem Einwand unbeeindruckt ließ Markus in schnellen Bewegungen die scharfen Klingen über die frischen Kräuter fahren und schob diese mit seinen Händen wieder und wieder zusammen, bis sie in winzig kleine Stücke zerhackt auf dem Holzbrett lagen und ihren würzigen Duft in der Küche verbreiteten. Jutta sah ihm fasziniert zu und erinnerte sich jetzt wieder daran, dass Helen ihr schon häufiger von Markus' Kochkünsten vorgeschwärmt hatte. So selten, wie sie und Markus sich in den vergangenen Jahren gesehen hatten, war sie jedoch noch nie in den Genuss einer Kostprobe gekommen.

Bei dem Gedanken an ihre Freundin zog sich Juttas Herz schmerzhaft zusammen, und sie verspürte ein leichtes Schwanken unter ihren Füßen, fast so, als würde die Erde plötzlich anfangen zu beben. Seit Helens Verschwinden wusste sie gar nicht mehr, wie es sich anfühlte, einfach nur in den Tag hineinzuleben, pfeifend die auf dem Hof und in der Gästepension anfallenden Arbeiten zu erledigen und sich mit einem glücklichen Lächeln an der heiteren Ausgelassenheit ihrer Kinder zu erfreuen. Vielmehr war es, als hätte sich ein dunkler, alle Fröhlichkeit verschlingender Schatten über ihre sonst so heile Welt gelegt, den weder die spätsommerlichen Sonnenstrahlen noch die chronisch gute Laune ihrer Kinder zu durchdringen vermochten.

„Ich muss einfach was tun", durchbrach Markus' tiefe Stimme plötzlich die minutenlange Stille, in der nichts zu hören gewesen war außer dem schabenden Geräusch des Wiegemessers auf dem Holz und das entfernte Schnattern der Gänse. „Dieses Nichtstun, diese elende Warterei, diese Hilflosigkeit … Jutta, ich …", er wischte sich mit dem Unterarm über die Stirn, brachte den Satz aber nicht zu Ende, sondern zuckte nur kraftlos mit den Schultern.

„Du musst nichts sagen", seufzte Jutta und sah den Mann ihrer Freundin, der in den letzten zwei Tagen um Jahre gealtert schien, aus traurigen Augen an. „Uns allen geht es genauso. Es ist, als hätte uns jemand alle Wärme geraubt." Sie spürte, wie bei diesen Worten trotz der drückenden Hitze ein Frösteln durch ihren Körper lief. „Die Kinder sind mit den Fahrrädern losgezogen und zeigen in den umliegenden Dörfern, am Deich und auch am Trockenstrand ein Foto von Helen herum und fragen, ob sie irgendjemand gesehen hat." Auf Markus' zweifelnden Blick hin fügte sie mit gesenktem Kopf leise hinzu: „Sie fühlen sich genauso hilflos wie wir. Sie wollen etwas tun. Sie …"

„Was hast du mit den Kräutern vorgehabt?", unterbrach Markus sie und fuhr sich fahrig mit seinen Fingern durchs Haar. Er schien gar nicht wahrzunehmen, dass seine Hände vom Saft der Kräuter ganz verklebt waren. Jutta fragte sich, ob er ihr überhaupt zugehört hatte. Aber es war ja auch egal, dachte sie dann. Alles Reden half sowieso nichts. Sie konnten nur abwarten und hoffen, dass Helen in absehbarer Zeit wohlbehalten wieder zu ihnen zurückkehren würde. „Im Kühlschrank liegen frische Seezungenfilets. Die Kräuter sollen in eine Sahnesoße. Dazu Pellkartoffeln und ein gemischter Salat."

„Wie viele Personen?"

„Heute sind acht Gäste zum Abendessen da. Ich habe auch für uns Fisch gekauft, aber den kann ich nachher genauso gut selber …"

Markus unterbrach sie mit einer Handbewegung. „Ist schon gut. Lass mich einfach nur machen. Es lenkt mich ab." Er griff nach einem Sack Kartoffeln, der vor der Spüle stand, ließ die Hälfte von ihnen polternd ins Becken fallen und bearbeitete sie daraufhin wie ein Besessener mit der Gemüsebürste.

Von der Haustür her war ein herzerfrischendes Lachen zu vernehmen, und nur wenig später steckte Pat ihren Kopf zur Küchentür hinein. Mit einem *Mmmmhhh* lief sie schnüffelnd wie ein Hund zu den frisch gehackten Kräutern, rieb sie zwischen Daumen und Zeigefinger und hielt sie sich mit verzücktem Blick vor die Nase. „Ich wusste gar nicht, dass Sie hier auch der Chefkoch sind", sagte sie dann fröhlich lächelnd zu Markus. Dessen Erwiderung jedoch erschöpfte sich in einem unwilligen Knurren.

Pat warf Jutta einen fragenden Blick zu, der wohl so viel bedeuten sollte wie *Immer noch keine guten Nachrichten?* und seufzte resigniert, als Jutta nur still den Kopf schüttelte.

„Vielleicht könnten wir ja mal gemeinsam etwas kochen", trällerte Pat nach einer kurzen Pause betont heiter in den Raum, legte den Kopf schief und sah Markus aus blitzenden Augen an. Anscheinend hatte sie sich vorgenommen, seine trübe Stimmung ein wenig aufzuheitern. „Ich meine, ich stelle es mir recht lustig vor, wenn wir hier mal einen richtig urigen Abend organisieren, mit Grillen, Salate schnippeln, Kartoffeln rösten …"

Als Markus sich im nächsten Moment vernehmlich räusperte und Pat aus seinen dunklen Augen einen eisigen Blick zuwarf, schob Jutta die Frau freundlich, aber bestimmt zur Tür hinaus und schlug vor, sich ein wenig in den Hof zu setzen und eine kühle Holundersaftschorle zu trinken. Kaum, dass sie auf zwei Gartenstühlen Platz genommen hatten, stieß noch ein Ehepaar hinzu, das am Morgen angereist war und einen ausgiebigen Spaziergang am Deich gemacht hatte.

„Kommt doch zu uns", rief Pat mit einem strahlenden Lächeln, „ihr seht so aus, als könntet ihr eine kleine Erfrischung gebrauchen!"

„Sie kennen sich schon?", fragte Jutta erstaunt, als sich das Ehepaar auf einer knallblauen Bank niedergelassen und dankbar ein Glas Holundersaftschorle entgegengenommen hatte.

„Ja, seit etwa einer Stunde", lachte die äußerst füllige Frau gackernd. Ihr wie aufgeblasen aussehendes Gesicht glühte erhitzt und sie trank in gierigen Schlucken. „Ach, das tut gut bei der Hitze! Vielen Dank!"

Ihr Ehemann, der im Gegensatz zu seiner Frau einen sehr durchtrainierten Körperbau hatte, nippte nur kurz an seinem Glas und sagte: „Ja. Ich habe Pats Kameraausrüstung bewundert, als sie am Deich Fotos machte. Wissen Sie, Frau Hettinga, auch ich bin leidenschaftlicher Hobbyfotograf. Ich dachte bisher immer, dass ich ein gewisses Talent dafür hätte." Mit einem Augenzwinkern zeigte er auf Pats Tasche und fügte lachend hinzu: „Nachdem ich ihre fantastischen Fotos gesehen habe, frage ich mich allerdings, ob ich mich nicht vielleicht doch besser aufs Schachspielen oder Angeln verlegen sollte."

„Ist hier in der Gegend eigentlich eine Frau verschwunden?", wechselte seine Frau nur Sekunden später so unvermittelt das Thema, dass es einen Moment dauerte, bis die Frage in Juttas Hirn angekommen war. „Wie kommen Sie denn darauf?", fragte sie vorsichtig, während sie das Glas der Frau nochmals auffüllte. Jutta versuchte krampfhaft, sich an den Namen des Ehepaares zu erinnern, aber er wollte ihr partout nicht einfallen. Das war ihr in all den Jahren, seit sie die Ferienpension betrieb, noch nie passiert. Seit Helens Verschwinden aber schien ihr Gedächtnis so löchrig wie ein Sieb zu sein.

„Am Deich fuhren zwei kleine blonden Jungen mit dem Fahrrad herum. Sie hielten jedem, der sich dort aufhielt, das Foto einer Frau unter die Nase und fragten auch uns, ob wir sie gesehen hätten", erwiderte der Mann.

„Ach herrje", seufzte Pat und winkte der kleinen Imke zu, die gerade mit ihrem Rad in den Hof gefahren kam. „Das waren Hauke und Wilko. Ich hab sie auch getroffen. Sie waren ganz eifrig bei der Sache, wirklich süß. Aber ich fürchte, sie haben nicht allzu viel erreicht."

„Hauke und Wilko?", hakte der Mann nach. „Das sind ja witzige Namen."

„Zumindest schöner als Thomas", konnte es sich Pat nicht verkneifen zu sticheln und verzog das Gesicht zu einer Fratze.

„Hauke und Wilko sind meine Söhne", beeilte sich Jutta zu sagen, und sie fühlte sich plötzlich unendlich müde. „Die Frau, die verschwunden ist, ist meine Freundin Helen. Sie war hier zu Besuch und dann …" Jutta griff schnell nach ihrem Glas, weil sie spürte, dass ihr die Tränen in die Augen traten. Aber sie konnte doch vor den Gästen unmöglich anfangen zu heulen! Sie schluckte ein paar Mal tief, und plötzlich erinnerte sie sich dank Pats flapsiger Reaktion auch wieder an deren Namen: Thomas und Petra Heller. Allerweltsnamen. Und trotzdem waren sie ihr entfallen. Sie schüttelte fast unmerklich den Kopf.

„Oh", erwiderte die Frau betreten und sah sie mitleidig an, „wie furchtbar für Sie!"

„Wenn wir irgendwie helfen können, dann …", stammelte der Mann hilflos, beendete den Satz jedoch nur mit einer nachlässigen Geste.

Für einige Minuten breitete sich ein betretenes Schweigen aus, als Pat sich plötzlich an die Stirn griff und ausrief: „Ach, ich wollte dir ja noch was geben, Jutta! Wie dumm von mir, dass ich nicht gleich daran gedacht habe!" Sie kramte in ihrer nicht eben kleinen Fototasche zu ihren Füßen, tauchte unverrichteter Dinge wieder auf und sagte: „Ich habe auf dem Weg hierher einen Mann getroffen." Sie lachte belustigt auf. „Der war vielleicht am Keuchen, das könnt ihr euch gar nicht vorstellen! Trug aber auch eine Wampe vor sich her von hier bis nach Wladiwostok. Na ja, egal. Auf jeden Fall hat er wohl gesehen, dass ich unten im Dorf in den Weg zu eurem Hof einbiegen wollte, und da rief er hinter mir her: *Junge Frau, warten Sie doch mal!*" Pat imitierte mit sichtlichem Spaß den keuchenden Atem des Mannes, ohne dabei jedoch auf das Gesicht Petra Hellers zu achten, die nun pikiert an ihrer fülligen Gestalt hinabsah und bemüht war, ruhiger zu atmen. Jutta warf Pat einen warnenden Blick zu, die jedoch beachtete sie gar nicht, sondern fuhr unvermindert beschwingt fort: „Ob ich denn vielleicht bei den Hettingas wohne, wollte er wissen. Dann nämlich könne ich ihm einen Gefallen tun und dir, liebe Jutta, etwas zurückgeben. Er sagte, du hättest es beim letzten Kaffeekränzchen mit seiner Frau liegen gelassen und nun sei er der Idiot, der es wieder zurückbringen solle. Wenn es darum ginge, ihn durch die Gegend zu scheuchen, kenne seine Heike nämlich kein Erbarmen. Nicht mal bei dieser Affenhitze."

Wieder tauchte Pat, immer noch vor sich hin giggelnd, unter dem Tisch ab und rief dann: „Ach ja, richtig, ich hab es ja in die Seitentasche gesteckt, damit es nicht so zerknittert zwischen all meinem Fotokram!" Sprach's und zauberte nur wenige Sekunden später mit einem strahlenden Lächeln einen langen, blassgrünen Seidenschal hervor, den sie Jutta zu einer Schlaufe gebunden um den Hals legte. „Hm", bemerkte sie dann mit gekräuselten Lippen, „ich hätte gar nicht gedacht, dass du Seidentücher trägst. Passt eigentlich gar nicht zu deinem Stil." Äußerst kritisch musterte sie ihre Gastgeberin von oben bis unten und bemerkte erst, als ihr Blick an deren erschrockenem Gesicht hängen blieb, dass irgendetwas ganz offensichtlich nicht in Ordnung war. „Hab … hab ich was falsch gemacht?", stotterte sie und legte Jutta besorgt die Hand auf den Arm.

„Wer hat dir das gegeben?", fragte Jutta mit ungewöhnlich rauer Stimme und befingerte mit zittrigen Fingern den weichen Stoff des Tuches.

„Einer aus dem Dorf. Der Mann deiner Freundin Heike. Das sagte ich doch", antwortete Pat sichtlich verwirrt.

„Ich habe keine Freundin, die Heike heißt. Und ich gehe auch zu keinem Kaffeekränzchen." Jutta schluckte. Ihr Mund fühlte sich plötzlich staubtrocken an.

„Und was heißt das jetzt?" Pat schien mit der Situation nun völlig überfordert, genau wie Thomas und Petra Heller, die betreten auf ihre Füße starrten.

„Es ist nicht mein Tuch", flüsterte Jutta kaum hörbar. „Dieses Tuch gehört Helen. Sie hat es getragen, als sie verschwand."

17

Er hatte Strandkörben noch nie viel abgewinnen können. Das einzig Angenehme an ihnen war, dass sie im Bedarfsfall Schatten spendeten und den Wind daran hinderten, ihm kiloweise Sand ins Gesicht zu blasen und damit ein hässliches Knirschen zwischen den Zähnen zu verursachen. Ansonsten aber fand er sie in höchstem Maße unbequem und hatte bereits nach wenigen Minuten das Gefühl, sich durch den harten Sitz unangenehme Druckstellen am Hintern einzuhandeln. Im Gegensatz zu seiner Frau Susanne, die sich sogar einen von den Dingern auf ihre Terrasse gestellt hatte, um sich wann immer es ging in ihn zurückzuziehen und sich in irgendeinem Kriminalroman zu verlieren. Auch hier unterschieden sie sich. Susanne inhalierte diese Form der Unterhaltungsliteratur regelrecht (wenn sie nicht gerade ihre gefühlsduselige Liebesromanphase hatte), während er selbst, David Büttner, der Meinung war, in seinem realen Leben bereits mehr als genug Kriminalfälle erlebt zu haben, als dass er sich auch noch mit fiktiven hätte herumschlagen wollen. Das Einzige, was ihm in dieser Hinsicht nicht die gute Laune verderben konnte, war der Tatort am Sonntagabend in der ARD. Warum das so war, vermochte er nicht zu sagen. Vielleicht hatte er sich ganz einfach nur an dieses Ritual gewöhnt, das er seit Jahr und Tag bei einem gutem Glas Wein mit seiner Frau – und manchmal auch im Beisein seiner Tochter Jette – zelebrierte.

Seine eigentliche Antipathie ignorierend, hatte sich Hauptkommissar Büttner an diesem frühen Abend dazu entschlossen, an den Trockenstrand in Upleward zu fahren und sich in einen Strandkorb zu setzen. Als er ankam, waren zahlreiche Urlauber bereits dabei, ihre Sachen zu packen und sich auf den Heimweg zu machen. Noch war der Strand erfüllt von lautem Kinderlachen, das jedoch von Minute zu Minute weniger und durch müdes Quengeln abgelöst wurde.

Mit einem Lächeln auf dem Gesicht beobachtete Büttner drei vielleicht siebenjährige Jungen, die mit Feuereifer dabei waren, eine rekordverdächtige Sandburg zu bauen. Immer wieder rannte einer von ihnen mit einem Eimer bewaffnet über den Deich und schleppte ihn Minuten später mit vor Anstrengung heraushängender Zunge wieder zurück. Denn schließlich, so hatten die Jungen soeben im Kriegsrat beschlossen, war eine Burg ohne Wassergraben keine richtige Burg, auch wenn man das feuchte Nass erst mühsam heranschleppen musste und es sich nicht, wie woanders üblich, in unmittelbarer Nähe zum Strand befand.

Büttner rückte seinen Strandkorb so zurecht, dass er einen möglichst guten Überblick über das Geschehen hatte. Er zog die Fußstützen hervor und brachte den Oberkorb um drei Löcher in Schrägstellung. Wirklich bequem war es so zwar noch immer nicht, wie er beim Probesitzen feststellen musste, für eine Weile aber würde es gehen.

Umständlich ließ er sich auf die blau-weiß gestreifte Sitzfläche fallen und legte seine Füße hoch. Die Geräusche um ihn herum verebbten immer mehr, für die überwiegend jungen Familien am Strand war es bald Zeit fürs Abendessen. Büttner legte die Arme in den Nacken und schaute mit zusammengekniffenen Augen zum Himmel hinauf, dessen tiefes Blau den blassen Farben der Dämmerung gewichen war. Immerhin war es bereits Ende September, dachte er bei sich, auch wenn einem das heiße Wetter immer noch den Hochsommer vorzugaukeln versuchte. Die Tage wurden kürzer, die Nächte länger. Soeben zog ein kreischender Schwarm Wildgänse über ihn hinweg. Womöglich machten sie sich bereit für ihren Weg zum Winterquartier. Viele von ihnen, so hatte er in der Zeitung gelesen, verzichteten jedoch immer häufiger auf den kräftezehrenden Flug in südliche Gefilde, weil ihnen auch hier an der Nordseeküste zumindest in milden Wintern ausreichend Futter zur Verfügung stand.

Obwohl Büttner eigentlich in Ruhe über seinen Fall und vor allen das ominöse Verschwinden Helen Rösslings hatte nachdenken wollen, überkam ihn auf einmal eine dumpfe Müdigkeit, und nur mit Mühe gelang es ihm, die Augen offen zu halten. Zumindest für eine Weile. Dann schlief er ein. Gerade verlor er sich in wirren Träumen, in denen sich die Protagonisten seines jüngsten Falls in irrwitziger Weise die Ehre gaben, als plötzlich eine piepsende Stimme an seine Ohren drang. Widerwillig grunzend öffnete er ein Auge und sah in das kritische Gesicht des kleinen Hettinga-Jungen.

„Hallo, Wübbo“, knurrte er, ohne jedoch seine Körperhaltung zu verlagern.

„Ich heiße Wilko.“

„Natürlich.“

„Ich dachte, du wärst tot.“

„Nee. Bin ich nicht.“

„Weiß ich jetzt auch. Du kannst ja noch reden. Da ist man nicht tot.“

„Da bin ich aber froh.“ Büttner blinzelte den Jungen verschlafen an. „Und was machst du so spät hier am Abend? Musst du nicht zuhause sein, wenn es dunkel ist?“

„Ist ja noch nicht dunkel.“ Der Junge deutete mit seinem kleinen, schmutzigen Finger zum Himmel hinauf, an dem sich die ersten Sterne zeigten. Allerdings waren am Horizont nach wie vor ein paar rote und orangene Streifen zu sehen, was darauf hindeutete, dass er, Büttner, höchstens für ein paar Minuten weggedöst war. „Hast du Helen gefunden?“, fragte Wilko in seine immer noch trägen Gedanken hinein.

Büttner seufzte. „Leider nicht.“

„Blöd. Wir auch nicht.“

„Habt ihr sie denn gesucht?“

Wilko nickte heftig. „Den ganzen Tag. Überall. Wir hatten ein Foto dabei. Aber keiner hat sie gesehen.“

„Das finde ich ganz großartig von euch, dass ihr uns bei der Suche helft“, brummte Büttner, richtete sich stöhnend auf und rieb sich den schmerzenden Nacken. Jetzt wusste er wieder, warum er Strandkörbe nicht leiden konnte.

„Da nicht für“, sagte der Junge mit einer wegwerfenden Handbewegung.

„So, dann fahre ich jetzt mal nach Hause. Soll ich dich mitnehmen?“

„Zu dir nach Hause? Mit dem Polizeiauto?“ Wilko strahlte ihn aus glänzenden Augen an.

„Nein.“ Büttner schüttelte den Kopf. „Ich meinte, ob ich dich bei dir zuhause absetzen soll. Ich habe aber keinen Polizeiwagen, sondern nur ein ganz normales Auto dabei.“

„Ach so.“ Wilko schob enttäuscht die Unterlippe vor und zog einen Flunsch. „Nee. Lass mal. Ich hab mein Fahrrad mit.“

„Das können wir in den Kofferraum …“ Büttner wurde von Klingeln seines Handys unterbrochen. Er nestelte es aus seiner Hosentasche und meldete sich. Während er zuhörte, bildete sich eine steile Falte auf seiner Stirn. „Okay“, sagte er dann, „ich bin gleich da.“

„Noch ein Toter?“, fragte Wilko mit erwartungsfroher Stimme.

„Nein. Aber dein Plan hat sich geändert. Komm, wir laden dein Fahrrad in meinen Kofferraum. Ich muss nämlich sowieso noch mal mit deiner Mutter sprechen.“

„War sie das am Telefon?“ Den Jungen schien dieser Gedanke nicht eben glücklich zu stimmen, er kaute nun nervös an einem Fingernagel herum. Vermutlich sollte er doch schon längst zuhause sein und befürchtete nun, entsprechenden Ärger zu bekommen, dachte Büttner amüsiert. „Nein, es war nicht deine Mutter“, erwiderte er und stapfte durch den noch warmen Sand in Richtung Auto. „Aber sie will noch mal mit mir reden, sagt mein Kollege.“

Nachdem sie wenige Minuten später das Fahrrad im Kofferraum des Autos verstaut hatten und der Junge ausnahmsweise ohne Sitzerhöhung auf dem Rücksitz angeschnallt war, fuhr Büttner gedankenverloren in

Richtung Upleward, während Wilko, verträumt an seinem schmutzigen Daumen lutschend, in die nun dunkle Nacht hinaussah.

Im Hause Hettinga hatten es sich alle in der großen Küche gemütlich gemacht, als Büttner und Wilko eintrafen. Der kleine Junge hatte schnell die Treppe zu seinem Zimmer hinaufhuschen wollen, wurde jedoch von seinem Vater zurückgerufen.

„Haben Sie den kleinen Streuner eingefangen? Ist er jetzt verhaftet?", wandte sich Ihno Hettinga mit so ernstem Gesicht an Hauptkommissar Büttner, dass Wilko erschrocken von einem zum anderen sah und ganz vergaß, an seinem Daumen zu lutschen.

„Für kleine Herumtreiber, die sich bei Dunkelheit an Trockenständen herumtreiben, sieht das Gesetz normalerweise die Höchststrafe vor", ging Büttner auf den ernsten Tonfall des Landwirts ein und blickte Wilko aus schmalen Augen an. „Aber ich denke, dass wir diesmal noch von einer Gefängnisstrafe absehen können, weil es noch nicht ganz dunkel war, als ich ihn traf."

„Was schlagen Sie vor, Herr Kommissar?"

„Ohne Essen ins Bett. Das hat bei mir auch immer geholfen."

„Ich hab aber vorhin schon gegessen", antwortete Wilko keck und nickte zufrieden.

„Da hast du aber Glück gehabt."

„Na, wenn das so ist, dann kannst du dich jetzt zu deinem Bruder in die Badewanne setzen", mischte sich Jutta ins Gespräch. „Ich habe gerade das Wasser eingelassen. Alles andere besprechen wir später." Als Wilko mit strahlenden Augen losrannte, rief sie ihm noch vorsorglich hinterher: „Aber spielt nicht wieder Sturmflut mit Deichbruch, das verträgt der Holzfußboden im Flur kein zweites Mal!"

„Sie waren am Trockenstrand?", fragte Ihno, schenkte Büttner eine Tasse Tee ein und schob ihm einen Teller mit Obst hin. Büttner nahm sich ein paar Weintrauben und nickte. „Ja, ich gehe ganz gerne noch mal zum Tatort zurück in der Hoffnung, dort eine Eingebung zu bekommen."

„Und? Hat es funktioniert?"

„Sie haben Neuigkeiten für mich?", ließ Büttner die Frage des Landwirts im Raum stehen und wandte sich an Jutta, während er einen prüfenden Blick in die Runde warf. Neben Ihno und Jutta Hettinga saßen drei Personen am Tisch, die er noch nicht kannte.

„Ach, entschuldigen Sie bitte, Herr Kommissar", rief Jutta, den Blick des Polizisten richtig deutend, „ich habe Ihnen ja meine Gäste noch gar nicht vorgestellt!" Sie zeigte von links nach rechts und sagte: „Patricia Badoni, Petra Heller und ihr Mann Thomas Heller. Sie sind unsere Pensionsgäste."

„Ferien mit Familienanschluss nennt man das", bemerkte Thomas Heller lachend und entblößte dabei zwei Reihen strahlendweißer Zähne. Dann jedoch wurde er ernst. „Leider scheint hier derzeit aber keine wirkliche Ferienstimmung zu herrschen, bei allem, was wir in der Kürze der Zeit so mitbekommen haben."

„Wann sind Sie angereist?", wollte Büttner wissen, während er mit einem Löffel in seinem Tee rührte.

„Wir sind erst heute gekommen. Wir wohnen in Nürnberg.“

„Und Sie, Frau Badoni?“

„Ich bin seit gestern hier.“

„Sie reisen allein?“

„Ja.“ Sie biss in eine Zwetschge und sagte schmatzend: „Ich bin beruflich hier. Als Fotografin.“

„Wir hatten heute am Deich die Ehre, sie bei ihrer Arbeit zu beobachten. Wir haben ein wenig gefachsimpelt, weil ich auch Hobbyfotograf bin“, sagte Thomas Heller und fügte dann lachend hinzu: „Aber ich habe schnell gemerkt, dass Pat in einer ganz anderen Liga spielt als ich. Sie macht ganz fantastische Bilder. Mit ihr verglichen bin ich nur ein erbärmlicher Dilettant.“

„Helen Rössling kennen Sie aber nicht“, stellte Büttner mit einem fragenden Unterton fest, woraufhin alle drei den Kopf schüttelten. „Nur von ihren Büchern natürlich“, bemerkte Petra Heller und bekam daraufhin von ihrem Mann einen verächtlichen Blick zugeworfen.

„Und wo ist der Mann von Frau Rössling?“ Erst jetzt fiel Büttner auf, dass der in der Runde fehlte.

„Hier“, erklang es gleich darauf von der Tür her.

„Moin, Herr Rössling“, nickte Büttner. „Darf ich fragen, wie es Ihnen geht?“ Anstatt einer Antwort verzog Markus nur spöttisch das Gesicht und setzte sich neben Ihno an den Tisch, der ihm freundschaftlich auf die Schulter klopfte. Natürlich, dachte Büttner, jeder sah sofort, dass es ihm miserabel ging. Eingefallene Wangen, blasser Teint, dunkle Augenringe. Die Frage war also völlig überflüssig gewesen.

Büttner warf einen Blick auf seine Armbanduhr und räusperte sich. „Nun, wenn es für Sie in Ordnung ist, dass die Anwesenden im Raum bleiben, Frau Hettinga, dann kommen wir mal zur Sache. Also, was wollten Sie mir sagen?"

Jutta nahm das grüne Seidentuch in die Hand, das sie über ihre Stuhllehne gehängt hatte und reichte es dem Hauptkommissar. „Es gehört Helen", sagte sie.

„Und das bedeutet?"

„Sie trug es, als sie verschwand."

Büttner runzelte die Stirn und ließ das Tuch vor sich auf den Tisch sinken. „Sie hätten es nicht anfassen dürfen. Haben Sie vielleicht eine Plastiktüte für mich?"

Jutta schaute erschrocken in die Runde und auch alle anderen senkten betreten den Blick. „Entschuldigung", stammelte sie und stand auf, „daran habe ich gar nicht gedacht."

Büttner atmete tief durch. „Können Sie bestätigen, dass Ihre Frau das Tuch trug, als Sie mit ihr am Strand waren?", wandte er sich an Markus.

„Ja. Ich kann mich erinnern, dass sie es in ihre Tasche steckte, weil es ihr bei der Hitze zu warm war. Und dann wieder rausholte. Hm. Auf jeden Fall hatte sie es dabei, ja." Markus rieb sich mit zwei Fingern die müden Augen und griff nach seiner Teetasse.

„Und wie kommt das Tuch jetzt zu Ihnen?", wandte sich Büttner wieder an Jutta, die es gerade mit spitzen Fingern in einen Gefrierbeutel gleiten ließ.

„Ich hab es von einem Mann bekommen und es ihr gegeben", antwortete Pat an ihrer Stelle ungewohnt kleinlaut.

„Von einem Mann?" Büttners Augen verengten sich zu schmalen Schlitzen, und er sah sie alarmiert an. „Und wer war dieser Mann?"

Pat zuckte die Schultern. „Er sagte mir, er sei der Mann von Juttas Freundin Heike. Aber ..." Pat stutzte und presste die Lippen aufeinander. „Ich konnte es doch nicht wissen", murmelte sie dann kaum hörbar.

„Was konnten Sie nicht wissen?", hakte Büttner nach.

„Dass ich gar keine Freundin namens Heike habe", erwiderte Jutta, als sie sah, dass sich Pats Augen mit Tränen füllten.

„Und Sie kannten den Mann nicht?", wollte Büttner von Pat wissen, die nur stumm den Kopf schüttelte.

„Können Sie ihn beschreiben?"

„Ja. Natürlich." Pat strich fahrig ihre langen Haare hinters Ohr und sagte: „Er war sehr dick." Mit einem Seitenblick auf Petra Heller korrigierte sie schnell: „Also, ich meine, recht beleibt. Nicht besonders groß. So wie ich vielleicht. Er trug ganz normale Jeans und ein ganz normales, rotweiß gestreiftes Oberhemd."

„Und weiter? Irgendwelche Auffälligkeiten?"

„Ich – hab nicht so darauf geachtet. Ich ..."

Einer Eingebung folgend griff Büttner nach seinem Handy, das er auf den Tisch gelegt hatte, und wählte die Kurzwahltaste. „Hasenkrug", bellte er dann in den Hörer, „sind Sie noch im Büro? Aha. Ja. Verstehe. Haben Sie das Foto von diesem Journalisten ... wie hieß der noch gleich? Henning Kappel. Ja. Genau. Ja. Schicken Sie es mir bitte aufs Handy. Ja, sofort. Und denken Sie dran, wir haben gleich noch was vor." Er drückte die Aus-Taste.

„Sie meinen, bei dem Mann handelt es sich um Henning Kappel? Dieses elendige Dreckschwein, das meine Frau seit Tagen im Internet diffamiert?“, fragte Markus mit verzerrtem Gesicht, und seine geballten Fäuste deuteten darauf hin, dass er nun am liebsten auf irgendetwas oder irgendwen eingeprügelt hätte.

„Ich habe da nur so eine …“ Büttners Handy gab einen kurzen Signalton von sich, und schon im nächsten Moment zeigte er Pat ein Foto Henning Kappels, das auf seinem Display erschienen war. „Ist das der Mann?“

Pat hob erstaunt die Brauen und sagte dann aufgeregt: „Ja! Ja, genau das ist der Kerl, genauso sah er aus!“

Alle in der Runde stießen hörbar die Luft aus, während Markus von seinem Stuhl aufsprang und Büttner außer sich vor Wut anschrie: „Und wann verhaften Sie diesen Verbrecher nun endlich mal? Es kann doch wohl nicht sein, dass der sich hier ganz offen in der Gegend herumtreibt, obwohl doch angeblich Ihre ganze verdammte Mannschaft ach so intensiv auf der Suche nach ihm ist!“

„Nun beruhigen Sie sich doch“, entgegnete Büttner betont gelassen, auch wenn er sich gerade selbst fragte, wie dieser Kappel so abgebrüht sein konnte, sich trotz des bundesweiten Fahndungsaufrufs in aller Öffentlichkeit zu zeigen und ihnen eine lange Nase zog. Wieder griff er nach seinem Handy und sagte Sekunden später: „Hasenkrug, dieser Kappel ist heute in Upleward gesehen worden. Details später. Ich will, dass hier noch mal alles umgegraben wird! Schicken Sie morgen eine Mannschaft durch die Krummhörn! Sie sollen herausfinden, ob noch irgendwer Henning Kappel gesehen hat!“ Ohne einen Gruß legte er auf und sah finster in die Runde. Ihno hatte Markus auf den Stuhl zurückgedrückt und redete beruhigend auf ihn ein.

„Darf ich das Foto mal sehen?", fragte Thomas Heller in die angespannte Stille hinein. „Ich meine, wenn Pat ihn gesehen hat, dann wäre es doch möglich …"

Büttner nickte, tippte ein paar Mal auf dem Display seines Handys herum und hielt es Heller unter die Nase. Der guckte es für eine Weile aufmerksam an und sagte dann zu seiner Frau: „War das nicht der Mann, der vor uns an der Pommesbude stand? An der Bude am Deich, meine ich." An niemand Bestimmten gewandt fügte er lachend hinzu: „Wissen Sie, meine Frau kann an keiner Pommesbude vorbeigehen, da muss ich schon genau dazusagen, von welcher ich rede." Er kniff ihr in die dralle Wange und lachte. „Aber das ist ja auch unschwer zu übersehen, nicht wahr!?"

Alle im Raum schauten verlegen in irgendeine Richtung, nur von Pat war ein kurzes unterdrücktes Kichern zu hören. Sie schlug sich jedoch sofort entschuldigend die Hand vor den Mund.

Büttner war der Mann plötzlich unglaublich unsympathisch. Natürlich, Thomas Heller selbst sah fantastisch aus, und sein durchtrainierter Körper deutete darauf hin, dass er regelmäßig Sport trieb. Vom Typ her sah er Markus Rössling ein wenig ähnlich, wie Büttner gleich beim Reinkommen aufgefallen war. Aber das gab ihm doch noch lange nicht das Recht, seine Frau vor versammelter Mannschaft dermaßen bloßzustellen!

„Ich … ich weiß nicht. Kann sein. Ich – erinnere mich nicht so genau", hörte er Petra Heller stammeln. Ihr Gesicht war bis unter die Haarwurzel tiefrot angelaufen, und auf ihrer Stirn hatten sich kleine Schweißtropfen gebildet, die sie nun mit dem Handrücken wegwischte.

„Na ja, du legst dich ja nie auf etwas fest“, zuckte Thomas Heller die Schultern und gab Büttner das Handy zurück. „Ich bin mir aber ziemlich sicher, dass es dieser Mann war.“

„Ich guck dann mal nach den Kindern“, murmelte Jutta Hettinga und verschwand, die Stirn in tiefe Falten gelegt, gleich darauf zur Tür hinaus.

„Hat noch einer von Ihnen dieses Tuch in der Hand gehabt?“, fragte Büttner.

„Eigentlich wir alle“, erwiderte Pat bedrückt.

„Eine wahre Fundgrube an DNA also. Na, da wird man in der KTU ja vor Begeisterung Purzelbäume schlagen“, seufzte Büttner und erhob sich von seinem Stuhl, nachdem er noch schnell seine Tasse geleert und sich einen Apfel genommen hatte. Er wandte sich an Pat: „Kommen Sie doch bitte morgen ins Präsidium, damit wir Ihre Aussage zu Protokoll nehmen können.“

Dann trat er mit einem kurzen Gruß zur Tür hinaus.

18

Der Bordellraum des *loveaffairs* war heruntergekommen, stickig und schrill. Knallrote, abgewetzte Polstermöbel, auf denen sich mehrere, nicht eben wohlhabend aussehende Männer mit leicht bekleideten Frauen amüsierten, bissen sich farblich unangenehm mit den in Rosatönen gehaltenen Tapeten und Teppichen. Überall an den Wänden hingen Spiegel, die meisten von ihnen milchig angelaufen. Die Bardame stand – den linken Arm in die Hüften gestemmt, in der rechten Hand einen Zigarillo – hinter der Theke und beobachtete mit undurchdringlichem Gesichtsausdruck die Neuankömmlinge. Dass es sich bei den beiden um Polizisten handelte, hätte sie auch auf hunderte Meter Entfernung gerochen. „Hallo, Ihr zwei Süßen", hauchte sie dennoch, als David Büttner und Sebastian Hasenkrug vor ihr standen. „Heute mal Lust auf was Scharfes?"

„Ja. Eine Pizza Diavolo, bitte", erwiderte Büttner und hielt ihr seine Polizeimarke unter die Nase. „Büttner. Kriminalpolizei."

„Pizza hab ich nicht, aber für eine teuflisch gute Nacht hätte ich alles da", hauchte sie und stieß Hasenkrug dabei den Rauch ihres Zigarillos ins Gesicht. „Lust auf große Titten, mein Lütter?", fragte sie dann und griff einem pummeligen Mädchen, das neben ihr stand und über eine beeindruckende Oberweite verfügte, beherzt unter den Busen, was diese mit einem albernen Kichern quittierte.

Büttner musterte das Mädchen, das ihm sofort keck zuzwinkerte und eine verführerische Pose einnahm, von oben bis unten und sagte dann: „Darf ich fragen, wie alt Sie sind?" Augenblicklich verging dem Mädchen das Lachen, und auf eine unwillige Handbewegung der Bardame hin verschwand sie hinter einem schweren, dunkelroten Vorhang.

„Seid ihr beiden von der Sitte, oder was?", fragte eine junge Frau mit verlebtem Gesicht und einem Kaugummi zwischen ihren schlechten Zähnen, als ihr ein älterer Mann mit schmierigen Haaren von hinten zwischen die Beine griff. Die Frau wehrte ihn mit einer heftigen Armbewegung ab und fauchte ihn an: „Flossen weg, Reiner. Ich hab dir gesagt, dass ich 'ne Pause brauch, Mann. Nimm dir 'ne andere, wenn du nicht warten kannst. Oder besorg's dir selbst, du Wichser!"

Der Mann namens Reiner grinste die Polizisten schief an und schob seine Hüften in unzweideutiger Art vor und zurück, wobei er sich die Hand in den Schritt hielt. „Euch platzen doch auch gleich die Eier, Mann", grinste er anzüglich. „Sind schon heiße Bräute hier, wa? Aber die da", er zeigte auf die junge Frau, „die ist echt 'ne Granate. Die besorgt es dir, dass du meinst, du krepierst. Ehrlich. Ist echt der Hammer, die Braut!" Wieder griff er nach ihr, woraufhin er im nächsten Moment den eisgekühlten Inhalt ihres Glases auf seiner deutlich ausgebeulten Hose hatte. „Verpiss dich, hab ich gesagt!", schnauzte sie ihn an, und endlich trollte er sich unter dem Gelächter der anderen Gäste.

„Und nun würde ich gerne den Chef dieses sympathischen Etablissements sprechen", knurrte Büttner. „Dirk Rickleffs, wenn ich mich nicht irre." Hasenkrug sah ihn verblüfft an. Seit wann konnte sein Chef sich irgendwelche Namen merken?

„Dirk ist nicht da", erwiderte die Bardame und drückte ihren Zigarillo in einem überquellenden Aschenbecher aus.

„Na, dann kommen wir wohl später noch mal wieder", sagte Hasenkrug schnell. Er schien es eilig zu haben, diese Spelunke wieder zu verlassen, sein Chef jedoch ignorierte ihn, indem er sein Handy hervorzog, eine Nummer eintippte und sagte: „Wie alt war noch gleich das Mädchen gerade?" Er drehte sich um und ließ seinen Blick durch den Raum schweifen. „Und die kleine Blonde da, die irgendwas in der Hosentasche des verzückt guckenden Herren sucht. In wie vielen Jahren mag die wohl volljährig sein?"

Die Bardame stieß ein unwilliges Grunzen hervor und verschwand nun ebenfalls hinter dem Vorhang. Hasenkrug guckte so konsterniert, dass Büttner sagte: „Arbeiten Sie mal dreißig Jahre lang im Hamburger Kiez. Dagegen ist das hier ein katholisches Mädchenpensionat." Er schürzte die Lippen und sagte dann mehr zu sich selbst: „Hm. Blöder Vergleich. So schlimm wie bei den Pfaffen geht es vermutlich nicht mal in der Herbertstraße zu."

Hasenkrug wollte etwas erwidern, wurde jedoch durch den Auftritt eines vielleicht vierzigjährigen Mannes unterbrochen, der mit weit ausgebreiteten Armen hinter dem Vorhang hervortrat und theatralisch ausrief: „Die Polizei, dein Freund und Helfer! Immer zu Ihren Diensten! Bitte schön, die Herren?"

„Dirk Rickleffs?“

„Auf diesen Namen wurde ich getauft, ja. Was liegt an?“

„Wir hörten, dass Sie vor einigen Tagen Streit mit einem gewissen Rolf Wernicke hatten, bei dem eben dieser Herr Wernicke, nun, sagen wir mal, ein paar Blessuren davongetragen hat“, redete Büttner nicht lange drumherum.

„Rolf Wernicke? Wer soll das sein?“ Rickleffs legte den Kopf in den Nacken, kniff die Augen zusammen und rieb sich das Kinn mit Daumen und Zeigefinger. Büttner musterte ihn mit kritischem Blick. Eigentlich hatte er erwartet, einen schmierigen Zuhältertypen zu Gesicht zu bekommen, aber Dirk Rickleffs sah erstaunlich normal aus. Mittelgroß, schlanke Statur, kurze, dunkle Haare, Jeans, T-Shirt, gepflegte Erscheinung. Büttner war überzeugt, dass er auch als der nette Typ von nebenan durchgehen würde, wenn man ihn irgendwo außerhalb dieses Etablissements auf der Straße traf.

„Der meint den Typen, den sie verreckt in Upleward im Strandkorb gefunden haben“, meldete sich die Bardame zu Wort und schob ihrem Boss einen Whiskey über die Theke.

„Darf ich Ihnen was anbieten? Auch einen Whiskey vielleicht?“, fragte Rickleffs die Polizisten, Büttner jedoch winkte ab. „Klingelt’s jetzt bei Ihnen?“, fragte er nur.

„Du meinst diesen kleinen Scheißer, der unsere Judy ans Bett gefesselt und gequält hat, Charly?“

„Genau den.“

„Meint ihr den auch?“, wandte sich Rickleffs nun an Büttner und zündete sich eine Zigarette an.

„Genau den.“

Rickleffs' Stirn umwölkte sich, und er sagte: „Ist nicht schade um die kleine Ratte."

„Sie dürften so ziemlich der letzte gewesen sein, der ihn lebend gesehen hat", meinte Hasenkrug.

„Ja", nickte Rickleffs mit gespielt betroffener Miene. „Ich hatte tatsächlich kurz überlegt ihn kaltzumachen, diese perverse Drecksau. Aber", hob er die Hände, „was soll ich sagen? Ich bin einfach ein zu gutmütiger Mensch. Insofern schätze ich, dass es mindestens noch einen mehr gibt, der das Gefühl hatte, Rolfs widerliche Visage in eine Totenfratze verwandeln zu müssen. Sieht jetzt bestimmt schon viel besser aus als vorher, der Drecksack."

„Dass Sie sich nicht selber die Finger schmutzig machen, habe ich mir fast gedacht. Aber wäre es nicht möglich, dass Sie stattdessen irgendeinen von Ihren Kampfhunden hinter Wernicke her gehetzt haben?" Büttner deutete mit dem Kopf zur Eingangstür, in der zwei bullige Männer mit vor dem Körper verschränkten Armen standen und so düster aus der Wäsche guckten wie Gorillas mit Hämorrhoiden.

„Die zwei bevorzugen die saubere Lösung", erwiderte Rickleffs und hob die Schultern. „Mit Blut haben die's nicht so. Sind kleine Sensibelchen, die Jungs."

„Hätte ich auch sofort angenommen", brummte Büttner und beobachtete einen Mann in Anzug und Krawatte, der gerade zur Tür hereinkam und ihm irgendwie bekannt vorkam. Aus dem Augenwinkel bemerkte er, dass Rickleffs dem Mann Zeichen machte umzukehren, was dieser dann auch wortlos tat. „Haben Anzugträger hier keinen Zutritt?", bemerkte er trocken.

Dirk Rickleffs schien für einen kurzen Moment irritiert,

fasste sich aber sogleich wieder und erwiderte breit grinsend: „Nee, haben sie nicht. Unsere Mädels würden sich gar nicht trauen den anzufassen. Solche Kerle riechen zu gut, wenn Sie verstehen, was ich meine."

„Wo waren Sie denn so gegen Mitternacht, als Herr Wernicke ums Leben kam?", wollte Hasenkrug wissen, als sein Chef sich nun schweigend im Raum umsah.

„Ich bin Geschäftsmann, Herr Wachtmeister. Wo soll ich schon gewesen sein." Er machte eine raumgreifende Armbewegung und fügte hinzu: „Hier natürlich. Wo ich gebraucht werde."

„Gibt es dafür Zeugen?"

Büttner verdrehte die Augen. „Mindestens so viele, wie Sie hier gerade sehen, Hasenkrug", bemerkte er dann spöttisch.

„Du kennst dich aus", grinste Rickleffs breit und klopfte Büttner auf die Schulter. „Hab ich gleich gewusst. Dirk, hab ich zu mir gesagt, der Dicke da, der kennt sich aus. Einen Bullen mit Kiezerfahrung erkenne ich an der Nase, ganz ehrlich. Charly, gib dem Kollegen hier mal 'nen Kurzen. Der Typ ist einer von uns, Mann."

„Der Typ ist immer noch dienstlich hier, Mann", imitierte Büttner seinen Tonfall. „Also, Rickleffs. Haben Sie Rolf Wernicke umgebracht oder umbringen lassen?"

„Nein."

„Hm. Schade. Ihr Geständnis hätte mir jetzt 'nen späten, aber gelungenen Feierabend beschert."

„Hoffentlich kann ich das jemals wieder gutmachen."

„Ich dachte, ihr habt die Mörderin längst", meldete sich die Bardame zu Wort, während sie sich irgendetwas mit dem Finger aus den Zähnen puhlte. „Nur weil euch die Schreibtussi stiften gegangen ist, soll wohl jetzt der Nächstbeste der Arsch sein. Damit sich der Staatsanwalt einen drauf wichsen kann, oder was? Eure Methoden werden echt immer schräger."

Büttner wollte gerade etwas erwidern, als in einer der knallroten Sitzgruppen plötzlich ein ohrenbetäubender Tumult losbrach. Anscheinend hatten sich zwei angetrunkene Freier wegen irgendetwas in die Haare bekommen und traktierten sich nun gegenseitig mit ihren Fäusten. Sofort waren die Gorillas zur Stelle, versetzten beiden Streithähnen einen Schlag in die Magengrube, packten sie am Nacken und beförderten sie in hohem Bogen zur Tür hinaus auf die Straße.

„Sensibelchen, was!?", bemerkte Büttner gedehnt, nickte Rickleffs und der Bardame zu und verließ, dicht gefolgt von Hasenkrug, das Bordell. Es war Zeit für ein spätes Abendessen, wie ihm sein Magen soeben durch ein heftiges Knurren unmissverständlich zu verstehen gegeben hatte. „Ich will, dass der Laden hier ordentlich durchleuchtet wird", sagte er zu Hasenkrug, als sie wieder im Auto saßen und durch die zu dieser späten Stunde fast leergefegten Emder Straßen fuhren. „Erkundigen Sie sich bei der Sitte, ob es hier irgendwelche Vorkommnisse gab. Und fragen Sie sie, ob sie von all den minderjährigen Mädchen wissen, die da anschaffen gehen. Wenn's sein muss, sollen sie den Laden hochnehmen."

„Sie glauben, dass die irgendwas mit dem Mord an Wernicke zu tun haben?"

„Ich weiß es nicht. Aber irgendwas kam mir komisch vor. Ich kann nur noch nicht so genau sagen, was es war."

„Wird gemacht."

Büttner schwieg eine Weile und sagte dann: „Haben Sie den Typen gesehen? Diesen Anzugträger, der reinkam und gleich wieder verschwand? Ich bin sicher, dass ich ihn von irgendwoher kenne. Ich komme nur nicht drauf, wo es gewesen sein könnte."

„Landtagswahl", sagte Hasenkrug knapp.

„Was?"

„Mit seinem photoshopgetunten Dauergrinsen belästigte er uns wochenlang vom Plakat herab an jeder Ampel. Der Kerl sitzt im Landtag in Hannover und hat erst gestern bei einer Pressekonferenz verkündet, dass er hoch hinaus will. Schielt nach Berlin, wie man hört."

Büttner schlug sich mit der flachen Hand vor die Stirn. „Stimmt", sagte er und grinste süffisant, „Doktor Jan-Peter Sadler. *Der Mann, dem die Wählerinnen vertrauen.* Ja, jetzt erinnere ich mich wieder an den Wahlspruch des Herrn Gynäkologen. Ich konnte meine Frau gerade noch davon abhalten, mit einer Spraydose loszuziehen, um aus dem *vertrauen* ein *verhauen* zu machen."

„War sie auch mal Patientin bei ihm?"

„Ja. Aber sprechen Sie sie bloß nicht drauf an. Sonst fällt ihr wieder ein, dass sie ihre Stimme bei der nächsten Wahl der feministischen Partei geben wollte."

„Möchte nur mal wissen, was dieser Saubermann in der Rickleffschen Schmuddelbude wollte."

„Bestimmt nur Hausbesuche", knurrte Büttner zwinkernd. „Ist doch sicherlich sozial engagiert, der Gute, und kümmert sich ehrenamtlich um die armen gefallenen Mädchen, damit sie nicht eines Tages schlimme Krankheiten in die Welt hinaustragen."

„Ja, sie sind schon hochanständig, unsere Politiker. Und so uneigennützig“, nickte Hasenkrug.

„Das will ich meinen. Und deswegen wird er auch bestimmt nichts dagegen haben, wenn wir ihn und seine guten Taten mal ein wenig im Auge behalten. “

„Ganz bestimmt nicht. Transparenz ist schließlich sein zweiter Vorname, wie er stets betont.“

„Tatsächlich. Dann sollte es mich wundern, wenn wir bei ihm nicht bald klar sehen.“

„Auftrag angekommen“, grinste Hasenkrug und tippte eine Notiz in sein Smartphone.

19

Was war das? Ein leises *Klack!* drang in Helens unruhigen Schlaf, und sie brauchte eine Weile um zu begreifen, dass dieses Geräusch nicht Teil ihres wirren Traums gewesen war. Sie schlug die Augen auf. Um sie herum war es stockdunkel. Die Nacht war noch nicht vorbei. Irgendetwas raschelte und – da! Ein grelles Quietschen! Jetzt ein leises Rascheln! Schnaubte da nicht jemand? Helen stockte der Atem. Da machte sich doch irgendjemand im Raum zu schaffen! Angestrengt versuchte sie zu orten, aus welcher Richtung diese Geräusche kamen, und sie war sich nach wenigen Augenblicken ziemlich sicher, dass sich jemand im Bereich der Tür aufhalten musste und irgendetwas – es hörte sich an wie das knisternde Rascheln von Plastiktüten – auf dem Tisch abstellte.

Ihr Herz schlug hart gegen die Rippen, kalter Schweiß überzog ihre Haut. Sie traute sich kaum zu atmen. Ganz bestimmt war es besser, sich ruhig zu verhalten und so zu tun, als wäre man gar nicht da. Andererseits, wer sollte sich schon hier herumtreiben, der von ihrer Anwesenheit nichts wusste? Helen schluckte schwer und nahm dann allen Mut zusammen. „Hallo", krächzte sie heiser in den Raum. „Hallo? Ist da jemand?"

Augenblicklich war es still. Es war lediglich noch das

179

stoßweise Atmen eines Menschen zu hören. „Hallo? Wer ist denn da? Nun sagen Sie doch bitte was!“, wimmerte Helen verzweifelt. Ihr Körper war nun ein einziges Zittern.

Keine Antwort. Am liebsten wäre sie aufgestanden und hätte den Lichtschalter bedient, um wenigstens nicht mehr mit weit aufgerissenen Augen panisch in die Dunkelheit starren zu müssen. Noch nie in ihrem Leben hatte sie eine solche Finsternis erlebt! Selbst der Blick zum Oberlicht führte ins schwarze Nichts. Wie spät mochte es sein? Nicht der kleinste Hauch eines nahenden Morgengrauens war zu sehen. Aber auch kein silbernes Mondlicht. Kein funkelnder Stern. Absolut nichts.

Wieder ein kurzes Rascheln, ein Quietschen, dann *Klack!* Helen lauschte minutenlang in Erwartung des nächsten Geräusches in die Stille hinein. Doch da war nichts. Nicht der kleinste Laut war zu hören. Wer auch immer sich gerade hier aufgehalten hatte, war wieder verschwunden. Und sie war wieder allein.

Helen rollte sich umständlich aus dem Bett, hob tastend ihre Arme vor den Körper und lief in die Richtung, in der sie die Tür vermutete. „Au!“, entfuhr es ihr, als sie sich plötzlich schmerzhaft das Knie stieß. Gegen welches Hindernis war sie gelaufen? Helens Finger ertasteten ein Möbelstück, und sie stellte fest, dass es der Tisch sein musste. Der Lichtschalter konnte also nicht mehr weit sein. Ihre Hände griffen ein paar Mal ins Leere, schließlich aber stießen sie gegen den rauen Putz der Wand, dann gegen das glatte Furnier des Türrahmens. Sekunden später fuhr Helen ein greller Blitz in die Augen, so dass sie reflexartig den Arm in die Höhe riss, um sie vor der plötzlich einfallenden Helligkeit zu schützen. Sie hatte den Lichtschalter gefunden.

Nur ganz allmählich gewöhnten sich Helens Augen an das gleißende Licht. Aus schmalen Schlitzen blinzelte sie immer wieder in den Raum, das stechende Flackern, das vor ihren Augen kleine Blitze tanzen ließ, wurde von Sekunde zu Sekunde erträglicher. Schließlich war ihre Sehkraft wieder zur Gänze hergestellt und sie schaute sich um. Ihr Blick blieb an dem Tisch hängen, auf dem nun zwei Plastiktüten standen, die zuvor noch nicht dagewesen waren. Also doch! Es war jemand im Zimmer gewesen. Helen rüttelte an der Tür, die jedoch so fest verschlossen war wie zuvor. Die Durchreiche! Nach kurzer Überlegung war sich Helen sicher, dass man die Tüten durch diese kleine Tür auf den Tisch gestellt hatte. Das würde auch das Quietschen und Klacken erklären.

Langsam trat sie näher an den Tisch heran, griff mit zitternden Fingern nach einer der Tüten und warf einen Blick hinein. Lebensmittel. Jemand hatte ihr etwas zu Essen gebracht. Frisches Brot. Kaltes Fleisch. Ein paar Äpfel. Joghurt. Orangensaft. Sogar eine Tafel Schokolade und ein Päckchen Kaugummi waren dabei.

Und in der anderen Tüte? Kosmetikartikel. Unterwäsche. Socken. Ein paar Zeitschriften.

Was war hier los? Helen schlug fröstelnd die Arme um ihren bebenden Körper. Ganz offensichtlich wollte derjenige, der sie hier eingesperrt hatte, nicht, dass es ihr schlecht ging. Er versorgte sie mit allen Dingen, die nicht nur ihr Überleben, sondern – so gut es in solch einer Situation eben ging – auch ihr Wohlbefinden sicherstellten. Warum?

Ja, warum sperrte er sie hier erst ein, um ihr dann ihre Gefangenschaft so angenehm wie möglich zu machen? Und warum bekam sie ihn nicht zu Gesicht? Warum sprach er nicht mit ihr?

Natürlich, er wollte unerkannt bleiben. Aber war es nicht so, dass der durchschnittliche Entführer, wie man ihn nicht nur aus Kriminalromanen und -filmen, sondern auch aus Erlebnisberichten kannte, alles daran setzte, möglichst schnell an sein Geld zu kommen, und er sein Opfer so lange darben ließ, bis er sein Ziel erreicht hatte? War es nicht so, dass er der Familie häufig ein Foto des verzweifelten, manchmal auch misshandelten Opfers zukommen ließ, um den Lösegeldprozess ein wenig zu beschleunigen?

Helen gab einen kurzen, hysterischen Laut von sich. Aber hatte schon mal irgendjemand davon gehört, dass ein Entführer sein Opfer mit Schokolade, Shampoo und sauberer Unterwäsche versorgte? War also ausgerechnet sie an einen kompletten Irren geraten, der nicht einmal wusste, dass man gemeinhin ein Entführungsopfer nicht wie einen prominenten Hotelgast behandelte? Dass es genauso sein könnte, machte Helen beinahe mehr Angst, als hätte man sie irgendwo bei Brot und Wasser in ein Kellerverlies gesperrt. An was für einen Psychopathen war sie hier nur geraten?

Helen spürte eine Panikattacke in sich aufsteigen. Ganz langsam kroch eine alles verzehrende Angst in ihr hoch, die sie zu ersticken drohte. Sie spürte bereits, wie sich eine Kette um ihre Kehle legte, die sich ganz langsam, Glied für Glied, immer enger zusammenzog und ihr die Luft zum Atmen nahm. Helen ließ sich, die Hand auf ihr wild pochendes Herz gelegt, auf einen Stuhl sinken und schloss die Augen. Sie durfte jetzt nicht durchdrehen, auf gar keinen Fall durfte sie jetzt die Nerven verlieren! Sie musste stark sein! Für sich. Und für ihr Kind.

Unwillkürlich legte sie beide Hände auf ihren Unterleib. „Mama wird dich beschützen. Mama wird nicht zulassen, dass dir was passiert", murmelte sie flüsternd, einem Mantra gleich, immer und immer wieder vor sich hin. Es half. Der Gedanke an ihr ungeborenes Kind und ihr monotoner Singsang ließen Helen nach wenigen Minuten wieder freier atmen. Sie spürte, dass ihr angststarrer Körper sich langsam wieder entspannte.

Für eine Weile noch blieb sie auf dem Stuhl sitzen und starrte ins Leere. Durch das Oberlicht an der Decke kündigte sich der neue Tag an, das tiefe Schwarz der Nacht wich dem trüben Grau des Morgennebels. Doch Helen nahm es kaum wahr. Zu sehr beschäftigte sie nun plötzlich der Gedanke, was mit ihr passieren würde, wenn ihrem Entführer etwas zustieß. Wenn er einen Unfall hatte, verhaftet wurde, wenn er starb. Was würde dann aus ihr? Aus ihrem Kind? Würden sie hier elendig verhungern, ohne sich jemals in die Augen gesehen, sich auch nur einmal angelächelt zu haben?

Da war sie wieder, die Angst, die sie zu lähmen drohte. Schnell schüttelte Helen die düsteren Gedanken ab, indem sie aufsprang, ihren Oberkörper einige Male auf und ab bewegte, bis ihre Hände den Boden berührten und dabei tief ein- und ausatmete. Als sie ihre Nerven wieder einigermaßen im Griff hatte, fischte sie schnell eine Zeitschrift aus der Tüte, um sich abzulenken. Ihr Blick fiel auf die Schokolade. Nervennahrung. Ja, auch die würde ihr jetzt guttun. Auf wackeligen Beinen wankte sie zum Bett hinüber und legte sich hin. Als sie begann, in der Zeitschrift zu blättern, fiel eine Postkarte hinaus. Zunächst hielt Helen es für eine ganz normale Werbebeilage, doch als sie das Bild darauf sah, stutzte sie. Die Vorderseite der Karte zeigte das fröhlich lachende Gesicht eines Babys. Instinktiv drehte Helen die Karte um – und verfiel nur wenige Augenblicke später in eine so heftige Panikattacke, wie sie sie noch niemals zuvor erlebt hatte. Sie schrie und schrie und schrie, bis sie schließlich viel später erbärmlich schluchzend und kraftlos in sich zusammenfiel.

Die Karte war auf den Boden gefallen, die Rückseite zeigte nach oben. In einer Helen wohl bekannten Handschrift stand darauf geschrieben: *Ich freue mich auf Dein Baby, liebste Helen, denn es wird bald meines sein.*

20

Sebastian Hasenkrug schreckte aus dem Schlaf hoch. Hatte da nicht jemand geschrien? Brauchte jemand seine Hilfe? Hektisch fingerte er nach dem Schalter seiner Nachttischlampe, knipste sie an und guckte sich mit verschlafenen Augen verwirrt in seinem Schlafzimmer um. Nach nur wenigen Augenblicken wurde ihm klar, dass er mal wieder schlecht geträumt hatte. Das passierte ihm in der letzten Zeit öfter. Genau genommen, seit Helen auf so unglückliche Weise wieder in sein Leben getreten war.

Der Fall machte ihm persönlich mehr zu schaffen, als er es sich zunächst hatte eingestehen wollen. Seit er erstmals mit seinem Chef in Upleward gewesen war, hatte er versucht sich einzureden, dass auch die Aufklärung dieses Falls nur ein Job war, den es zu erledigen galt. Routine, reine Routine. Sonst nichts.

Zunächst hatte er auch fest daran geglaubt, dass alles gut werden würde. Ja, sie hatten Helen verhaften müssen, was ihm weiß Gott mächtig gegen den Strich gegangen war. Dennoch war er stets davon überzeugt gewesen, dass sich der Verdacht gegen sie als gegenstandslos erweisen würde und dass es ihnen rasch gelingen würde, den wahren Täter dingfest zu machen.

Wie erleichtert hatte Helen ausgesehen, als er ihr gesagt

hatte, dass sie nicht ins Gefängnis müsse. Dass sie bei ihren Freunden und bei ihrem Mann auf dem Hof würde abwarten können, ob es zu einer Anklage gegen sie kam oder nicht. Das war zwar wahrhaftig nicht die angenehmste aller Situationen, aber so konnte sie sich und ihr ungeborenes Kind wenigstens dem Knastalltag entziehen, der sie vermutlich nachhaltig traumatisiert hätte.

Und dann verschwand sie einfach! Von jetzt auf gleich löste sie sich quasi in Luft auf. Als Hasenkrug davon erfuhr, hatte er es zunächst gar nicht glauben wollen, dachte, sein Chef mache einen seiner schlechten Scherze. Als ihm aber klar geworden war, dass Büttner es diesmal bitter ernst meinte, hatte er sofort die Fantasie gehabt, dass Helen nicht freiwillig abgetaucht, sondern entführt worden sei.

Doch wer tat so etwas? Wer entführte eine schwangere Frau? Und warum? Gut, jeden Tag stand mindestens ein Durchgeknallter auf. Und schließlich war Helen ja tatsächlich von eben so einem Durchgeknallten über Wochen drangsaliert und verfolgt worden. Aber der Kerl war tot, lag gut konserviert im Kühlfach der Gerichtsmedizin. Also musste es noch jemand anderen geben, der es auf die erfolgreiche Schriftstellerin Helen Rössling abgesehen hatte.

Gebeutelt von den wildesten Fantasien, was Helen womöglich gerade würde erleiden müssen, hatte Hasenkrug Stunde um Stunde darauf gewartet, dass irgendetwas passieren würde. Ein Erpresserbrief, eine Lösegeldforderung, ein Hinweis auf das Motiv. Irgendetwas.

Aber tatsächlich geschah nichts. Nothing. Nada. Rien. Sie tappten im Dunkeln. Helen war wie vom Erdboden verschluckt, als hätte es sie niemals gegeben. Am gestrigen

Abend hatte sein Chef ihm mitgeteilt, dass Helens Halstuch wieder aufgetaucht sei. Eine junge Frau, die bei den Hettingas zu Gast sei, habe es von einem korpulenten Herrn bekommen, den sie anhand eines Fotos einwandfrei als Henning Kappel identifiziert habe.

Doch wo, zum Teufel, steckte dieser Kappel, wenn er sich nicht gerade in Upleward herumtrieb und irgendeiner Frau ein grünes Seidentuch in die Hand drückte? Keiner wusste es. Und – das hatte Hasenkrug im Gespür – auch wenn am morgigen Tag ganze Hundertschaften Polizisten durch die Krummhörn streifen würden, dieser Kappel würde ganz gewiss verschwunden bleiben. Seit sie ihn damals mit seiner Kamera um den Hals am Trockenstrand getroffen hatten, war er wie ein Phantom, das in kleinen Spots mal hier, mal da auftauchte und wieder verschwand. Ein Phantom, das seine Spuren seit der Tat und bis zum gestrigen Abend ausschließlich in der schnelllebigen und unkontrollierbaren Welt des Internets hinterlassen hatte. Aus welchem Grund aber war er dann plötzlich am helllichten Tag in Upleward aufgetaucht, obwohl er wusste, dass es ein Leichtes sein würde, ihn zu identifizieren? Was war das für ein verdammtes Katz-und-Maus-Spiel, das er da abzog? Und warum war er so auf Helen fixiert? Was hatte sie ihm getan? Oder war es so, wie Büttner mutmaßte, dass es womöglich gar nicht Kappel selbst war, der die Angriffe gegen Helens Person fuhr? Dass es jemand anderer in seinem Namen tat? Aber wieso ließ Kappel dann so etwas zu?

Dieser Fall war einfach nur zum Verrücktwerden.

Was genau sein Chef von der Sache hielt, war Hasenkrug nach wie vor nicht ganz klar. Büttner hielt sich bedeckt. Gut möglich, dass er gar keine Meinung hatte. Eben weil es kaum greifbare Fakten gab. Auch sein Auftrag, das schmuddelige Emder Rotlichtmilieu zu durchleuchten, schien Hasenkrug bei näherer Analyse eher eine Verzweiflungstat zu sein, die sie vermutlich keinen Schritt weiter an die Aufklärung des Falles heranbringen würde, sondern die allenfalls Zeit in Anspruch nahm. Zeit, die sie besser für andere Dinge nutzen könnten. Aber für welche?

Nein, einen solch verworrenen Fall hatte Hasenkrug noch nie erlebt. Und eine solche Hilflosigkeit. Denn was nützte einem ein technisch hochgerüsteter Polizeiapparat, wenn man praktisch keinerlei Ahnung hatte, in welche Richtung man überhaupt ermitteln sollte?

„Wo bist du, Helen?", fragte Hasenkrug in die Stille der Nacht hinein und rieb sich müde übers Gesicht. Wie sehr wünschte er sich, die ganze Sache wäre tatsächlich nur ein Alptraum, über dessen Absurdität er am nächsten Morgen nur noch würde den Kopf schütteln können. Wie damals, in den ersten Monaten, nachdem Helen sich von ihm getrennt hatte. Nächtelang war sie ihm in seinen Träumen erschienen. Verzweifelt hatte er seine Hand nach ihr ausgestreckt, aber sie war ihm mit einem Lächeln auf dem Gesicht entwichen. Jede Nacht ein Stückchen mehr. Bis sie sich schließlich endgültig aus seinem Leben und seinen Träumen verabschiedet hatte.

In den letzten Tagen hatte Hasenkrug sich oft gefragt, ob er noch etwas für Helen empfand. Und er war froh, zu dem Ergebnis gekommen zu sein, dass es nicht so war. Doch auch, wenn er sie nicht mehr liebte, so hatte er doch das

Gefühl, dass er ihr emotional nach wie vor nahe war. Auf eine freundschaftliche Art und Weise. Nicht mehr. Aber auch nicht weniger.

Und deswegen würde er alles in seiner Macht Stehende tun, um sie zu finden. Sie und ihr Baby. Ja, er würde die kleine Familie wieder zusammenführen. Das war so sicher, wie der Strand von Upleward auf der falschen Seite des Deiches lag.

Hasenkrug stand auf, lief zum Fenster und zog die Rollläden hoch. Am Horizont, der wohl nirgends so weit war wie in Ostfriesland, zeigten sich die ersten hellen Streifen. Also lohnte es sich nicht, sich nochmals hinzulegen. Er watschelte auf bloßen Füßen in die Küche und schmiss die Kaffeemaschine an. Dann sprang er unter die Dusche, damit er an diesem Tag wenigstens nicht so miserabel aussah, wie er sich fühlte. Minutenlang ließ er sich einfach nur das heiße Wasser über den Kopf laufen, auch wenn er solch eine Verschwendung des kostbaren Nass' normalerweise strikt ablehnte. Aber was, so fragte er sich, war in diesen Tagen schon normal?

Als er schließlich deutlich erfrischt und in Jogginghose wieder auf den Flur hinaustrat, waberte ihm bereits der Duft frisch aufgebrühten Kaffees entgegen. Er goss sich eine Tasse ein, gab etwas Milch dazu und ging ins Arbeitszimmer, wo er seinen Rechner hochfuhr um zu schauen, ob es etwas Neues gab. Tatsächlich. Nach nur wenigen Klicks entdeckte er auf einer von Kappels bevorzugten Internetseiten einen neuen Eintrag. Gerade begann er damit, ihn zu lesen, als sein Handy klingelte.

Es dauerte einen kurzen Moment, bis Hasenkrug

realisierte, was sein Kollege am anderen Ende zu ihm sagte. Dann aber stieß er einen erstickten Schrei aus, und schon im nächsten Moment zersprang seine mit heißem Kaffee gefüllte Tasse klirrend am Boden.

Hasenkrug legte auf und rannte ins Schlafzimmer zurück, als wäre der Teufel hinter ihm her. Er streifte sich die Jogginghose ab, zerrte wahllos ein paar Klamotten aus dem Schrank und zog sie sich mit einer Hand über, während er mit der anderen Büttners Nummer wählte. „Geh ran", keuchte er atemlos in den Hörer, „nun geh schon ran!"

„Was gibt's denn, Hasenkrug?", meldete sich am anderen Ende eine verschlafene Stimme. „Sie keuchen ja, als würden Sie gerade in der Nordsee ersaufen. Nun sagen Sie bloß nicht, dass die lang ersehnte Sintflut diesen mörderischen Landstrich endlich mit sich in die Tiefe reißt!?"

„Ich bin nicht zu Scherzen aufgelegt", schnaubte Hasenkrug und schüttelte heftig fluchend seine Jeans, bei der sich ein Hosenbein verheddert hatte.

„Das trifft sich gut, ich auch nicht", brummte Büttner.

„Ein anonymer Mann hat im Kommissariat angerufen und behauptet, dass am Pilsumer Leuchtturm eine Leiche liegt", rief Hasenkrug aufgeregt in den Hörer.

„Was für eine Leiche denn?" Büttner schien immer noch nicht ganz wach zu sein.

„Das hat er nicht gesagt. Aber wenn …", Hasenkrug schluckte und sagte dann heiser: „Aber wenn es Helen ist?"

„Ich bin schon auf dem Weg an den Deich", rief Büttner, dann war die Verbindung unterbrochen.

Hasenkrug legte auf, knöpfte seine Hose zu, stopfte sein

Handy in die Tasche und rannte zur Tür hinaus zu seinem Auto. Sein Herz raste, als hätte er soeben einen Marathon absolviert.

191

21

Es würde nicht mehr lange dauern, bis sich die Strahlen der warmen Herbstsonne ihren Weg durch den Nebel bahnten. Noch aber lagen der Pilsumer Deich und die ihm vorgelagerten Salzwiesen im Dunst der Morgendämmerung. Die geradlinigen Konturen des Küstenstreifens wurden einzig durchbrochen von dem kleinen, gelb-roten Leuchtturm, der in der Weite der ostfriesischen Landschaft stets ein wenig verloren wirkte. Tagsüber herrschte hier reger Trubel, hatte sich dieser nur rund elf Meter hohe Turm, in dem sich jährlich unzählige verliebte Paare das Jawort gaben, doch längst zu einem der beliebtesten Wahrzeichen Ostfrieslands entwickelt. Um diese frühe Uhrzeit aber verirrte sich kaum ein Mensch hierher.

Ein erster Sonnenstrahl blitzte durch die Nebeldecke hindurch und brach sich in der Windschutzscheibe seines Autos, als Sebastian Hasenkrug – dicht gefolgt von seinem Chef David Büttner – den Parkplatz am Ende der befahrbaren Straße einfach ignorierte und dem breiten Fußweg unter dem Deich bis zum rund fünfhundert Meter entfernten Leuchtturm folgte. Kaum, dass er angehalten hatte, sprang Hasenkrug aus dem Wagen und hechtete im Laufschritt die Stufen hinauf, ohne sich nach Büttner umzusehen, dessen Auto gleich hinter seinem zum Stehen gekommen war.

Sein Herzschlag setzte für einen Moment aus, als er den kleinen Leuchtturm umrundet hatte und an dessen der See zugewandten Seite tatsächlich einen regungslosen Menschen vorfand: Angelehnt an die Rückseite des Turms, den leeren Blick auf die Salzwiesen und das Wattenmeer gerichtet, saß allerdings nicht Helen, sondern der Journalist Henning Kappel. Seine Arme hingen schlaff an seinem Körper herunter, über den Beinen lag eine blaukarierte Wolldecke. Hasenkrug schluckte schwer. Zum einen war er erleichtert, dass es sich bei der Leiche nicht um Helen handelte. Zum anderen aber war er vom Anblick des Journalisten beinahe ebenso entsetzt. Was hatte das zu bedeuten? In seinem plötzlich staubtrockenen Mund formte sich eben diese Frage, seiner Kehle aber entwich nur ein raues Krächzen.

„Schöne Scheiße!", entfuhr es Büttner, als er heftig schnaufend neben seinen jüngeren Kollegen trat. Doch im Gegensatz zu Hasenkrug, der immer noch wie versteinert dastand und den sitzenden Mann erschüttert anstarrte, ging Büttner beherzt auf ihn zu, griff nach seinem schlaffen Arm – und ließ ihn mit einem Seufzen sogleich wieder fallen. „Er ist tot", sagte er matt.

„Sind Sie sicher?", brachte Hasenkrug heiser hervor.

Büttner drückte zwei Finger auf Kappels Halsschlagader und nickte. „Toter geht's nicht. Na ja, nun wissen wir wenigstens, wo er ist."

„Oh, mein Gott", stöhnte Hasenkrug und sackte, die Hände in seinem lichten Haar vergraben, in die Hocke. „Was ist das nur für eine erbärmliche Scheiße!"

Büttner grunzte nur kurz und griff nach seinem Handy,

um die Spurensicherung anzufordern. „Ich habe keine Ahnung, was hier gespielt wird“, sagte er, nachdem er das Gespräch beendet hatte. „Aber mein Gefühl sagt mir, dass es ein unschönes Finale gibt, wenn es so weitergeht. Und wenn ich mir vorstelle …“

„Moin“, sagte plötzlich eine dunkle Stimme neben ihm.

„Moin“, entgegnete Büttner automatisch, bevor er einen Blick über die Schulter warf und sich einem älteren Mann mit Schlapphut und Schäferstab gegenüber sah, der mit gerunzelter Stirn die Leiche beäugte.

„Ist wohl tot“, stellte der Mann treffend fest, um sich dann direkt an Büttner zu wenden. „Heut Nacht war er noch ganz munter.“

Büttner hob fragend die Brauen, während Hasenkrug sich langsam aus der Hocke erhob und den Schäfer mit undurchdringlichem Blick fixierte.

„Wie meinen Sie das? Haben Sie ihn hier gesehen?“, fragte Büttner lauernd.

„Jo.“

„Und was haben Sie beobachtet?“, wollte Büttner wissen.

„Wieso?“ Der Schäfer zog skeptisch die Stirn in Falten, woraufhin ihm Büttner seine Polizeimarke vors Gesicht hielt.

„Oh. Ihr seid von der Polizei.“

„Gut kombiniert. Was haben Sie hier beobachtet?“, wiederholte Büttner seine Frage.

Der Schäfer hob seinen Hut an und kratzte sich am Kopf. „Nichts Besonderes. Ich dacht nur, was machen die denn hier, so mitten in der Nacht.“

„Aha. Wann war das?“

„Heut ganz früh. Muss wohl so um vier rum gewesen sein. Hab nach meinen Schafen geguckt. Eins ist nicht ganz auf ’m Damm. Braucht regelmäßig Medikamente, sacht der Doktor.“ Er deutete mit seinem Schäferstab auf ein Schaf, das abgetrennt von seiner Herde in einem extra eingezäunten Bereich am Deich stand und neugierig zu ihnen herüberglotzte.

„Und was genau haben Sie nun gesehen?“, mischte sich Hasenkrug ein, der sich offensichtlich wieder gefangen hatte.

„Hier waren zwei Leute. Der hier und noch jemand, der schlanker war. Könnte ’ne Frau gewesen sein. Oder ’n schlanker Mann. Hab ich gesehen, als ich dem Schaf die Medikamente gegeben hab. Ist nicht ganz auf ’m Damm, dat lüttje Schkoopke.“

„Und was genau haben die beiden hier gemacht?“

„Weiß nicht. Was Leute hier nachts eben so machen, nehme ich an.“

„Waren die beiden mit dem Auto da?“

„Ja. Mit zwei Autos sogar.“

„Dann sind sie also nicht gemeinsam gekommen.“

„Nee. Nacheinander. Aber nicht viel nacheinander.“

„Haben Sie den Autotyp erkannt oder vielleicht sogar ein Kennzeichen?“

„Der eine ist drüben auf ’m Parkplatz stehen geblieben, der andere ist hier vorgefahren. Aber es war ja dunkel, da hab ich nicht viel erkannt. Kennzeichen sowieso nicht. Aber jetzt weiß ich, dass einer von den Wagen ein Kombi ist.“

„Woher wollen Sie das denn jetzt auf einmal wissen, wenn

Sie ihn heute Nacht nicht erkannt haben?", wunderte sich Hasenkrug.

„Weil der eine Wagen ja immer noch da steht. Und nu isses ja hell." Der Schäfer deutete auf den Parkplatz.

„Das muss dann der Wagen von Kappel sein", schlussfolgerte Hasenkrug.

„Sie haben aber nicht mehr gesehen, wie der andere wieder weggefahren ist?", wollte Büttner wissen.

Der Schäfer zuckte die Schultern. „Nee. Die waren noch hier, als ich gegangen bin. Ich glaube, die haben mich gar nicht bemerkt." Er nickte mit dem Kopf zur Leiche hinüber und sah sie prüfend an. „Ist er umgebracht worden, oder was?" Kaum, dass er es gesagt hatte, stutzte der Mann, ging auf den Toten zu und rief dann überrascht aus: „Oh! Das ist ja Henning! Wat macht der denn hier!? Mannomann, das ist ja wat!"

„Sie kennen Herrn Kappel?" Büttner war baff.

„Jo. Der ist mal für 'n paar Tage mit mir mitgegangen. Hat da was drüber geschrieben. Über mich und die Schafe und so. War gar nicht schlecht. Hat schnell verstanden, was hier so los ist."

„Er hat über Sie und Ihre Schafe geschrieben? Das passt doch gar nicht zu ihm. Ich meine, er war Enthüllungsjournalist. Und dann schreibt er über Schafe?" Büttner sah den toten Henning Kappel so eindringlich an, als würde er von ihm persönlich eine Erklärung erwarten.

„Jo. Sachte irgendwas von Massentierhaltung, Antibiotikamissbrauch, Tierquälerei und so. Er meinte, nach all den ekligen Mastställen und Schlachthöfen und so braucht er auch noch 'n positives Beispiel, wie man mit

Tieren umgeht. Jo. Und da hat er mich für ausgesucht.“
Aus der Stimme des Schäfers war nun deutlicher Stolz
herauszuhören.

„Haben Sie Herrn Kappel in den letzten Tagen mal hier
in der Gegend gesehen?“, fragte Büttner.

„Nee. Seit dem Artikel damals hab ich ihn nur ein- oder
zweimal gesehen. Das ist aber schon länger her. Sind ja
nicht befreundet oder so.“

„Am besten, ihr sperrt hier alles ab. Und nehmt euch
bitte auch das Auto auf dem Parkplatz vor. Es scheint dem
Toten zu gehören“, wandte sich Büttner an einen Kollegen
der Spurensicherung, der zu ihnen getreten war und ihn
fragend ansah. „Vielleicht gibt es hier am Leuchtturm ja
irgendwelche Hinterlassenschaften vom Täter. Fasern.
Fußabdrücke. Fahrzeugspuren. Was weiß ich. Irgendwas
muss er doch hinterlassen haben.“

„Ja. Der und tausend andere“, seufzte einer der Männer.
„Der ganze Ruhrpott turnt doch im Sommer hier rum.“

„Man kann ja mal Glück haben“, murmelte Büttner
und wandte sich der Gerichtsmedizinerin zu, die gerade
Kappels Augenlider anhob. „Seit wann ist er tot?“

„Seit wenigen Stunden. Zwei, vielleicht drei.“

„Das passt. Ein Zeuge behauptet, ihn noch lebend hier
gesehen zu haben.“ Büttner deutete auf den Schäfer, der bei
Hasenkrug stand und seine Personalien zu Protokoll gab.
„Der Schäfer sagt, dass zwei Personen so gegen vier Uhr
gekommen sind.“

„Er hat den Täter gesehen?“ Dr. Wilkens sah verdutzt zu
dem Mann mit Schlapphut hinüber.

„Ja. Wenn es denn der Täter war. Aber nur von Weitem.“

„Verstehe." Die Ärztin beugte sich wieder über die Leiche, die zwei Kollegen nun der Länge nach auf den Boden gelegt hatten. „So, wie es aussieht, hat er keine äußeren Verletzungen. Da muss wohl irgendwas anderes im Spiel gewesen sein als eine Waffe."

„Gift?"

„Kann sein. Ich muss ihn erst aufschneiden, dann weiß ich es genau."

„Hm. Dann geben Sie mir bitte baldmöglichst Bescheid."

„Aber sicher."

Nur wenig später ließen sich Büttner und Hasenkrug auf eine der Treppenstufen am Leuchtturm sinken und blickten gedankenverloren über die weiten, von Gräben durchfurchten Felder, über denen sich die Rotoren der zahlreichen Windenergieanlagen gemächlich im seichten Südwestwind drehten. Genau unterhalb des Leuchtturms stand die ehemalige Bleibe des Leuchtturmwärters, ein einsames Backsteinhaus inmitten einer ebenso einsamen Baumgruppe, bei dessen Anblick sich Büttner schon oft gefragt hatte, wie es wohl wäre, sich dorthin zurückzuziehen und nichts zu hören außer der Stille des Augenblicks.

Ein Mitarbeiter der Spurensicherung goss den beiden Kriminalbeamten aus seiner Thermoskanne eine Tasse Kaffee ein, die sie dankbar entgegennahmen. Büttner sah dem Schäfer hinterher, der sich wieder auf den Weg zu seinen Schafen machte, die in etwa hundert Metern Entfernung auf dem Deich friedlich vor sich hin grasten. Der Nebel hatte sich inzwischen weitgehend verflüchtigt, die Sonne schien noch fahl, aber schon wärmend vom Himmel.

„Ich verstehe das nicht", sagte Hasenkrug gequält, nachdem er ein paar kräftigende Schlucke des heißen Kaffees genommen hatte. „Ich verstehe einfach nicht, wie das alles miteinander zusammenhängt. Rolf Wernicke, Helen Rössling, Henning Kappel. Vor allem Kappel. Wie passt der ins Bild? Es ist einfach nur zum Verrücktwerden."

Büttner atmete lang und tief die frische Seeluft ein und zuckte mit den Schultern. „Wir müssen irgendetwas übersehen haben." Er trank seinen Becher leer, bevor er hinzufügte: „Was mich am meisten irritiert, ist die Tatsache, dass wir nichts von Helen Rössling hören. Falls sie entführt wurde, muss der Entführer doch irgendwas damit bezwecken. Aber es kommt nichts. Rein gar nichts. Fast bin ich gewillt anzunehmen, dass sie sich tatsächlich aus dem Staub gemacht hat."

„Das Einzige, was jetzt wohl sicher sein dürfte, ist, dass Kappel anders in den Fall verstrickt war, als wir bisher angenommen haben", sagte Hasenkrug.

„Ja. Was die Sache allerdings nicht einfacher macht", erwiderte Büttner.

„Gut wäre es zu wissen, woran Kappel in den letzten Wochen gearbeitet hat. Vielleicht gibt das einen Hinweis aufs Tatmotiv."

„Und wenn es Helen Rössling war?", sagte Büttner kaum hörbar.

Hasenkrug starrte seinen Chef mit offenem Mund an. „Das ist nicht Ihr Ernst, Chef! Helen bringt doch niemanden um!"

Büttner ließ sich noch mal Kaffee nachschenken und sagte dann müde: „Wir müssen es zumindest mit in Betracht ziehen. Wir haben zwei Leichen und eine verschwundene, bei der Staatsanwaltschaft höchst verdächtige Person. Und von dieser Person keinerlei Lebenszeichen. Der Staatsanwalt nimmt an, dass Helen Rössling entweder auf der Flucht ist oder …"

„Tot", ergänzte Hasenkrug heiser und erhob sich, um für die Männer vom Bestattungsinstitut Platz zu machen, die soeben einen Zinksarg an ihnen vorbei die Treppe hochtrugen. Er schüttelte heftig den Kopf. „Nein. Ich weiß zwar nicht, wie das alles miteinander zusammenhängt, aber die ganze Sache stinkt so dermaßen zum Himmel, dass eigentlich die Vögel tot herunterfallen müssten."

Büttner beobachtete, wie die Mitarbeiter der Spurensicherung den um den Leuchtturm verstreuten Müll mit langstieligen Zangen aufpickten und in Plastikbeutel gleiten ließen, in der Hoffnung, vielleicht eine Spur zu finden, die sie der Lösung des Falles näher brachte. Doch im Grunde wusste er bereits jetzt, dass der ganze Aufwand zu nichts führen würde.

Mit einem vernehmbaren Stöhnen stand er umständlich auf, klopfte sich die Hose ab und machte sich auf den Weg zu seinem Auto. Er würde jetzt erst einmal nach Hause fahren und frühstücken. Dann würden sie weitersehen. Gerade, als er die Autotür aufzog, klingelte sein Handy. In der morgendlichen Stille klang es ungewöhnlich schrill. „Ja? … Was? … Das ist doch jetzt nicht wahr! … Und sie ist sich ganz sicher, dass … verstehe. Ja, ganz prima. Genau das habe ich jetzt auf leeren Magen gebraucht. Wir sind gleich da."

„Was ist denn jetzt wieder passiert?" Hasenkrug war neben seinen Chef getreten und sah ihn beinahe ängstlich an. „Doch wohl nicht schon wieder eine schlechte Nachricht?“

„Irgendjemand behauptet zu wissen, wo Helen Rössling ist“, knurrte Büttner. „Vielleicht ist es auch falscher Alarm. Auf jeden Fall aber waren die Angaben sehr detailliert und wir fahren jetzt mal dahin.“

Auf Hasenkrugs Wangen zeigten sich rote Flecken. „Weiß man schon, ob sie …“ Er brachte den Satz nicht zu Ende.

„Ich weiß nur, dass sie jemand gesehen haben will. Von einer Leiche war nicht die Rede“, erwiderte Büttner brüsk, der sein längst überfälliges Frühstück in weite Ferne rücken sah. „Fahren Sie hinter mir her, Hasenkrug. Ich fürchte fast, dass dieser Arbeitstag noch die eine oder andere Überraschung für uns bereithält.“ Er rieb sich den knurrenden Bauch und fügte schlecht gelaunt hinzu: „Und außerdem bin ich mir sicher, dass ich Hungers sterben werde, noch bevor die Dunkelheit der nächsten Nacht über uns hereinbricht.“

22

Helen verstand die Welt nicht mehr. Mehrmals hatte sie sich die Augen gerieben und sich in den Arm gekniffen, weil sie glaubte zu halluzinieren. Doch auch, wenn sich in ihrem Kopf nach dem Aufwachen ein dichter, wabernder Nebel breitmachte, durch den sich ihre Gedanken nur schwer fokussieren ließen, so registrierte sie doch mit einem Schaudern, dass in dem Raum, in dem sie seit Tagen eingesperrt war, nichts mehr so war wie zuvor.

Ein Blick zum Oberlicht sagte ihr, dass bereits wieder die Morgendämmerung einsetzte. Oder war es die Abenddämmerung? Sie hatte keine Ahnung, wie lange sie geschlafen hatte. Sie wusste nur, dass sie nach ihrer fürchterlichen Panikattacke irgendwann völlig erschöpft eingenickt war. Später dann hatte sie eine Scheibe Brot mit kaltem Fleisch und einen Riegel Schokolade gegessen und dazu zwei Gläser Orangensaft getrunken. Nicht, weil sie auch nur annähernd Appetit verspürte. Ganz im Gegenteil quälte sie ein ständiger Brechreiz, und bei jedem Bissen fürchtete sie, ihn gleich wieder retour gehen zu sehen. Aber sie wollte nicht, dass ihr Baby unter Nährstoffmangel leiden musste, nur weil seine Mutter nichts aß. Also zwang sie sich das Essen hinein.

Beim Gedanken an ihr Baby spürte Helen, wie sich wieder

eine bleierne Angst in ihr breitmachte. *Dein Baby wird bald meines sein. Dein Baby wird bald meines sein.* Immer wieder hatte sie diesen bedrohlichen Schriftzug vor Augen. Es war, als habe er sich tief in ihre geschundene Seele eingebrannt, um sich von dort wie ein tödliches Gift auszubreiten und ihr die Luft zum Atmen zu nehmen.

War sie deswegen hier? Würde sie hier bis zur Geburt des Babys eingesperrt bleiben, weil ihr jemand das Kind wegnehmen wollte, sobald es auf der Welt war? Helen begann am ganzen Körper zu zittern, als sie begriff, dass vermutlich auch das der Grund war, warum man sie in ihrer Gefangenschaft so gut versorgte: Das Kind sollte gesund zur Welt kommen. Und danach? Was würde mit ihrem Kind geschehen? Und was würde dann aus ihr?

Helens Atemzüge kamen stoßweise, als sie erkannte, dass es auf diese Frage eigentlich nur eine logische Antwort gab: Man würde sie umbringen. Ja, man würde sie als Gebärmaschine missbrauchen und dann töten.

Aber warum dann all diese Veränderungen, die praktisch über Nacht in ihrem Zimmer vor sich gegangen waren? Direkt unter dem Oberlicht stand jetzt ein kleiner Tisch mit einem bequem aussehenden Bürostuhl davor. Zu Helens Verwunderung stand auf dem Schreibtisch ein Laptop, neben diesem lagen diverse Zettel und Umschläge. Im Zimmer verteilt waren zwei kleinere Kübel mit Grünpflanzen aufgestellt worden, die den Raum beinahe wohnlich wirken ließen, an der Wand befand sich ein gerahmtes Poster, das eine südafrikanische Landschaft im Sonnenuntergang zeigte. An einem Kleiderständer hingen Blusen, T-Shirts und Hosen.

Helen erhob sich von ihrem Bett und lief schwankend durchs Zimmer, wobei sich ihr Kopf anfühlte wie eine zum Platzen reife Melone. Mit zittrigen Händen befingerte sie die Kleidung und stellte verblüfft fest, dass es ihre war. Ihre Blusen, ihre T-Shirts, ihre Hosen. Jemand musste in ihrer Kölner Wohnung gewesen sein und sie hierher gebracht haben. Ihr Blick fiel auf die Kommode. Vorsichtig, als erwarte sie, dass ihr im nächsten Moment ein ekliges Tier entgegenspringen könnte, zog sie die obere Schublade hervor, die nun, wie sie mit einem mulmigen Gefühl feststellte, ein halbes Dutzend Paar Socken sowie einige Slips und Unterhemden enthielt. In den anderen Schubladen lagen ein Hammer, Nägel sowie ein paar Medikamentenpackungen.

Auch der Kühlschrank war nun prall gefüllt. Und noch etwas hatte sich verändert: Auf der Kommode stand ein Campingkocher mit Topf, daneben ein Korb mit Besteck und einige Gewürze.

Irgendjemand musste all die Dinge hier hereingeschleppt haben, während sie geschlafen hatte. Und obwohl das Einräumen schwerlich vonstatten gegangen sein konnte, ohne einen gewissen Geräuschpegel zu verursachen, hatte sie nichts davon mitbekommen. Was wiederum nur den einen Schluss zuließ: Jemand hatte ihr zuvor ein Schlafmittel verabreicht. Ihr Blick fiel auf den Tisch, auf dem am Tag zuvor noch die Plastiktüten mit den Lebensmitteln gestanden hatten. Sie waren weg. Vermutlich war das Schlafmittel irgendwo untergemischt gewesen, hatte dann seine Wirkung entfaltet und wurde jetzt nicht mehr gebraucht.

Schwer wie ein mit Wasser gefüllter Sack ließ sich Helen auf den Bürostuhl sinken und massierte ihre pochenden

Schläfen. Nach dem kurzen Gang durchs Zimmer fühlte sie sich völlig erschlagen, ihr Magen war ein einziges Rumoren. Misstrauisch schielte sie auf die Kiste mit Wasserflaschen, die unter den Tisch geschoben worden war. Zu gerne hätte sie gleich einen ganzen Liter ihre brennende Kehle hinunterlaufen lassen. Aber was, wenn auch das Wasser mit Schlafmitteln versetzt war?

Helen torkelte ins Badezimmer. Sie hielt minutenlang ihren Mund unter den Wasserhahn und trank wie eine Verdurstende. Danach streifte sie sich die verschwitzten Klamotten vom Körper und gönnte sich eine ausgiebige heiße Dusche. Ohne Unterlass versuchte sie zu verstehen, was hier mit ihr und ihrem Kind passierte. Doch kam sie zu keinem befriedigenden Ergebnis. Ihre Gedanken kreisten schon seit Tagen wie ein nicht enden wollendes Perpetuum mobile in wirren Bahnen durch ihr Gehirn, um schließlich am Ausgangspunkt wieder anzukommen und ihren Weg von neuem zu beginnen. Und solange ihr keiner eine Antwort auf ihre Fragen gab, würde sich daran wohl auch nichts ändern.

Die erfrischende Wirkung der Dusche und das nun von oben hell hereinscheinende Tageslicht bewirkten, dass sich auch der Nebel in Helens Kopf ein wenig lichtete. Erstmals nahm sie den Laptop, der auf ihrem Schreibtisch mitten im Zimmer stand, näher in Augenschein. Er sah genauso aus wie der, auf dem sie zuhause ihre Bücher schrieb, und war bereits an die Steckdose angeschlossen. Ein weiteres Kabel führte zum … Helen traute ihren Augen nicht. Es konnte doch wohl kaum sein, dass sie übers Internet mit der Außenwelt verbunden war!?

Mit klopfendem Herzen hob sie vorsichtig die Abdeckung ihres Laptops an und drückte auf den Startknopf. Mit einem leisen Surren setzte er sich in Betrieb, fuhr langsam hoch, bis schließlich der Desktop erschien – mit all ihren Programmen und Dateien darauf. „Das gibt's doch nicht“, murmelte sie, als sich vor ihren Augen ein Feld öffnete mit dem Hinweis *Sie sind mit dem Internet verbunden*. Mit erstaunlich schnellen Fingern rief sie ihren E-Mail-Account auf, gab Benutzernamen und Passwort ein und – stieß einen überraschten Laut aus, als sie wenig später tatsächlich in ihrem Posteingang war. Schnell öffnete sie auch ihren Facebook-Account. Es funktionierte problemlos. Ebenso Google, Twitter und ihre eigene Homepage.

Vor Aufregung keuchend krallte sie beide Hände in ihr feuchtes Haar. Sie war wieder da! Sie hatte Kontakt zur Außenwelt! Sie … was war das!? Sie horchte. Da! Schon wieder! Sie hatte sich nicht verhört! Ein Klopfen! An ihrer Tür! Eindeutig!

„Ich bin hier“, rief sie mit sich überschlagender Stimme, während sie stolpernd zur Tür lief, „ich bin hier!“

Nach einem kurzen Zögern sagte eine Stimme: „Dann machen Sie bitte auf, Frau Rössling!“

„Aber es ist doch …“, entwich es ihr kaum hörbar, als sie Sekunden später ohne große Hoffnung die Türklinke hinunterdrückte. Als die Tür im nächsten Moment geräuschlos aufschwang, wähnte sich Helen in einem Traum. Alles um sie herum begann sich zu drehen. Gleich würde sie aufwachen und dann …

„Helen“, hörte sie im nächsten Moment eine weit entfernte Stimme, „ist alles in Ordnung?“

„Sebastian?", wimmerte sie leise und spürte, wie sie von starken Armen aufgefangen wurde und ihr jemand immer wieder auf die Wangen schlug.

„Am besten wird sein, wir legen sie aufs Bett, Hasenkrug", sagte eine weitere Stimme, dann spürte sie eine Matratze unter sich und schlug bald darauf die noch flatternden Augenlider auf. „Sebastian?", wiederholte sie, als sie sein Gesicht über sich gebeugt sah.

„Ja, Helen. Alles ist gut."

Schluchzend drückte Helen ihr Gesicht in Hasenkrugs Hand und beobachtete aus den Augenwinkeln, wie zwei uniformierte Polizisten ins Zimmer traten und sie neugierig musterten. „Gucken Sie sich hier ein wenig um", hörte sie Sebastians Kollegen – wie hieß er noch gleich? Bogner? Nein, Büttner! – sagen.

„Sie haben mich hier eingesperrt, Sebastian", sagte sie heiser, „ich konnte nicht raus … es war so furchtbar!"

„Sie konnten nicht raus?", fragte einer der Polizisten mit hochgezogenen Brauen. „Aber Ihr Schlüsselbund steckt doch in Ihrer Handtasche." Er ging zur Tür und probierte einen Schlüssel nach dem anderen aus. Der vierte passte.

„Außerdem haben Sie ein Smartphone und einen Laptop. Selbst Ihr Tablet liegt in der Kommode und ist voll funktionstüchtig", sagte der andere Polizist nur wenig später. „Eingesperrt zu sein sieht landläufig anders aus, wenn Sie mich fragen. Außerdem steht Ihr Auto vor der Tür."

Helen schaute erst ihn, dann Sebastian Hasenkrug verwirrt an. „Mein Auto? Mein Handy? Aber das ist nicht möglich", stammelte sie. „Ich … das alles ist erst seit heute morgen hier. Bis gestern war hier fast nichts. Erst, als ich aufgewacht bin … sie haben mir Schlafmittel gegeben.“

Hauptkommissar Büttner warf seinem Assistenten Hasenkrug einen unergründlichen Blick zu und sagte dann: „Frau Rössling, für mich sieht hier zunächst einmal nichts nach Freiheitsberaubung aus. Eher hat es den Anschein, als hätten Sie sich hier für eine Weile häuslich eingerichtet.“ Er zögerte einen Moment, bückte sich dann und zog einen Koffer unter dem Bett hervor, den Helen bisher noch gar nicht entdeckt hatte. Er schlug den Deckel hoch und sagte: „Sie wollen verreisen, Frau Rössling?“

„Verreisen? Ich? Aber nein, wie kommen Sie denn darauf?“ Helen wähnte sich nun endgültig im falschen Film.

„Gemeinhin ist das so, wenn man seine Koffer packt“, knurrte Büttner.

„Aber ich habe meine Koffer nicht gepackt“, erwiderte Helen mehr zu sich selbst und fing am ganzen Körper an zu zittern. Hasenkrug legte ihr beruhigend die Hand auf den Arm, allerdings bemerkte sie, dass auch er sie nun eher skeptisch als besorgt ansah.

„Was ist hier los, Helen?“, fragte er gepresst.

„Ich bin entführt worden, Sebastian. Bitte, du musst mir glauben!“ Aus Helens Stimme klang nun echte Verzweiflung. „Bitte, glaube wenigstens du mir, dass auch ich nicht weiß, was hier los ist!“ Hasenkrug wich ihrem flehenden Blick aus und presste die Lippen zusammen. Das alles war ein absoluter Alptraum.

„Dann wissen Sie wahrscheinlich auch nicht, woher das Flugticket in Ihrer Tasche kommt“, sagte einer der

Polizisten mit spöttischem Blick und überreichte Büttner einen Umschlag.

„Flugticket?" Helen sah ihn aus großen Augen ungläubig an.

„Johannesburg. One Way Ticket", murmelte Büttner. „Ausgestellt auf den Namen Sigrid Haffner."

„Sehen Sie, das bin ich nicht", schöpfte Helen ein wenig Hoffnung und versuchte ein schwaches Lächeln.

„Hier ist der Reisepass dazu." Der Polizist hielt ihn Helen vors Gesicht. Fassungslos starrte sie erst auf den eingetragenen, ihr fremden Namen, dann auf das Bild – es zeigte eindeutig ihr Gesicht. Sie stieß einen kurzen, undefinierbaren Laut aus. Sekunden später versank alles um sie herum in tiefem Schwarz.

23

Es war vorbei. Helen sah sich mit tränenverhangenem Blick in dem kahlen Krankenzimmer um, in das man sie nach ihrem Ohnmachtsanfall gebracht hatte. Sie wusste, dass sie diesmal keine Chance haben würde, wieder auf den Bauernhof ihrer Freundin Jutta zurückzukehren. Sobald der Arzt grünes Licht gab, würde man sie ins Gefängnis überführen, wo sie bis zum Prozess ihre Untersuchungshaft abzusitzen hatte.

„Ich verstehe das alles nicht." Markus' Stimme drang in ihre trüben Gedanken hinein. Er legte seine eiskalte Hand auf die ihre. „Wie konnte das nur alles passieren? Es ist … es war …" Sein Händedruck wurde fester, er sah sie aus seinen tief in den Höhlen liegenden Augen hilflos an. „Ich werde alles dafür tun, dass du bald wieder bei mir bist. Wir fahren nach Köln zurück, freuen uns auf unser Kind. Wir werden eine glückliche kleine Familie sein. Alles wird gut. Das verspreche ich dir."

Helen wandte ihren Blick von ihm ab und schaute mit leeren Augen in die verdorrte, spätsommerliche Landschaft hinaus. „Ich gehe ins Gefängnis, Markus", erwiderte sie mit erstickter Stimme. „Ich gehe ins Gefängnis für etwas, das ich nicht gemacht habe." Ihre Lippen zitterten, als sie fortfuhr: „Mein Baby wird eine Mutter haben, die im

Knast sitzt." Ihrer Kehle entrang sich ein herzzerreißendes Schluchzen, als sie ausrief: „Ich kann den Gedanken nicht ertragen, Markus! Ich will nicht, dass mein Kind in dem Bewusstsein aufwächst, seine Mutter sei eine Mörderin. Unser Kind wird nichts mit mir zu tun haben wollen. Ich werde eine Fremde für mein Kind sein. Es wird mich verachten. Lieber will ich tot sein, als das erleben zu müssen, Markus! Tot, tot, tot!" Helens Stimme war bei den letzten Sätzen zu einem verzweifelten Schreien angeschwollen, das sogleich eine besorgt aussehende Krankenschwester ins Zimmer lockte. Auch der Polizist, der vor ihrem Zimmer Wache hielt, war von seinem Stuhl aufgesprungen und sah sie mit so düsterem Blick an, als befürchte er, dass sie ihn im nächsten Moment überwältigen und einen Fluchtversuch unternehmen könnte. „Ich werde Ihnen noch ein Beruhigungsmittel geben", sagte die Schwester mit sanfter Stimme und zog eine Spritze auf, deren Inhalt sie der Infusion beifügte.

Der diensthabende Oberarzt steckte seinen Kopf zur Tür herein. Als er sah, dass sich Helen wieder beruhigt hatte, nickte er kurz und verschwand.

„Sie sollten Ihre Frau jetzt ein wenig schlafen lassen", sagte die Schwester zu Markus. „Ihre Frau und das Kind brauchen jetzt Ruhe. Unser Chefarzt hat unseren Psychologen gebeten, nachher mal bei ihr vorbeizusehen. Vielleicht ist es besser, wenn Sie erst am Abend wiederkommen."

Markus nickte und strich Helen, die sich in die Kissen hatte zurückfallen lassen, eine Haarsträhne aus dem bleichen Gesicht. Sie beachtete ihn gar nicht, sondern starrte nur apathisch an die Wand.

„Das wollte ich nicht", flüsterte er kaum hörbar, „es tut mir so unendlich leid."

„Erzähl uns alles ganz genau", forderte Sebastian Hasenkrug Helen einige Stunden später auf und zog sich einen Stuhl heran, während sein Chef David Büttner an die Fensterbank gelehnt dastand und Helen aus schmalen Augen kritisch musterte.

„Man hat mich entführt und gefangen gehalten, Sebastian. Es ist … ich weiß, dass es nicht danach aussah, aber genauso ist es gewesen."

„Für uns sieht es eher so aus, als hätten Sie sich in der kleinen Wohnung im ehemaligen Gewerbegebiet versteckt, um Ihre Flucht vorzubereiten", entgegnete Büttner gedehnt. „Sie hatten diese anscheinend von langer Hand vorbereitet."

„Irgendjemand muss die Sachen aus meiner Kölner Wohnung geholt und in das Zimmer gebracht haben. Die ganze Zeit zuvor hatte ich nur das Nötigste. Irgendjemand brachte mir Essen und stellte es durch die Durchreiche auf den Tisch." Ein Schaudern durchfuhr Helens Körper, bevor sie leise sagte: „Sie … auf der Postkarte stand, dass sie mir mein Kind wegnehmen."

„Auf welcher Postkarte?"

„Sie lag neben meinem Bett. Es war das Bild eines Babys darauf. Ihr müsst sie gefunden haben." Helen legte schützend die Hand auf ihren gewölbten Bauch. „Es … war so grausam. Ich hatte solche Angst. Ich hab geschrien. Lauter und lauter. Aber es hat mich keiner gehört."

„Wir haben alles durchsucht und gesichtet. Da war keine Karte", erwiderte Sebastian Hasenkrug.

„Das … sie müssen sie mitgenommen haben."

„Dein Mann und deine Gastgeber sagten irgendwas von einem Drohbrief, den du am Morgen deines Verschwindens erhalten hast."

„Ja. Er ist in meiner Handtasche. Ich wollte ihn dir zeigen, bevor ich … deswegen hatte ich dich doch angerufen und wollte zu dir ins Kommissariat kommen."

Büttner und Hasenkrug warfen sich einen kurzen Blick zu, sagten aber nichts. Auch dieser Zettel war wie vom Erdboden verschwunden. „Ich wüsste gerne von dir, wofür du dieses Medikament brauchst", sagte Hasenkrug stattdessen und hielt ihr eine kleine, weiße Dose vor die Nase, die in einem durchsichtigen Plastikbeutel steckte.

Helen warf nur einen kurzen Blick darauf und sagte dann: „Niedriger Blutdruck. Mein Arzt hat es mir vor einigen Monaten verschrieben, noch vor der Schwangerschaft, weil mir ständig schwarz vor Augen wurde. Als ich wusste, dass ich schwanger bin, habe ich sie abgesetzt. Warum ist das wichtig?"

„Der Journalist Henning Kappel hat Ihnen ziemlich viel Ärger gemacht", wechselte Büttner das Thema, noch bevor Hasenkrug auf Helens Frage antworten konnte. „Wie wir wissen, waren Sie gut mit ihm befreundet. Da ist es doch seltsam, dass er Sie plötzlich so erbarmungslos angreift. Haben Sie dafür eine Erklärung?"

Helen sah ihn aufgrund des abrupten Themenwechsels irritiert an und war sich nicht sicher, was sie auf diese Frage antworten sollte. Bisher hatte sie es immer vermieden, Hennings Namen ins Spiel zu bringen, hatte sogar behauptet, ihn nicht zu kennen. Anscheinend hatte die

Polizei inzwischen herausgefunden, dass sie gelogen hatte, was nicht weiter verwunderlich war.

„Ich … weiß nicht. Ich kann mir absolut nicht erklären, was da plötzlich in ihn gefahren ist."

„Sie müssen sich ziemlich über seine Artikel geärgert haben."

„Ja. Nein. Eigentlich …"

„Wenn du was über Henning Kappel weißt, musst du es uns sagen, Helen." Hasenkrug sah sie beschwörend an. „Wir nehmen an, dass er wieder in irgendeiner, vielleicht kriminellen Sache recherchierte. Womöglich stand diese sogar in Zusammenhang mit dem Mord an Rolf Wernicke. Aber das ist derzeit nur eine Vermutung. Wir können dir nur helfen, wenn du mit offenen Karten spielst."

Helen erinnerte sich an Hennings erschrockenen Blick, als sie ihm im Café erzählte, dass sie sich von jemandem verfolgt fühlte. Und sie war sich sicher, dass auch er aus irgendeinem Grund einen Zusammenhang zu seinen Recherchen gesehen hatte. *Ein Informant erwähnte deinen Namen.* Doch durfte sie der Polizei tatsächlich sagen, was sie von Henning wusste? Würde sie ihn dadurch nicht unnötig in Gefahr bringen?

„Ihrem Geschäft waren die Hasstiraden im Internet ja nicht gerade abträglich", hörte sie Büttner in ihre Gedanken hinein sagen. „Ganz im Gegenteil haben sie dazu geführt, dass die erste Auflage Ihres neuen Buches bereits vergriffen ist. So mancher würde es einen grandiosen Marketingcoup nennen. Vielleicht sollten wir einfach davon ausgehen, dass Sie es auch genauso beabsichtigt hatten, Frau Rössling?"

Es brauchte eine Weile, bis Helen diesen Vorwurf in

ihrem Kopf verarbeitet hatte. Dann aber schnappte sie empört nach Luft und giftete Büttner aufgebracht an: „Sie glauben doch nicht im Ernst, dass ich mir solche Widerwärtigkeiten einfallen lassen würde, nur um ein paar mehr Bücher zu verkaufen! Das wäre ja … Himmel, so was Abartiges würde mir nicht mal im Traum einfallen!" Jetzt plötzlich viel wacher als zuvor, wandte sie sich mit energischer Stimme an Hasenkrug: „Sebastian, sag ihm, dass es eine Unverschämtheit ist, mir und Henning eine solche Abgebrühtheit zu unterstellen! Ich weiß nicht, was genau sich Henning dabei gedacht hat, mich in aller Öffentlichkeit derart zu diffamieren. Aber er wird bestimmt einen guten Grund dafür gehabt haben, und ich werde ihn danach fragen, wenn ich ihn das nächste Mal treffe. Ich …" Genauso schnell, wie sie in Rage geraten war, fiel Helen jetzt wieder in sich zusammen, als ihr bewusst wurde, dass sie vermutlich für lange Jahre keine Gelegenheit mehr haben würde, mit Henning zu sprechen. Genau genommen würde sie überhaupt keine Gelegenheit mehr haben, mit irgendwem zu sprechen, der ihr wichtig war, wenn sie erst einmal hinter Schloss und Riegel saß.

„Sie werden keine Gelegenheit mehr haben, mit Henning Kappel zu sprechen", sagte Büttner und nahm ihr damit die Worte aus dem Mund.

„Ja", sagte Helen schwach, „Sie haben recht. Im Gefängnis wird er mich wohl kaum besuchen kommen."

Sebastian Hasenkrug sah seinen Chef betreten an, der aber zuckte nur mit den Schultern und sagte: „So meinte ich es nicht, Frau Rössling. Es ist … leider ist Herr Kappel …"

Als Hasenkrug merkte, dass Büttner nicht weiterreden

würde, sog er tief die Luft ein und sagte dann mit leiser Stimme: „Henning Kappel ist tot, Helen."

„Tot?" Helen glaubte, nicht richtig verstanden zu haben. „Sebastian, entschuldige", stieß sie ein verlegenes Lachen hervor, „aber ich hab verstanden, Henning sei tot."

Hasenkrug senkte den Kopf und sah sie von unten herauf an. „Da hast du leider richtig verstanden. Dein Freund Henning Kappel ist tot. Er wurde vergiftet, sagt die Gerichtsmedizin."

„Vergiftet?", hauchte Helen ungläubig. „Aber das kann doch nicht sein. Doch nicht Henning!"

Als weder Büttner noch Hasenkrug etwas sagten, sondern sie nur betreten ansahen, stammelte sie: „Aber wer … ich meine, wie …"

Hasenkrug zögerte kurz, hielt dann jedoch den kleinen Plastikbeutel mit der Medikamentendose in die Höhe. „Damit", sagte er knapp.

Dieses Mal dauerte es eine ganze Weile länger, bis es Arzt und Krankenschwester gelungen war, ihre hysterisch schreiende Patientin wieder zu beruhigen.

Büttner und Hasenkrug waren unter lauten Verwünschungen des Arztes aus dem Zimmer gewiesen worden und saßen nun in der Caféteria des Krankenhauses vor einem Cappuccino. Büttner gönnte sich zudem eine frisch gebackene Waffel mit Schlagsahne und heißen Kirschen. Für eine Weile saßen die beiden Polizisten schweigend voreinander, bis beide wie aus einem Munde sagten: „Sie war es nicht."

„Schön, wenn man sich mal einig ist", brummte Büttner

und nippte an seinem Cappuccino. „Nur befürchte ich, dass sich die Richterin in erster Linie von den Indizien beeindrucken lässt. Noch mal wird sie Frau Rössling nicht auf freien Fuß setzen."

„Mir war das alles von Anfang an zu glatt", befand Hasenkrug. „Ich meine, an welchem Tatort findet man schon so viele eindeutige Indizien wie in diesem Fall!? Fingerabdrücke auf der Mordwaffe. Die Medikamente, durch die Kappel ums Leben kam, in der Kommode. Das ist doch so offensichtlich, dass es schon fast die Intelligenz beleidigt. Noch fällt es mir zwar schwer, die Zusammenhänge zu sehen, aber ich werde nicht locker lassen, bis ich sie gefunden habe."

„Die Waffel ist ganz herrlich", schmatzte Büttner und schob sich gleich noch eine Gabel mit Kirschen und Schlagsahne hinterher. „Wir konzentrieren uns jetzt auf Kappel", sagte er mit noch vollem Mund. „Woran hat er gearbeitet, was hatte er am Trockenstrand zu suchen, welchen Zusammenhang gibt es zum Mord an Rolf Wernicke." Er wischte sich den Mund mit einer Serviette ab und fügte hinzu: „Ich würde meine Großmutter selig darauf verwetten, dass es da einen Zusammenhang gibt. Also stellen wir alles noch mal auf den Kopf. Die letzten vier Wochen im Leben des Henning Kappel, das Gleiche mit Helen Rössling und Rolf Wernicke. Gut möglich, dass wir was übersehen haben."

„Ich würde mir gerne auch mal Helens Ehemann Markus näher anschauen. Ist nur so ein Gefühl."

„Gefühle sind eigentlich meine Sache", erwiderte Büttner. „Aber gut, in diesem Fall können wir gar nicht gründlich genug sein. Ich sehe zwar nicht, warum Markus Rössling daran gelegen sein sollte, seine schwangere Frau lebenslänglich in den Knast zu bringen, aber ausgeschlossen ist ja gemeinhin gar nichts, wie wir aus jahrzehntelanger, leidvoller kriminalistischer Erfahrung wissen." Er fixierte seinen Kollegen für einen langen Moment und fügte dann hinzu: „Ich hoffe nur, dass Sie sich da in kein persönliches Motiv verrennen, Hasenkrug."

„Absolut nicht", hob Hasenkrug abwehrend die Hände. „Nur kam mir irgendwas an dem Kerl komisch vor. Ich muss nur noch herausfinden, was genau es ist."

„Apropos komisch. Haben wir schon Rückmeldung von der Sitte, was unser lieber Doktor Jan-Peter Sadler zu so später Stunde in einem delikaten Etablissement mit dem schönen Namen *loveaffairs* zu tun hatte und wie es sich an selbiger Örtlichkeit mit den blutjungen Mädchen verhält?"

„Sie sind dran. Gut möglich, dass dazu schon irgendwas auf meinem Schreibtisch liegt."

„Gut. Dann machen wir uns mal wieder an die Arbeit. Ich werde jetzt zu den Hettingas fahren und mal hören, wie da so die Stimmung ist."

„Und ich mache mich an die Recherche." Gerade als Hasenkrug begann, das Geschirr auf ein Tablett zu stellen, um es am Tresen wieder abzugeben, kündigte sein Handy den Eingang einer SMS an. „Das ist ja interessant", murmelte er, als er die Nachricht gelesen hatte.

„Was gibt's? Fall geklärt?"

„Das nicht, aber womöglich haben wir jetzt ein wichtiges Puzzlestück. Die SMS kam von Helen."

„Nun machen Sie's nicht so spannend, Hasenkrug!"

„Henning Kappel hat im Rotlichtmilieu recherchiert, schreibt sie.“

„Na, da guck mal einer an. Dann führt uns womöglich auch sein Weg zu den *loveaffairs*. Und damit zu Rolf Wernicke.“

„Ich gehe noch mal zu Helen hoch. Sie soll mir sagen, was genau sie über Kappels Recherchen weiß.“

„Wie uneigennützig von Ihnen“, brummte Büttner. „Wir sehen uns dann später im Kommissariat.“

24

Der Hof der Hettingas lag wie eine friedliche Oase im lauen Wind des noch immer heißen Septembers. Als Hauptkommissar David Büttner mit seinem Auto den Parkplatz vor den Stallungen ansteuerte, sah er, wie Bauer Ihno Hettinga gerade fröhlich vor sich hin pfeifend im Kuhstall verschwand. Seine Söhne Hauke und Wilko folgten ihm auf dem Fuß und schienen, die Köpfe tuschelnd zusammengesteckt, schon wieder den nächsten Streich auszuhecken.

Anscheinend konnten dem Bauern weder die wenig befriedigenden Ereignisse rund um Helen Rössling noch das für diese Jahreszeit viel zu trockene Wetter die gute Laune verderben. Im Gegensatz zu vielen seiner Kollegen. Denn diese spekulierten bei sämtlichen ihnen zur Verfügung stehenden Anlässen öffentlich darüber, welch schlimme Missernten sie aufgrund der ungewöhnlich sommerlichen Witterung mit hoher Wahrscheinlichkeit im nächsten Jahr zu erwarten hätten und fragten sich, ob es da nicht dringend geboten sei, bei der EU schon mal prophylaktisch die Aufstockung der Fördermittel und der Entschädigungen zu beantragen.

Büttner grinste still in sich hinein. Was hatte seine Mutter immer gesagt? Richtig: *Erst, wenn die Bauern nicht mehr klagen, geht es ihnen wirklich schlecht.*

Was auf Ihno Hettinga sicherlich nicht zutraf. Er schien mit seiner chronisch guten Laune die berühmte Ausnahme der Regel zu sein.

Büttner ließ seinen Hund Heinrich aus dem Auto springen, den er auf dem Weg nach Upleward noch schnell von zuhause abgeholt hatte. Schwanzwedelnd, die Schnauze immer am Boden, machte sich Heinrich auf die Suche nach Kasper und Seppel. Nur wenige Augenblicke später kamen diese bereits freudig kläffend auf ihn zugesprungen, und es dauerte nicht lange, bis sie fröhlich umeinander herumsprangen und sich spielerisch gegenseitig in den Nacken bissen.

„Im nächsten Leben werde ich auch Hund, das steht schon mal fest", hörte er Jutta Hettinga neben sich, die ihm gleich darauf die Hand reichte. „Wie geht es Helen?", fragte sie ohne viel Umschweife. „Markus sagte uns, dass nun alles noch viel düsterer aussieht als zuvor."

„Da hat er nicht ganz Unrecht", nickte Büttner und folgte ihr in den Garten, wo sie ihn bat, auf einem der Stühle Platz zu nehmen. „Ein Glas Limonade?", fragte sie.

„Sehr gerne. Danke schön."

Als Jutta in Richtung Haus ging, bemerkte Büttner etwas weiter entfernt ein lautes Rascheln im Gebüsch. Er nahm an, dass sich ein paar Gänse dorthin verirrt hatten, doch als er genau hinsah, bemerkte er zwei Personen, die es eilig zu haben schienen, den Garten zu verlassen. Der Mann war damit beschäftigt, seine Hose zuzuknöpfen, während die Frau an ihrem Rock herumzerrte. Es waren Thomas Heller und Patricia Badoni. Ein nettes Plätzchen für ein Schäferstündchen, dachte Büttner belustigt. Vor allem, wenn einen eigentlich niemand sehen soll, da es nicht der eigene Partner ist, mit dem man sich zum Techtelmechtel verabredet hat. Dumm nur, dass er den beiden nun in die Quere gekommen war. Als sie Büttner entdeckten, stutzten sie kurz und kamen dann verlegen lächelnd auf ihn zu. „Hallo, Herr Kommissar, was führt denn Sie schon wieder hierher? Kommen Sie voran mit Ihren Ermittlungen?"

Büttner überlegte einen Augenblick, ob er den Grund seines Besuches nennen sollte, entschied sich dann aber dafür. Schließlich würde sich der Tod Henning Kappels sowieso wie ein Lauffeuer verbreiten. „Waren nicht Sie es, der Henning Kappel vor ein paar Tagen das Tuch in die Hand gedrückt hat?", fragte er an Patricia Badoni gewandt.

„Sie meinen das Tuch von Helen Rössling. Ja, das war ich. Richtig, Henning Kappel hieß der dicke Mann ja wohl."

Büttner räusperte sich. „Nun. Dieser Henning Kappel wurde heute Morgen tot aufgefunden."

Es dauerte einen Moment, bis die beiden auf diese wenig schöne Eröffnung reagierten, dann aber starrten sie ihn mit offenem Mund entsetzt an. „Tot?", hauchte Pat und griff nach dem Arm ihres Begleiters, als müsse dieser ihr Halt geben. Und tatsächlich schien ihr Körper nun leicht zu taumeln.

„Aber, das kann doch nicht … das ist ja entsetzlich!", sagte nun Thomas Heller. Seine Stimme schien viel rauer als zuvor.

„Diese Nachricht scheint Sie ja mächtig mitzunehmen", stellte Büttner erstaunt fest und hob fragend die Augenbrauen.

„Natürlich … es ist … noch ein Toter", schüttelte Thomas Heller den Kopf, während Pats Stimme wieder deutlich fester klang, als sie sagte: „Das wird doch nichts mit Markus zu tun haben … oh, mein Gott!" Sie schlug sich sichtlich erschrocken die Hände vor den Mund.

„Sie meinen Markus Rössling?", hakte Büttner nach. „Was ist mit ihm?"

„Gestern Abend. Er sagte, er hätte noch ein Treffen."

„Ein Treffen? Mit Kappel?"

„Das weiß ich nicht. Aber er sagte, er würde es dem Schwein schon zeigen."

„Ja", nickte Thomas Heller. „Jetzt erinnere ich mich auch. Er würde sich das alles nicht mehr gefallen lassen, hat er gesagt. Was genau er damit meinte, weiß ich aber nicht."

„Interessant. Wissen Sie, wo Herr Rössling jetzt ist?"

„Nein. Ich habe ihn heute noch nicht gesehen. Du?"

Pat schüttelte den Kopf. „Aber was ist denn dann jetzt mit Helen?"

„Warum?"

„Ich meine, wenn Henning Kappel jetzt tot ist, und womöglich er es war, der Helen gefangen hielt, dann …" Sie sprach den Satz nicht zu Ende, sondern schlug nur die Arme um sich, als würde sie plötzlich frieren.

„Ach, Sie haben es noch nicht gehört?", wunderte sich Büttner.

„Was haben wir noch nicht gehört?"

„Dass wir Frau Rössling gefunden haben."

Für einen Augenblick schauten ihn beide verblüfft an, dann sagte Thomas Heller: „Nein. Davon wussten wir tatsächlich nichts. Das ist ja mal eine gute Nachricht. Und wie geht es ihr?"

„Darüber …" Büttner unterbrach sich, als er bemerkte, dass Jutta aus dem Haus zurückkam. „Wenn Sie mich jetzt bitte entschuldigen, ich habe etwas mit Frau Hettinga zu besprechen."

„Ja. Natürlich." Mit einem kurzen Lächeln verabschiedeten sich die beiden und trotteten in Richtung Heuschober davon.

„Die zwei haben sich ja schnell gefunden", bemerkte er, als Jutta mit einem Tablett an den Tisch trat.

Jutta seufzte. „Ja. Ich hoffe nur, dass es hier zu keinen Dramen kommt, wenn Petra Heller es mitkriegt. Und so, wie die beiden sich aufführen, muss sie es über kurz oder lang mitkriegen. Irgendwie werde ich das Gefühl nicht los, dass es ihm sogar ganz recht wäre."

„Er vermittelt nicht gerade den Eindruck, als sei er noch in großer Liebe zu seiner Frau entbrannt. Sie sind aber auch wirklich ein außergewöhnlich ungleiches Paar."

„Ich kann es gar nicht fassen, dass nun auch noch Henning ermordet wurde", wechselte Jutta unvermittelt das Thema, als die beiden Turteltäubchen aus ihrem Blickfeld verschwunden waren. Sie stellte zwei Gläser und eine Karaffe ihrer selbstgemachten Holunderschorle auf dem Tisch ab und schenkte ein. „Und noch viel weniger kann ich fassen, dass man bei der Staatsanwaltschaft der Meinung ist, auch ihn habe Helen auf dem Gewissen. Hat man schon mal einen solchen Schwachsinn gehört!"

„Sie haben es also schon erfahren", bemerkte Büttner.

„Ja, natürlich. Markus hat uns gleich Bescheid gesagt. Aber dass nun Helen verdächtigt wird … unglaublich.“

„Leider sprechen derzeit alle Indizien gegen sie“, erwiderte Büttner matt.

„Markus sagt, man hat Hennings Leiche am Pilsumer Leuchtturm gefunden. Wie, um alles in der Welt, hätte Helen ihn dahin schaffen sollen, bei seinem Gewicht!?“

„Die Untersuchungen laufen. Ich kann Ihnen dazu leider nicht viel sagen.“

„Finden Sie es nicht auch seltsam, dass Sie einen anonymen Hinweis bekommen, an welchem Ort sich Helen aufhält? Und das kurz nachdem Sie durch einen anonymen Anruf zu der Leiche von Henning Kappel gelotst wurden?“

Büttner stellte die Limonade, die er gerade an seinen Mund hatte heben wollen, wieder auf den Tisch zurück. „Woher wollen Sie denn wissen, dass es sich dabei jeweils um einen anonymen Hinweis handelte?“

Jutta zuckte die Schultern. „Markus hat es erzählt.“

„So. Hat er das“, murmelte Büttner kaum hörbar und zog die Stirn in Falten. „Ist er jetzt hier?“

„Nein. Er wollte noch mal an den Deich. Ein wenig frische Luft schnappen. Und dann wollte er ins Krankenhaus zu Helen fahren.“

„Aha. Können Sie mir sagen, ob es in der Ehe der Rösslings in der letzten Zeit irgendwelche Probleme gab?“, fragte er dann.

„Sie nehmen jetzt aber nicht an, dass Markus irgendetwas mit der verleumderischen Kampagne gegen Helen zu tun hat!?“ Jutta sah ihn sichtlich empört an.

„Von welcher Kampagne sprechen Sie?“

Die Bäuerin machte eine ausladende Armbewegung. „Die ganze Geschichte ist doch eine einzige dreckige Kampagne! Zuerst der Mord an Rolf Wernicke, der angeblich von Helen begangen wurde mit der Begründung, dass sich ihre Fingerabdrücke auf der Mordwaffe befanden. Dann die widerlichen Pamphlete im Internet, die angeblich Henning Kappel verfasst haben soll. Und nun soll sie eben diesen Henning Kappel auch noch mit irgendwelchen Tabletten vergiftet haben, um sich dann hopplahopp unter anderem Namen nach Südafrika abzusetzen. Ja, hallo! Geht's noch offensichtlicher!? Wer da keine dreckigen Machenschaften gegen Helens Person wittert, der sollte mal seinen gesunden Menschenverstand überprüfen lassen. Das ist ja noch flacher als der flacheste Vorabendkrimi! Und so 'ne blöde Richterin fällt auch noch drauf rein. Wo lebt die denn!"

Büttner widmete sich für eine ganze Weile seiner Holunderschorle und beobachtete dabei die drei Hunde, die jetzt ausgelassen über die benachbarte Wiese sprangen und sich von den Hettinga-Jungen Stöckchen schmeißen ließen. Er war sich sicher, dass Jutta recht hatte. Seine Überlegungen waren schon in eine ganz ähnliche Richtung gegangen. Allerdings wunderte er sich über ihr Detailwissen, von dem eigentlich nur der Täter Kenntnis haben konnte. Die Polizei hatte hierzu aus ermittlungstaktischen Gründen keinerlei Angaben gemacht. „Sie wissen also nichts von irgendwelchen Problemen in der Ehe der Rösslings", bemerkte er. Als Jutta nicht antwortete, fügte er hinzu: „Verstehen Sie bitte, dass ich in alle Richtungen ermitteln muss, wenn ich Helen helfen soll. Es gibt noch so Einiges, was ich nicht weiß oder nicht verstehe. Und ich bin wirklich für alles dankbar, das ein wenig mehr Klarheit in den Fall bringt.“

„Sie glauben also auch nicht an Helens Schuld“, stellte Jutta fest.

„Also noch mal, gab es Probleme zwischen Markus und Helen Rössling?“, ging Büttner nicht auf die Bemerkung der Bäuerin ein.

„Nicht, dass ich wüsste. Wirklich nicht. Natürlich war er viel im Ausland. Seine Firmengründung in China nimmt ihn schon seit Monaten voll in Anspruch.“ Ein verschmitztes Grinsen schlich sich auf Juttas Gesicht. „Manchmal frage ich mich, wie sie überhaupt gemeinsam ein Kind haben zeugen können, so selten, wie er sich im letzten halben Jahr zuhause hat blicken lassen.“

„Hm. Das nennt man dann wohl das Wunder der Natur. Welche Art von Unternehmen betreibt Rössling denn in China?“

„Erotik.“

„Erotik?“ Büttner verschluckte sich beinahe an seiner Schorle. „Er betreibt ein Bordell?“

Jutta lachte. „Nein, nein. Er vertreibt Erotikartikel. Alles, was Lust und Spaß bringt. Wenn Sie verstehen, was ich meine.“

„Der männliche Beate Uhse.“

„Wenn Sie so wollen, ja. China ist ein riesiger Markt. Die Chinesen haben wohl zunächst etwas verklemmt getan. Aber letztlich sind sie guten Geschäften gegenüber ja nie abgeneigt, und so durften es irgendwann dann auch Markus’ Dildos und Gleitcremes sein.“

„Verstehe.“ Büttner fragte sich, ob sich daraus irgendeine Verbindung zu den Recherchen Kappels im Rotlichtmilieu stricken ließ. Er würde Hasenkrug bitten, es zu überprüfen.

„Haben Sie vielleicht meinen Mann gesehen?"

Büttner schaute auf. Er hatte gar nicht bemerkt, dass Petra Heller zu ihnen getreten war. Er warf Jutta einen kurzen Blick zu, die aber legte ihren Finger auf die Lippen und schüttelte den Kopf. „Nein", sagte er darum, „tut mir leid."

„Vielleicht ist er noch ein paar Fotos machen gegangen. Es ist ein so herrlicher Nachmittag", bemerkte Jutta.

„Gesagt hat er nichts. Ich hatte mich für einen Moment hingelegt. Mein Rheuma macht mir sehr zu schaffen, wissen Sie. Bestimmt gibt es einen Wetterwechsel. Das merke ich immer in den Gelenken."

„Ein bisschen Regen würde unseren Feldern ganz gut tun", meinte Jutta, weil sie nicht wusste, was sie ansonsten hätte sagen sollen.

„Und ein bisschen Ermittlungsarbeit würde mir ganz gut tun", seufzte Büttner und erhob sich schwerfällig aus seinem Stuhl. „Ich bedanke mich für die köstliche Schorle, Frau Hettinga."

„Da nicht für", lächelte sie freundlich. „Und vergessen Sie Ihren Hund nicht!"

Büttner stieß einen schrillen Pfiff aus und raschelte ein wenig mit einer Bonbontüte, die er in seiner Hosentasche vergraben hatte. Wie der Blitz kam Heinrich – dicht gefolgt von Kasper und Seppel – angeschossen, weil er dieses Geräusch gemeinhin mit schmackhaften Leckerlis in Verbindung brachte. Doch hatte er sich da diesmal leider getäuscht und trottete, während Jutta ihre beiden Hunde am Halsband festhielt, mit hängendem Kopf hinter seinem Herrchen her.

25

Ein sehr nachdenklicher Sebastian Hasenkrug erwartete Hauptkommissar David Büttner, als dieser wieder zurück ins Kommissariat kam. Heinrich stürzte sich gleich auf den Napf mit Hundekuchen, anscheinend hatte ihn das Herumgetolle mit Kasper und Seppel hungrig gemacht. Begleitet von seinem Schmatzen teilte Hasenkrug seinem Chef mit, was er in der Zwischenzeit herausgefunden hatte.

„Ich hab noch mal mit Helen gesprochen, aber viel wusste sie nicht. Dennoch könnte es uns vielleicht weiterbringen. Also, kurz vor ihrer Abreise nach Ostfriesland, hatte sie ein Treffen mit Kappel, bei dem er ihr von seinen neuen Recherchen erzählt hat. Allerdings ist er nicht ins Detail gegangen, sondern hat nur gesagt, dass er im Rotlichtmilieu unterwegs sei. Helen hat ihm von ihrem Stalker berichtet, was ihn in heftige Aufregung versetzt haben muss. Und das nicht nur, weil solch eine penetrante Nachstellerei einfach eine üble Geschichte ist, sondern vor allem, weil er sich nun angeblich darin bestätigt sah, dass sie, also Helen, in irgendeiner Weise in diese Geschichte verstrickt sei. Er könne allerdings noch nicht sagen, in welcher Weise. Angeblich, so behauptete er ihr gegenüber, habe einer seiner Informanten im Zusammenhang mit seinen

Recherchen Helens Namen erwähnt. Henning Kappel war es wohl auch, der Helen geraten hat, für einige Zeit aus Köln zu verschwinden und sich bei ihrer Freundin Jutta in Upleward einzuquartieren. Unter anderem, weil er sich dann ein wenig um sie kümmern könne.“

„Also hatte er damals schon geplant, in absehbarer Zeit nach Ostfriesland zurückzukehren.“

„Davon können wir ausgehen. Und tatsächlich ist er dann ja auch am Trockenstrand aufgetaucht, als wir die Leiche von Rolf Wernicke gefunden hatten.“

„Womit wir annehmen können, dass dies kein Zufall war, wie er damals behauptete.“

Hasenkrug blickte für einen Moment konzentriert auf seine Notizen, dann sagte er: „Die viel wichtigere Schlussfolgerung aber dürfte sein, dass seine Recherchen Henning Kappel nach Ostfriesland geführt haben. Es ist kaum anzunehmen, dass er, solange er an einem wichtigen Projekt arbeitet, einfach mal für ein paar Tage nach Hause fährt und sich beim Fotografieren am Deich von seinem Stress erholt, bevor er sich wieder undercover irgendwo einschmuggelt.“

„Hm. Das erklärt aber noch nicht, warum er im Besitz des Schals war, den er der Frau …“

„Badoni. Patricia Badoni“, half ihm Hasenkrug auf die Sprünge und fuhr fort: „Und angeblich hatte auch derjenige, der Helen Rössling am Leuchtturm in sein Auto zog, die Statur von Kappel. Lauter Merkwürdigkeiten, die mir umso absurder erscheinen, als Kappel jetzt tot ist. Beinahe kommt es mir so vor, als habe uns irgendjemand auf eine falsche Fährte locken wollen, um in aller Ruhe seinen kriminellen Machenschaften nachzugehen. Ist nur die Frage, welche das sind.“

„Gut beobachtet, Hasenkrug“, nickte Büttner anerkennend. „Ich merke, Sie haben sich wirklich Gedanken gemacht.“ Er erzählte seinem Assistenten von seinem Gespräch mit Thomas Heller und Patricia Badoni. „Was schlagen Sie vor, wie wir weiter vorgehen?“, fragte er dann.

Bevor Hasenkrug antworten konnte, betrat eine Polizistin das Büro und legte ihm eine Akte auf den Tisch. „Die Vermögensverhältnisse der Rösslings“, murmelte sie.

„Und?“, fragte Büttner, als sie wieder gegangen war. „Irgendwas Interessantes?

„Das kann man wohl sagen“, nickte Hasenkrug, nachdem er die zusammenfassenden Anmerkungen rasch überflogen hatte. „Die Kollegen haben bei der Auswertung Folgendes festgestellt: Die Firma von Markus Rössling kratzt an der Insolvenz. Anscheinend hat er sich finanziell übernommen.“

„Mit seinem Erotikspielzeug? Tragisch. Sonst noch was?“

„Ja. Von Helens mehr als gut gefüllten Konten wurden in der letzten Woche rund fünfhunderttausend Euro auf ein Konto auf den Cayman Islands umgebucht. Ein hübsches Sümmchen.“

„Vor allem, wenn man angeblich entführt wurde und keinerlei Zugang zur Außenwelt hatte.“

„Ja, sieht zunächst komisch aus. Aber hier steht, dass auch Markus Rössling unbegrenzte Vollmacht über Helens Konten hat.“

Büttner pfiff durch die Zähne. „Da hat wohl einer

während der Abwesenheit seiner Frau mal schnell seine Firma sanieren wollen.“

„Das wäre die einfachste Variante, ja“, nickte Hasenkrug. „Oder aber es steckt mehr dahinter. Nach allem, was jetzt auch Frau Badoni und Herr Heller gesagt haben.“

„Sie meinen das Rotlichtmilieu.“

„Ich meine zumindest, dass wir einen Zusammenhang zu Helens Entführung und den beiden Morden nicht von vornherein ausschließen sollten.“

„Noch wissen wir nicht mit Sicherheit, ob die Entführung Helen Rösslings tatsächlich stattgefunden hat. Kann auch sein, sie ist eine gute Schauspielerin.“

„Daran glauben Sie aber nicht wirklich, Chef!“, sagte Hasenkrug empört.

„Wir sollten nichts von Vornherein ausschließen, das haben Sie selber gesagt.“

„Okay. Aber konzentrieren wir uns zunächst mal auf Markus Rössling. Sollen wir ihn einbestellen?“

„Ich bitte darum. Und zwar möglichst kurzfristig. Am besten bringt ihn gleich jemand hierher.“

Hasenkrug griff zum Hörer und gab diese Anweisung an einen Kollegen weiter.

„Sind die Kollegen in Kappels Wohnung schon weitergekommen?“

„Sie sind auf dem Weg hierher. Haben wohl kistenweise Material und seinen Computer sichergestellt. Ich gehe davon aus, dass wir nach dessen Auswertung klarer sehen. Allerdings war wohl schon jemand vor ihnen da.“

„Was heißt das?“

„Seine ganze Wohnung war durchwühlt, sein Laptop

ist verschwunden, zahlreiche Dateien von seinem Rechner gelöscht. Bleibt nur zu hoffen, dass noch irgendwas von dem übrig ist, was Kappel während seiner Recherche zusammengetragen hat."

„Am liebsten wären mir konkrete Namen", knurrte Büttner, als im nächsten Moment sein Handy klingelte. „Aha … interessant … ja. Ich danke vielmals. Sie haben uns sehr geholfen."

Hasenkrug sah ihn fragend an. „Interessante Neuigkeiten?"

Büttner nickte, und ein zufriedenes Lächeln schlich sich auf sein Gesicht. „Das war der behandelnde Arzt von Frau Rössling."

„Ist was passiert?"

„Nein. Ich hatte ihn nur gebeten, mir mitzuteilen, wenn er eine Diagnose hat."

„Und?"

„Er hat eine. Helen Rössling leidet an einer massiven Angststörung, wie sie für Entführungsopfer typisch ist."

„Das hört sich gut an. Ähm", Hasenkrugs Gesicht lief puterrot an, „ich meine natürlich, unter diesen Umständen. Dann können wir also davon ausgehen, dass sie die Wahrheit gesagt hat."

„Das denke ich auch. Und vor diesem Hintergrund wird es noch viel interessanter sein, was Markus Rössling uns mitzuteilen hat. Vielleicht wollte er die Gelegenheit nutzen und sich mit all dem schönen Geld seiner Frau absetzen, während sie in den Knast wandert."

„Wie infam wäre das denn!" Hasenkrug schüttelte den Kopf. „Himmel, das muss erstmal jemand bringen, seine schwangere, unter Mordverdacht stehende Frau nicht einfach nur hängen zu lassen, sondern auch noch ihr ganzes Vermögen zu veruntreuen."

„Der menschlichen Rasse ist nichts fremd, wie wir wissen. Vermutlich gibt es keine Gemeinheit, die noch nicht von irgendwem begangen wurde."

„Da dürften Sie leider recht haben. Bleibt nur die Frage, ob das alles irgendetwas mit den Morden an Kappel und Wernicke zu tun hat. Dass Markus Rössling nur auf seinen eigenen Vorteil bedacht ist, kann ich mir gut vorstellen. Dass er seine Frau auf so miese Weise hintergeht, gegebenenfalls auch noch. Wenn einem die Schlinge langsam die Luft abdrückt, lässt man sich schon mal was einfallen, um seinen Hals zu retten. Aber ist er auch ein Mörder? Ich kann ihn zwar nicht sonderlich gut leiden, aber zwei kaltblütige Morde würde ich ihm dann doch nicht zutrauen."

„Wir werden sehen. Gibt es sonst noch was Neues?"

„Derzeit nicht, fürchte ich."

Büttner lehnte sich in seinem Stuhl zurück, verschränkte die Arme hinter dem Kopf und sah seinen Assistenten mit ernster Miene an. „Ich werde das Gefühl nicht los, dass wir nicht viel Zeit haben, um Licht in die ganze Sache zu bringen. Daher möchte ich, dass alle verfügbaren Kräfte sich das Material von Henning Kappel vornehmen, sobald es hier eingetroffen ist. Wir brauchen dringend einen Anhaltspunkt, wo und wie wir weitermachen sollen. Veranlassen Sie das bitte, Hasenkrug. Und geben Sie mir Bescheid, wenn Rössling eingetroffen ist. Ich gehe derweil in die Kantine. Eine Vernehmung auf leeren Magen ist das Letzte, was ich jetzt gebrauchen kann."

26

Wenn Hauptkommissar David Büttner eines nicht leiden konnte, dann waren es anberaumte Vernehmungen, die nicht stattfanden. So passiert vor einigen Stunden mit Markus Rössling, den die Kollegen nirgendwo hatten auftreiben können. Also widmete sich Büttner seither schlecht gelaunt dem Aktenstudium, nachdem sämtliche Unterlagen aus Kappels Haus im Besprechungsraum auf dem Tisch gestapelt worden waren. Zwar gelang es ihm in der Regel, sich vor allzu viel Papierkram zu drücken – denn wofür, so sagte er immer, habe er schließlich einen Assistenten. Doch in diesem Fall machte er eine Ausnahme, weil er das Gefühl hatte, dass sie schnell handeln mussten, wollten sie verhindern, dass Helen Rössling tatsächlich ins Gefängnis ging. Noch hatten sie eine Gnadenfrist bekommen. Auch wenn es Helen körperlich gut ging, so hatte der Psychiater jedoch davor gewarnt, sie in ihrem labilen Gemütszustand in eine Zelle zu sperren. Zuerst müsse sie ihr Trauma in den Griff bekommen, dass seiner Ansicht nach eindeutig auf einen Freiheitsentzug in jüngster Zeit zurückzuführen sei.

Hatte Büttner gehofft, die Diagnose des Psychiaters würde auch bei der Haftrichterin Eindruck machen, so sah er sich getäuscht. Es war ganz offensichtlich, dass die heftigen Angriffe durch Presse und Öffentlichkeit bei ihr Spuren hinterlassen hatten. Alles deutete darauf hin, dass sie vor allem Helen an dem ganzen Schlamassel die Schuld gab. Denn, so hatte sie mit einer Stimme so klirrend wie Eis zu Büttner gesagt, hätte diese sich an die Auflagen gehalten und nicht unerlaubterweise einen Spaziergang zum Campener Leuchtturm gemacht, dann hätte sie schwerlich für einige Tage aus welchem Grund auch immer untertauchen können. Vielleicht, so vermutete sie, wäre dann sogar der Journalist Henning Kappel noch am Leben.

Zu Büttners Beruhigung hatte sie diese Einschätzung nicht den Medien gegenüber wiederholt, welche sich seit dem brutalen Tod ihres Kollegen Kappel im Internet beinahe überschlugen vor triefenden Beileidsbekundungen und pathosgetränkten Nachrufen. Vergessen waren die Tage, als sie genau demselben Henning Kappel nichts weniger als die Pest an den Hals wünschten, weil er den angeblich immer noch vorhandenen Ehrenkodex des Journalismus mit seinen Angriffen auf die beliebte Autorin Helen Rössling aufs Schändlichste verraten habe. Nein, jetzt war er ihr Idol, ihr Held, der im Dienste von Wahrheit und Gerechtigkeit so häufig sein Leben aufs Spiel gesetzt und es nun zum allgemeinen Bedauern verloren hatte.

So sah wohl ein schlechtes Gewissen aus.

Büttner war sich sicher, dass Kappel seine wahre Freude daran gehabt und seine Kollegen in einer schonungslosen Glosse als die Schaumschläger benannt hätte, zu denen sie sich spätestens jetzt mit ihren vor scheinheiliger Trauer triefenden Artikeln degradierten.

Seit drei Stunden blätterten die Polizisten nun schon

in den Akten, aber der unbekannte Eindringling schien in Kappels Büro ganze Arbeit geleistet zu haben. Von irgendwelchen Unterlagen, die auf Recherchen Henning Kappels im Rotlichtmilieu hinwiesen, fehlte jede Spur. Das verwunderte Büttner nicht wirklich, denn, wenn er eines während seiner Zeit bei der Hamburger Polizei gelernt hatte, dann, dass man in dieser Szene keine Spuren hinterließ. Zumindest keine, die in die richtige Richtung führten.

Gerade schlug Büttner laut seufzend seinen Aktendeckel zu, als ein Kollege aus der IT-Abteilung mit einem USB-Stick in der Hand den Raum betrat und ihm diesen auf den Tisch legte.

„Und jetzt?", fragte Büttner, als der Mann stumm neben ihm stehen blieb.

„Würd ich mal in 'nen Rechner stecken."

„So, würden Sie das. Na, dann tun Sie das doch mal", erwiderte Büttner und verzog das Gesicht zu einer Fratze. Auch nach jahrelanger Zusammenarbeit mit den Computerfreaks oder – wie Jette sagen würde – den Cordhosen-Nerds der IT-Abteilung hatte er sich noch nicht an deren seltsames Verhalten gewöhnt. Dass verbale Äußerungen nicht gerade ihre Leidenschaft waren, konnte er ja noch akzeptieren. Das war ihm sogar allemal lieber, als wenn ihm einer bei jeder Gelegenheit gleich 'ne ganze Kassette ins Ohr quatschte. Aber in gewissen Situationen konnte ein Minimum an Konversation schon mal hilfreich sein, befand er. So zum Beispiel, wenn man etwas mitteilen wollte. Was hier ja ganz offensichtlich der Fall war.

Der Nerd zog seine Nase in Falten, rieb sich das unrasierte

Kinn, zog seine auf halb acht hängende, viel zu weite Hose zurecht und beugte sich dann endlich zum Laptop hinunter, der bereits an den Beamer angeschlossen war. Mit schnellen Fingern hackte er in die Tasten. Sekunden später erschien an der Wand in Großbuchstaben das Wort

ACFRIFSYLERDLMDARICEWNNKEKSE

„Nun sagen Sie bloß!", entfuhr es Büttner lauter als gewollt, so dass er im Nu die Aufmerksamkeit sämtlicher Kollegen auf sich zog, die die kryptische Buchstabenfolge nun ebenfalls interessiert musterten.

„Irgendwas mit Keksen", stellte ein Schlaumeier sogleich fest.

„Na, dann ist der Fall ja gelöst", erwiderte Büttner und kräuselte spöttisch die Lippen.

„Sag mal, Tobias", wandte sich eine junge Kollegin an den Nerd, „kann es sein, dass da irgendwas verschlüsselt ist?"

„Jo", nickte der und verstand diese Frage anscheinend als Aufforderung, wieder in einem Affenzahn mit seinen Fingern auf die Tastatur einzuhämmern, bis die Buchstaben an der Wand anfingen zu tanzen und sich schließlich zu einer neuen Anordnung formierten.

RICKLEFFS SADLER WERNICKE MANDY

„Na, das nenne ich ja mal erhellend!", rief Büttner erfreut und klatschte in die Hände. „Wo genau haben Sie das gefunden?"

„War inner Datei versteckt", antwortete der Nerd.

„In was für einer Datei?"

„Kochrezepte."

„Klingt logisch."

„Finden Sie?"

„Nee."

„Hm."

Da der jungen Mann seiner Ironie nicht zugänglich schien, versuchte es Büttner lieber noch mal ohne: „Wie sind Sie denn darauf gekommen, dass sich diese Namen ausgerechnet in einem Kochrezept verstecken?"

„Hat Henning immer so gemacht."

„Sie kannten Henning Kappel?"

„Jo."

„Hatten Sie beruflich mit ihm zu tun?"

„Nee. Hab nur ab und zu mal was für ihn gemacht."

Büttner wollte lieber gar nicht wissen, um was genau es sich dabei handelte, und sagte daher nur: „Prima. Da haben Sie uns aber sehr geholfen."

Der Nerd nickte und wandte sich der Tür zu. „Ich guck dann mal weiter."

„Ja. Vielen Dank."

„Da nicht für."

„Na, da wissen wir ja jetzt, was wir zu tun haben", wandte sich Büttner an seine Kollegen. „Arbeiten Sie sich bitte weiter durch die Unterlagen. Hasenkrug und ich widmen uns derweil erneut dem Vergnügen, einem Etablissement mit dem schönen Namen *loveaffairs* einen Besuch abzustatten."

27

„Einen schönen guten Tag, meine Herren, was kann ich für Sie tun?“ Der Landtagsabgeordnete Dr. Jan-Peter Sadler öffnete ihnen die Tür zu seinem imposanten Anwesen und strahlte sie aus seinem sonnengebräunten Gesicht gut gelaunt an. Hauptkommissar David Büttner, der ihn nur allzu gerne gleich zur Vernehmung mit aufs Kommissariat genommen hätte, lächelte gequält zurück und hielt ihm seine Polizeimarke entgegen. „Büttner, Kriminalpolizei. Dieses hier ist mein Assistent Hasenkrug.“

War der Politiker überrascht, so ließ er es sich zumindest nicht anmerken. „Da haben Sie aber Glück gehabt, dass Sie mich hier noch antreffen. Gerade habe ich meinen Koffer ins Auto getragen, um mich wieder auf den Weg nach Hannover zu machen.“ Er deutete auf einen schwarzen BMW, der in einem Carport geparkt stand.

„Wir wollen Sie auch gar nicht lange aufhalten, sondern waren nur gerade auf dem Weg und haben auf gut Glück mal versucht, ob wir Sie hier antreffen. Ist ja nicht ganz selbstverständlich, bei so einem vielbeschäftigten Mann, wie Sie es sind“, meinte Büttner mit einem aufgesetzten Lachen.

„Da haben Sie zweifelsohne recht“, erwiderte Sadler, der die Ironie in Büttners Stimme entweder nicht wahrgenommen oder bewusst überhört hatte, und bat sie einzutreten.

Eigentlich hatten die beiden Polizisten direkt zum *loveaffairs* fahren wollen, dann aber hatte Büttner ihren Plan kurzfristig geändert. „Angriff ist die beste Verteidigung", hatte er zu Hasenkrug gesagt und war kurzerhand zum Emder Stadtteil Wolthusen abgebogen, wo Sadlers Villa auf einem von alten Bäumen umsäumten Grundstück stand.

Als Sadler ihnen auf dem Weg zur Terrasse vorausging, hatte Büttner die Gelegenheit, sich ein wenig im Haus umzusehen. Im Grunde, so musste er feststellen, als er durch die ausladende Wohnküche ging, auf deren Grundfläche bequem eine Gesellschaft von hundert Leuten Platz finden würde, konnte die Inneneinrichtung in zwei Wörtern zusammengefasst werden: Purer Luxus. Doch empfand Büttner beim Anblick der teuren, vornehmlich in Weiß-, Gold- und Grautönen gehaltenen Möbel, Teppiche und Gemälde nicht die kleinste Spur von Neid. Im Gegenteil wirkte die ganze Einrichtung eher nüchtern und unpersönlich. Dem ganzen edlen Interieur war deutlich anzusehen, dass es kein behagliches Zuhause schaffen, sondern lediglich das umfangreiche Vermögen des Besitzers zur Schau stellen sollte.

Als sie die große Terrasse betraten, von der ein schmaler gepflasterter Weg direkt an das Ufer des Ems-Jade-Kanals führte, erhob sich eine attraktive Frau mittleren Alters aus ihrem Stuhl und reichte ihnen die Hand. „Guten Tag. Barbara Sadler. Darf ich Ihnen etwas zu trinken anbieten?" Für Büttner klang diese Begrüßung, die auf das typisch ostfriesische *Moin!* verzichtete, wie einstudiert, und auch ihr Lächeln wirkte wie ins Gesicht gemeißelt. Vermutlich hatte diese Dame in ihrem teuren Seidenkostüm keine anderen Verpflichtungen, als die charmante Gattin des Herrn Gynäkologen und Landtagsabgeordneten zu sein. Einen besonders glücklichen Eindruck machte sie dabei nicht.

„Nein, danke", schüttelte Büttner den Kopf, „wir sind praktisch schon wieder weg. Entschuldigen Sie bitte den spontanen Überfall."

„Die Herren sind von der Kriminalpolizei. Herr Büttner und Herr Hasenpflug", stellte Jan-Peter Sadler sie vor, und Büttner meinte zu erkennen, dass er seiner Frau dabei einen warnenden Blick zuwarf.

„Krug. Hasenkrug", beeilte sich sein Assistent zu sagen, fand jedoch kein Gehör, da Sadler direkt weiterredete: „Also, Sie werden nicht ohne Grund hier sein, meine Herren. Bitte, nehmen Sie doch Platz. Barbara, bringe den Herren doch bitte einen Kaffee. So viel Zeit muss sein."

Als seine Frau im Haus verschwunden war, zündete sich Sadler eine Zigarette an und schob die Schachtel zu Büttner rüber. „Wenn Sie wollen, bedienen Sie sich bitte."

„Danke, nein", erwiderte Büttner und kam dann gleich zur Sache. „Herr Sadler, sicherlich haben Sie schon vom tragischen Tod des Journalisten Henning Kappel gehört."

Sadler nickte ohne zu zögern und blies schwungvoll den Zigarettenrauch aus. „Ja, das Internet ist voll davon. Tragische Geschichte. War ein sehr kompetenter, ein profilierter Journalist. Ich persönlich hatte nicht viel mit ihm zu tun, aber natürlich kennt jeder seine exzellent recherchierten Artikel."

„Die nicht jedermann jederzeit gefallen haben", warf Hasenkrug ein.

„Das zeichnet einen guten Journalisten aus. Alles andere, was wir gemeinhin in den Medien geboten bekommen, ist doch Larifari. Austauschbar. Da hebt sich ein Mann wie Kappel, der seine Finger in die offenen Wunden dieser Gesellschaft legt, sehr angenehm von der gleichförmigen Masse ab."

„Nun, jetzt ja wohl nicht mehr", entgegnete Büttner trocken.

„Ja. Bedauerlich. Man sagt, er sei ermordet worden?"

„So, sagt man das."

„Sonst wären Sie ja wohl kaum hier", stellte Sadler treffend fest.

„Nun haben Sie uns aber erwischt." Büttner zeigte ein angestrengtes Lächeln, bevor er fortfuhr: „Tatsächlich haben wir in Kappels Nachlass Hinweise gefunden, die uns zu Ihnen geführt haben."

„Ach ja? In welcher Form?" Nach wie vor schien Sadler ganz gelassen, lehnte sich in seinem Stuhl zurück und schlug lässig die Beine übereinander, während er die Asche seiner Zigarette achtlos auf die edlen Holzbohlen schnippte.

„Sagt Ihnen eine Bar namens *loveaffairs* etwas?", fragte Büttner unumwunden, und endlich nahm er in der Mimik seines Gegenübers eine leichte Verunsicherung wahr.

„Hm. Klingt nach einem … Nachtclub?" Sadler strich sich mit der Hand durch das dichte, dunkelblonde Haar. „Nein, tut mir leid, das sagt mir nichts."

„Das ist ja seltsam", erwiderte Büttner und sah ihn

durchdringend an. „Sie kennen es nicht, obwohl wir uns doch erst kürzlich dort getroffen haben.“

Bingo! Erstmals konnte Sadler nicht verhindern, dass ihm die Gesichtszüge entgleisten. Unsicher schaute er ins Haus hinein, wo seine Frau mit dem Geschirr klapperte. „Ich kann mich an solch eine Begegnung gar nicht erinnern“, sagte er betont ruhig, während seine Finger nervös an einem seiner Hemdknöpfe herumzupften.

„Doch, doch“, entgegnete Hasenkrug, „nur waren Sie ruckzuck wieder verschwunden. Dirk Rickleffs schien es wohl für besser zu halten, dass Sie sich dort nicht allzu lange blicken lassen.“

„Dirk Rickfels? Wer soll das sein?“ Sadler hatte seine alte Sicherheit zurückgewonnen.

„Rickleffs. Nicht Rickfels. Der Inhaber des Ladens. Ich bin mir sicher, dass Sie sich schon das eine oder andere Mal begegnet sind.“

„Sie sagten, Sie seien wegen Henning Kappel hier. Was hat er mit diesem … Club zu tun?“

„Das wollten wir eigentlich von Ihnen wissen.“

„Ich weiß nicht, was Sie meinen.“ Zwischen Sadlers Augen bildete sich eine steile Falte.

„Dann werde ich Ihnen jetzt mal behilflich sein“, sagte Büttner. „Sie erinnern sich an den Fall Rolf Wernicke? Den Toten im Strandkorb?“

„Davon habe ich in der Zeitung gelesen, ja. Ich … ach, Barbara, Liebling“, unterbrach er sich dann selbst und hielt den Arm seiner Frau fest, als sie anfing, die Tassen auf dem Tisch zu verteilen. „Danke, ich mach das schon. Wolltest du nicht noch bei den Kindern anrufen?“

Als seine Frau das Telefon an sich genommen und sich in einen kleinen Pavillon am anderen Ende des Gartens zurückgezogen hatte, sagte er: „Wissen Sie, unsere Kinder sind beide auf Klassenfahrt. Verrückt, oder? Der Kleine ist in der Grundschule, die Große am Gymnasium. Na ja. Wie dem auch sei. Wo waren wir stehen geblieben?“

„Sie wollten uns etwas über Ihre Bekanntschaft mit Rolf Wernicke erzählen.“

„Wer behauptet denn, dass ich ihn gekannt habe?“, fiel Sadler nicht auf den Versuch Hasenkrugs herein, ihn aus der Reserve zu locken. Er griff nach den Tassen, stellte sie vor Büttner und Hasenkrug auf den Tisch und schenkte Kaffee ein. „Milch und Zucker?“

„Nein, danke“, winkte Büttner ab, um dann ohne Umschweife fortzufahren: „Wernickes Name tauchte in den Unterlagen Kappels gemeinsam mit dem Ihren auf, was uns etwas verwundert hat.“

„Das ist in der Tat seltsam. Mit solchen Subjekten pflege ich nämlich gemeinhin nicht zu verkehren.“

„Nun“, meinte Büttner, „was das Verkehren angeht, sah Kappel es augenscheinlich ganz anders. Er nannte Sie nämlich in Zusammenhang mit minderjährigen Prostituierten.“

Während Hasenkrug sich bemühte, angesichts dieses Bluffs seines Chefs nicht verwundert zu gucken und schnell nach seiner Tasse griff, schnappte Sadler vernehmlich nach Luft, lief puterrot an und blickte sich nach seiner Frau um, die nach wie vor im Pavillon saß. „Solch infame Unterstellungen muss ich mir nicht bieten lassen! Schon gar nicht von so kleinen, unwichtigen Beamten, wie Sie es sind“, zischte er, und seine bisher so stoische Gelassenheit schien von einem Moment auf den anderen wie eine bröckelnde Fassade von ihm abzufallen. „Ich werde mich beim Polizeipräsidenten über Sie beschweren!“

„Tun Sie das. Aber sagen Sie ihm bitte auch, dass ich Ihnen gar nichts unterstellt habe. Ich habe lediglich festgestellt, dass Kappel Sie im Zusammenhang mit minderjährigen Prostituierten genannt hat.“ Den letzten Teil des Satzes hatte er bewusst laut gesprochen, weil er sah, dass Barbara Sadler ihr Telefonat beendet hatte und auf dem Weg zu ihnen war.

Sadler warf ihm einen vernichtenden Blick zu, sagte dann jedoch in einem aufgesetzt fröhlichen Tonfall: „Da kann ich Ihnen leider nicht behilflich sein, meine Herren, so sehr ich es auch bedaure. Wie schade, dass Sie keine Zeit haben, mit mir noch eine Tasse Kaffee zu trinken. Andererseits“, er warf einen Blick auf seine teure Armbanduhr, „muss ich mich jetzt auch sputen, bevor ich noch zu spät zu meinem Termin in Hannover komme.“

„So, es sollte mich wundern, wenn wir den jetzt nicht in Schwingungen versetzt haben“, sagte Büttner zufrieden, als sie wenig später wieder im Auto saßen. „Bleibt nur zu hoffen, dass er jetzt in einen hektischen Aktionismus verfällt und seinen Freund Rickleffs anruft.“

„Das werden wir wohl nie erfahren, Chef.“

„Das ist nicht gesagt“, grinste Büttner verschmitzt. „Da Sie die Polizei sind, dürfte es doch ein Leichtes sein, dass Sie Sadlers Telefonnummern herausfinden.“

„Und dann?“ Hasenkrug wusste nicht, worauf sein Chef hinaus wollte.

„Das werden Sie dann gleich sehen, mein lieber Hasen…

pflug", sagte Büttner gut gelaunt und schlug den Weg zum Emder Außenhafen ein.

Um diese Tageszeit war im *loveaffairs* noch nicht viel Betrieb. Lediglich zwei junge Frauen räkelten sich auf einem der knallroten Samtsofas und gurrten einem älteren Mann, der sie abwechselnd mit Weintrauben fütterte, ein paar unanständige Wörter ins Ohr.

Hinter der Theke stand dieselbe Bardame wie beim letzten Mal und schaute ihnen, den obligatorischen Zigarillo im Mund, abwartend entgegen. „Dirk ist nicht da", sagte sie, als Büttner und Hasenkrug schließlich vor ihr standen.

„Dann können Sie uns ja sicherlich weiterhelfen, Frau … wie war noch gleich Ihr Name?"

„Wie würdest du mich denn nennen, Süßer?" Sie machte einen Kussmund und zwinkerte Büttner aufreizend zu.

„Also?", ließ der sich nicht beirren. „Wir können Sie auch mit auf die Wache nehmen und Ihre Personalien aufnehmen."

Sie schnaubte, sagte dann aber: „Charlotte. Aber du darfst mich Charly nennen, Pummelchen."

Schade, dachte Büttner, er hatte gehofft, dass sie nun den Namen Mandy nennen würde, von dem er noch nicht wusste, wem er ihn zuordnen sollte.

„Ist Mandy denn zu sprechen?", fragte er deshalb direkt.

Für einen Augenblick wirkte Charly verunsichert, sagte dann aber: „Eine Mandy haben wir hier nicht."

„So. Dann bin ich wohl falsch informiert."

„Und wann ist Rickleffs wieder zu sprechen?", fragte

Hasenkrug, als sein Chef es dabei bewenden ließ und sich nun konzentriert im Raum umsah.

„Das kommt drauf an, für wen", grinste Charly und zeigte dabei eine Reihe schlechter Zähne.

„Dann richten Sie ihm bitte aus, dass wir ihn für morgen früh um acht Uhr ins Kommissariat vorladen. Wenn er nicht erscheint, nehmen wir um acht Uhr fünfzehn den ganzen Laden hier auseinander", brummte Büttner so laut, dass es auch die zwei Mädchen und der Herr auf dem Sofa hören konnten. Wie erwartet, schaute jetzt eine von ihnen erschrocken zu ihnen rüber. Sie mochte vielleicht sechzehn Jahre alt sein, schätzte Büttner. Vielleicht auch jünger.

„Gibt es irgendwelche Probleme?", ließ sich hinter dem Tresen eine Stimme vernehmen, und schon im nächsten Moment trat Dirk Rickleffs mit einem breiten Grinsen und einer qualmenden Zigarette in der Hand hinter dem Vorhang hervor.

„Ihre Lady hier versucht immer noch die gleichen Spielchen", erwiderte Büttner und zeigte auf Charly. „Ich hatte eigentlich gedacht, dass wir uns beim letzten Mal ganz gut verstanden haben."

„Es wird nicht wieder vorkommen. Ein blödes Missverständnis, Exzellenz", entgegnete Rickleffs, verbeugte sich theatralisch und gab Charly dann einen Wink, sich hinter den Vorhang zurückzuziehen.

„Wir kommen gerade von Ihrem Freund Sadler", ging Büttner in den Angriffsmodus über, sobald sie verschwunden war. Es wunderte ihn nicht, dass Rickleffs sofort erwiderte: „Und wie geht es meinem alten Kumpel Jan-Peter?" Büttner war sich sicher, dass Rickleffs sich noch genau daran erinnerte, dass sie den Abgeordneten beim letzten Besuch zur Tür hatten hereinkommen sehen. Er wusste also, dass es ihn nur verdächtig machen würde, wenn er die Bekanntschaft zu Sadler leugnete. Ja, er beherrschte das Spiel. Und deswegen würde es alles andere als leicht sein, ihn zu knacken.

„Er schien etwas erschüttert, dass ich ihn mit Ihrem Namen in Verbindung brachte."

„Tja. Sowas passiert mir tragischerweise öfter", seufzte Rickleffs. „Ich weiß so gar nicht, womit ich das verdient habe."

„Könnte an Ihrer bestechend schleimigen Art liegen", konterte Büttner. „Ich nehme aber trotzdem an, dass er sich jüngst mal bei Ihnen gemeldet hat, oder?"

„Nein. Ich habe ihn auch seit damals nicht mehr gesprochen. Wenn ich es mir richtig überlege, habe ich überhaupt sehr selten Kontakt zu ihm."

„So. Na ja, wird ja auch ein vielbeschäftigter Mann sein. Bei so vielen Jobs und Nebenjobs und so."

„Oh ja. Bei seinem Pensum hätte jeder Beamte ruckzuck seine Dienstjahre voll." Rickleffs kniff ein Auge zu und sah Büttner abschätzend an. „Du wärst bei seinen Überstunden … hm … lass mich raten, schon seit bestimmt zwanzig Jahren in wohlverdienter Pension, nicht wahr?"

„Wie ich hörte, hatten Sie in der letzten Zeit auch ganz gut zu tun", ignorierte Büttner die Spitze. „Und zwar soll Ihnen ein gewisser Henning Kappel das Leben schwer gemacht haben."

„Wer soll das sein?" Rickleffs tat völlig unbeteiligt und bedeutete den Mädchen auf dem Sofa mit einem Fingerzeig, ihren jetzt laut stöhnenden Gefährten mit nach oben aufs Zimmer zu nehmen. Als sie wenig später an ihm vorbeikamen, hielt er den Mann am Ärmel fest und sagte: „Erst Cash. Sonst kannste es dir selber machen." Mit zittrigen Fingern zog der Mann sein Portemonnaie aus der Tasche und legte hundert Euro auf die Theke. „Dafür darf ich aber den ganzen Abend", keuchte er und torkelte hinter den Mädchen her.

„Henning Kappel wurde am Pilsumer Leuchtturm tot aufgefunden", antwortete Büttner auf Rickleffs Frage, scheinbar ohne dem kleinen Zwischenspiel Beachtung zu schenken.

„Das tut mir leid für ihn. Das bezaubernde Plätzchen am Deich genießt man doch besser bei vollem Bewusstsein, nicht wahr, Herr Kommissar?"

„Und Sie wissen natürlich genauso wenig wie bei Rolf Wernicke, wer Kappel auf dem Gewissen haben könnte", meldete sich Hasenkrug mal wieder zu Wort.

„Jetzt bin ich ja fast ein wenig beleidigt, dass Sie mich immer mit solch furchtbaren Verbrechen in Verbindung bringen wollen", hob Rickleffs abwehrend die Hände.

Büttner knurrte etwas Unverständliches, sah auf seine Armbanduhr und sagte dann: „Oh je, nun habe ich den Termin mit meiner Frau verpasst. Na, wenn das mal keinen Ärger gibt." Er klopfte seine Taschen ab und sagte dann: „Hasenkrug, geben Sie mir doch gerade mal Ihr Handy. Ich muss dringend mal telefonieren."

Hasenkrug zuckte die Schultern und sah ihn betreten an. „Geht leider nicht. Mein Akku ist leer, Chef."

„Schöne Scheiße", entfuhr es Büttner ungewohnt laut.

„Sie gehen mir echt auf den Keks, Hasenkrug!" Seine Stimme klang noch mal um ein ganzes Stück wütender, als er hinzufügte: „Ich schwöre Ihnen, Hasenkrug, dass das Konsequenzen haben wird, wenn Sie Ihr verdammtes Handy nie aufladen. Es könnte doch auch ein Notfall sein, und dann stehen wir da wie die Deppen. Oder können Sie mir vielleicht sagen, wo ich jetzt ein verdammtes Telefon herkriege!? Mannomann, die Alte macht mir nachher die Hölle heiß, ich …"

„Hey, jetzt bleib mal locker, Sportsfreund", unterbrach Rickleffs ihn mit einem Kopfschütteln und hielt ihm grinsend sein eigenes Handy hin, „wozu hat man denn Freunde. Hier, ruf deine Alte an und sag ihr einen schönen Gruß von mir."

„Danke", knurrte Büttner und tippte mit gerunzelter Stirn auf den Tasten herum. Ohne den angekündigten Anruf gab er das Handy nur wenig später wieder an seinen Besitzer zurück.

„Nanu! Haste die Nummer vergessen?", fragte der spöttisch.

„Ja. Ist aber nicht schlimm. Dafür habe ich eine andere gefunden", erwiderte Büttner, hob grüßend seine Hand und wandte sich dem Ausgang zu. Bei einem letzten Blick über die Schulter registrierte er zufrieden, dass Rickleffs ihm den Stinkefinger entgegenstreckte und mit dem Mund das Wort *Wichser!* formte. Büttner grinste. Der Ganove hatte ihn also verstanden. Alles andere hätte ihn auch gewundert.

28

Sebastian Hasenkrug saß am Bett von Helen Rössling und hielt ihre Hand. Man hatte sie in die geschlossene Psychiatrie verlegt, da sie nach wie vor unter ausgeprägten Panikattacken litt, die dringend einer professionellen Behandlung bedurften. Am Morgen hatte sie die Nachricht erhalten, dass ihre schwer kranke Mutter einen weiteren Schlaganfall erlitten habe. Normalerweise wäre Helen sofort zu ihr gefahren, um sich um sie zu kümmern und ihr Mut zuzusprechen. Nun aber durfte sie nicht einmal alleine die Station verlassen und auch nicht telefonieren, ohne dass ihr jemand dabei zuhörte. Sie war außer sich vor Sorge. Noch nie in ihrem ganzen Leben hatte sie sich so elend gefühlt, und schon wiederholt hatte sie mit dem Gedanken gespielt, einfach aufzugeben. Noch aber überwog am Ende aller Überlegungen doch die Hoffnung, dass sich für sie und ihr Kind alles zum Guten wenden würde, auch wenn es ihr von Tag zu Tag und mit jeder weiteren schlechten Nachricht, die sie erreichte, schwerer fiel, daran zu glauben.

Sebastian Hasenkrug war der Einzige, der sie besuchen durfte, da es, so hatte er es den Ärzten erklärt, für die Ermittlungen in den beiden Mordfällen unabdingbar war, mit ihr zu sprechen. Als die Ärzte bemerkten, dass Helen

253

seine Besuche nicht noch mehr belasteten, sondern sie sogar ein Stück weit psychisch zu stabilisieren schienen, hatten sie ihm grünes Licht gegeben zu kommen, wann immer er es für richtig hielt. Also nutzte er seine Position aus und besuchte Helen mehrmals am Tag in der Hoffnung, es würde ihr doch noch das eine oder andere Detail einfallen, das für die Aufklärung der Verbrechen wichtig war. Außerdem verspürte er das dringende Bedürfnis, ihr in ihrer vertrackten Lage beizustehen. Und selbst Büttner hatte ihn darum gebeten, sie jetzt nicht mit all ihren Schwierigkeiten und Belastungen alleine zu lassen. Nach wie vor waren sie beide von ihrer Unschuld absolut überzeugt und wollten ihr zu verstehen geben, dass sie sie nicht im Stich lassen würden und alle ihnen zur Verfügung stehenden Möglichkeiten nutzten, damit sie ihre Freiheit so bald wie möglich wieder zurückbekam.

„Wenn du deinen Mann das nächste Mal sprichst, kannst du ihm dann bitte sagen, dass er sich dringend bei uns melden soll“, sagte er, nachdem sie ihn mit einem traurigen Lächeln begrüßt und ihm erzählt hatte, dass sie vor Schmerzen kaum laufen könne, da ihr Baby anscheinend gerade genau die richtige Größe habe, um es sich auf ihrem Ischiasnerv bequem zu machen.

„Markus?“ Helens Augen füllten sich mit Tränen. „Ich versuche schon die ganze Zeit, ihn zu erreichen, er geht aber nicht an sein Handy. Ich glaube fast, dass ihm das alles hier zu viel ist. Die Schwester sagte, dass er noch nicht mal gefragt hat, ob er mich besuchen darf.“

„Verdammter Mist!“, entfuhr es Hasenkrug. Doch als Helen ihn jetzt mit großen Augen ansah, bereute er sofort, seine Emotionen nicht besser im Griff zu haben. „Sag jetzt nicht, ihr wisst auch nicht, wo er ist", flüsterte sie kaum hörbar.

Hasenkrug sog hörbar die Luft ein und nickte dann. Tatsächlich hatten auch sie keine Ahnung, wo sich Markus Rössling derzeit aufhielt. Auf dem Hof der Hettingas war er nicht mehr aufgetaucht, seitdem er nach Aussage von Patricia Badoni und Thomas Heller gesagt hatte, er habe noch etwas zu erledigen. Sein Handy schaltete sofort auf die Mailbox um, wenn man ihn anrief, und auch auf SMS oder E-mails antwortete er nicht. Es war wie verhext. Kaum, dass jemand gerade wieder aufgetaucht war, verschwand auch schon der Nächste. Allerdings waren sich Büttner und Hasenkrug einig, dass Rössling vermutlich nicht gewaltsam irgendwo festgehalten wurde, sondern sich ganz einfach aus dem Staub gemacht hatte. Geld genug hatte er ja nun dafür, nachdem er Helens Konto leergeräumt und das Geld auf die Cayman Islands transferiert hatte. Inzwischen hielten sie es sogar für möglich, dass er an den beiden Morden zumindest beteiligt gewesen war. Was nun noch fehlte, war ein Motiv. Natürlich, seine Firma stand kurz vor der Insolvenz und konnte eine Finanzspritze gut gebrauchen. Das war angesichts seines Kontostandes mehr als offensichtlich. Aber hätte er da nicht einfach seine Frau um Hilfe bitten können? Die Morde machten da nicht wirklich Sinn. Zumindest nicht der an Henning Kappel. Es sei denn, Markus Rössling war in irgendeiner Weise auch in die Recherchen des Journalisten involviert gewesen. Gänzlich auszuschließen war das nicht, denn schließlich war er ebenfalls im Erotikgewerbe tätig, wenn auch auf ganz andere Art als beispielsweise Dirk Rickleffs. Mehrmals hatten sie auch schon in China nachgefragt, ob er sich womöglich vor Ort wieder um seine neue Filiale kümmerte. Fehlanzeige. Auch die Mitarbeiter dort warteten dringend auf ein Lebenszeichen von ihm, da wohl einige wichtige Entscheidungen keinen Aufschub mehr duldeten. Gut möglich also, dass es Rössling alles zu viel geworden war und er sich irgendwohin abgesetzt hatte, um noch mal ganz von vorne anzufangen. Alleine dieser Gedanke reichte Hasenkrug schon, um eine unbändige Wut auf ihn zu verspüren. Denn wie nur konnte man so charakterschwach sein, seine Frau und sein ungeborenes Kind in einer nun wirklich misslichen Situation einfach im Stich zu lassen, um sich mit deren schwer verdientem Geld irgendwo am sonnigen Strand zu räkeln!?

„Wir haben schon ein paarmal versucht ihn zu erreichen, weil wir ihn gerne zur Sache befragen würden. Nur leider ist er nirgends aufzufinden", sagte Hasenkrug mit gesenktem Kopf und fühlte sich unwahrscheinlich schlecht dabei, weil er Helen nun noch mehr Sorgen machte. Er hoffte, dass sie nun nicht erneut eine ihrer Panikattacken bekam, doch zu seiner Verwunderung blieb sie ganz ruhig, tätschelte seine Hand, als müsse sie ihn trösten und sagte: „Ich bin so froh, dass ich dich habe, Sebastian. Ohne dich würde ich das alles hier nicht durchstehen."

Hasenkrug lächelte sie traurig an: „Ich wünschte nur, wir hätten uns bei einem erfreulicheren Anlass wiedergetroffen. So ist das alles doch …" Er beendete den Satz nicht, sondern machte nur eine unbestimmte Bewegung mit der Hand.

„Es ist, wie es ist." Helen sah ihn mit einem so intensiven Blick an, dass Hasenkrug verlegen seinen Blick abwandte. „Du verheimlichst mir doch was", sagte sie dann und versetzte ihn damit sofort in innere Aufruhr. Gerade hatte er sich vorgenommen, ihr nichts von dem abgebuchten Geld zu erzählen, und nun kam sie ihm so. Aber das war schon früher so gewesen. Irgendwie hatte sie immer genau gewusst, was er dachte. Er hatte sich oft gefragt, ob das womöglich eine logische Folge ihrer Seelenverwandtschaft war, oder ob er einfach nur ein verdammt schlechter Pokerspieler war, dem seine Gefühle ins Gesicht geschrieben standen.

„Ich glaube nicht, dass ich es dir sagen sollte", murmelte er.

„Ich will es aber wissen." Sie stieß ein kurzes, schrilles Lachen hervor. „Oder glaubst du wirklich, dass es mir gut tut zu wissen, dass irgendwas passiert ist, man mir aber nicht sagt, um was genau es sich handelt!?" Sie stupste ihren Zeigefinger auf Hasenkrugs Nase und fügte dann hinzu: „Und dass du mir irgendwas verheimlichst, dass sehe ich dir an der Nasenspitze an."

Hasenkrug fuhr sich mit beiden Händen übers Gesicht. „Wir haben eure Finanzen überprüft." Als sie ihn mit gerunzelter Stirn ansah, sagte er schnell: „Verstehe bitte, dass wir uns über alles einen Überblick verschaffen müssen. Und – das wird auch dir nicht neu sein – häufig liegt das Motiv für ein Verbrechen beim Geld."

„Markus und mir geht es gut", erwiderte Helen knapp, ließ ihn dabei jedoch nicht aus den Augen.

„Dir geht es gut", entgegnete Hasenkrug und kniff die

Lippen zusammen. „Markus jedoch …“ presste er dann mühsam hervor, ohne den Satz zu beenden.

„Er steckt in finanziellen Schwierigkeiten?“

Jetzt nicht mehr, dachte Hasenkrug, laut aber sagte er: „Ja. Seine Firma läuft nicht so gut, wie er es dir wohl immer versucht hat zu verkaufen. Genau genommen läuft sie derzeit sogar ziemlich miserabel. So, wie es aussieht, hat er sich mit dem China-Geschäft gründlich übernommen.“

„Es war immer sein Traum, in Fernost beruflich Fuß zu fassen“, meinte Helen nachdenklich. „Aber wieso kommt er denn nicht zu mir? Ich könnte ihm doch helfen. Mein Geld liegt sowieso nur blöd bei den Banken herum.“ Sie zog eine Fratze. „Und wer weiß schon, was die damit anstellen. Denen traut man ja auch keinen Meter mehr über den Weg. Da wäre es in Markus’ Geschäft doch sinnvoller investiert.“

„Markus hat … Also …“ Hasenkrug stieß pfeifend die Luft aus. „Also … er hatte wohl nicht vor, dich vorher zu fragen.“

„Mich vorher zu fragen?“, erwiderte Helen verständnislos. Dann jedoch schien ihr der Sinn seiner Worte zu dämmern, und sie schnappte erschrocken nach Luft: „Sag bitte, dass das nicht wahr ist, Sebastian! Sag bitte, dass es nicht so ist, wie ich jetzt denke!“

„Hm.“

„Wie viel?“

„Eine … halbe Million. Tut … mir leid.“ Hasenkrug zog den Kopf ein in der Annahme, dass Helen spätestens jetzt einen ihrer Anfälle bekommen würde. Zu seiner Verwunderung aber sagte sie mit erstaunlich fester Stimme nur ein Wort: „Arschloch!“

„Oder so", murmelte Hasenkrug.

„Und was macht ihr jetzt?"

„Wir?"

„Ja. Seid ihr die Polizei, oder was?" Helen klang nun eher sauer als geschockt.

„Ach so. Ja. Wir haben natürlich unseren ganzen Apparat damit beschäftigt, ihn aufzuspüren."

„Dann will ich dich nicht länger aufhalten."

Hasenkrug nickte und war erleichtert, dass die Karten nun offen auf dem Tisch lagen. Blieb nur zu hoffen, dass sein Chef es genauso sah. Er erhob sich und gab Helen einen Kuss auf die Stirn. „Alles wird gut", sagte er leise, „das verspreche ich dir."

„Ich weiß", nickte Helen, und zu ihrer eigenen Verwunderung meinte sie es in diesem Moment auch so. Kurz, bevor Hasenkrug die Tür hinter sich ins Schloss zog, rief sie ihm hinterher: „Schnapp dir den Mistkerl, Sebastian!"

29

„Okay, auch wenn wir Hasenkrugs Rückmeldung noch nicht haben, dürfte schon jetzt feststehen, dass wir nun den nächsten Verdächtigen auf unserer Liste haben", stellte Büttner fest und deutete auf das Foto von Markus Rössling, das jemand per Beamer an die Wand geworfen hatte. „Also noch mal das volle Programm." Er nickte einer Kollegin zu, die sofort aufsprang, um sämtliche Maßnahmen zur Fahndung einzuleiten. „Außerdem haben wir nach wie vor keinerlei Vorstellung, um wen es sich bei dieser ominösen Mandy handelt, die Kappel gemeinsam mit Rickleffs, Sadler und Wernicke zwischen Spaghetti Bolognese und Pasta Arrabiata in seinen Kochrezepten versteckt hatte. Hat irgendjemand eine Idee?"

Alle Kollegen, die Büttner zur Besprechung zusammengetrommelt hatte, schüttelten einhellig den Kopf. Zuvor hatte er schon bei der Sitte nachfragen lassen, deren Ermittler gemeinhin jeden Zuhälter und jede Prostituierte in den ostfriesischen Vergnügungsstätten persönlich kannten. Aber auch die hatten beim Namen Mandy nur mit dem Kopf geschüttelt.

„Gut. Oder nicht gut. Auf jeden Fall war's das für heute. Ihr könnt wieder an eure Arbeit gehen." Büttner nahm sich die Ordner und ging in sein Büro zurück, wo sein Assistent

260

Hasenkrug zeitgleich mit ihm eintraf. „Ich hoffe sehr, dass Ihr Erkenntnisgewinn des Vormittags den meinen merklich übersteigt“, meinte er, während er die Jalousien vor den Bürofenstern hinunterkurbelte, da ihn die Sonne an seinem Schreibtisch blendete.

„Ich hab gerade am Rande mitbekommen, dass Sie Markus Rössling zur Fahndung ausgeschrieben haben“, erwiderte Hasenkrug.

„Ja. War das falsch?“

„Nein. Ich fürchte sogar, es war genau richtig. Auch Helen hat nämlich keine Ahnung, wo ihr Mann geblieben ist. All ihre Versuche, ihn zu erreichen, laufen ins Leere, seit er sie zum letzten Mal besucht hat.“

„Wann war das?“

„In den ersten Stunden, nachdem sie ins Krankenhaus eingeliefert worden war.“

„Hm. Möchte nur mal wissen, was der sich dabei gedacht hat.“ Büttner setzte sich an seinen Schreibtisch und blätterte in der Post, die ihm Frau Weniger kurz zuvor auf den Schreibtisch gelegt hatte.

Hasenkrug überlegte einen Augenblick, ob er seinen Chef davon in Kenntnis setzen sollte, dass Helen jetzt von den Kontoabbuchungen wusste. Schließlich entschied er sich dafür, es ihm zu sagen, denn letztlich machte es für ihre weiteren Ermittlungen doch keinen Unterschied, ob sie es wusste oder nicht, da sie sowieso mit niemandem darüber reden konnte. Er hatte sogar das Gefühl, dass Helens aufkeimende Wut auf ihren Mann vielleicht noch ganz hilfreich sein konnte.

„Helen ist ziemlich sauer auf ihren Mann, dass er ihre

Konten leer geräumt hat“, trat er die Flucht nach vorne an.

Hasenkrug war erleichtert, dass Büttner auf diese Feststellung hin nur kurz die Brauen hob und dann sagte: „Das klingt nach gesunder Emotionslage.“

„Ja. Zumindest in dieser Hinsicht. Sie hat ihn sogar als Arschloch betitelt.“

„Auch damit dürfte sie richtig liegen. Bleibt nur die Frage, wie wir seiner nun habhaft werden. Ich … was ist denn das?“, unterbrach er sich selbst und hielt einen großen Briefumschlag in die Höhe, den er aus dem Stapel mit der Post gezogen hatte.

„Ein Briefumschlag?“, folgerte Hasenkrug messerscharf.

„Schlaumeier. Aber gucken Sie doch mal, was da draufsteht.“

Hasenkrug beugte sich so weit es ging über seinen Schreibtisch und kniff die Augen zu schmalen Schlitzen zusammen, ließ sich dann aber wieder in seinen Stuhl zurückfallen und sagte: „Kann ich nicht lesen, ist zu weit weg.“

„Ich kenne da einen guten Optiker. *Für Hauptkommissar David Büttner persönlich* steht auf dem Brief. Kein Absender.“

„Ist wohl für Sie“, meinte Hasenkrug lakonisch.

„Das dachte ich mir auch gerade.“ Büttner nahm einen Brieföffner vom Schreibtisch, schlitzte den Umschlag auf und zog ein paar Zettel sowie einen kleineren Umschlag hervor. „Sieht aus, als wären es Unterlagen von Henning Kappel. Und keine uninteressanten“, meinte er, nachdem er die Zettel überflogen hatte. Dann öffnete er den kleineren Umschlag und breitete Sekunden später ein halbes Dutzend Fotos auf seinem Schreibtisch aus. „Da sieh mal einer an", grinste er und pfiff durch die Zähne, „das ist ja eine ganz reizende Runde."

Neugierig geworden, stand Hasenkrug auf und lief zu seinem Chef hinüber. „Wahnsinn! Das ist doch genau das Puzzleteil, das uns noch fehlte!", rief er aus. „Dirk Rickleffs, Jan-Peter Sadler und … ich glaub's ja nicht! … Markus Rössling in trauter Dreisamkeit. Und das hier?" Er drehte ein weiteres Foto um. „Rolf Wernicke mit Dirk Rickleffs. Sieht aus, als würden sie miteinander streiten."

„Könnte an dem Abend gewesen sein, als Wernicke ermordet wurde", mutmaßte Büttner. Auch die anderen Bilder zeigten immer die gleichen Personen, nur in unterschiedlicher Zusammensetzung.

„Und was steht auf den Zetteln?" Hasenkrug nahm den Stapel an sich und las sich für eine ganze Weile durch die Notizen, während Büttner ihn still beobachtete und sich zur Feier des Tages einen Schokoriegel gönnte.

„Das sieht eher nach einer Sache für die Sitte aus", schlussfolgerte Hasenkrug, nachdem er seine Lektüre beendet hatte.

„Wieso?", schmatzte Büttner.

„Kappel meint herausgefunden zu haben, dass Rickleffs der Chef eines international tätigen Mädchenhändlerrings ist. Es geht um minderjährige Prostituierte, die vor allem aus dem Osten Europas kommen und auf unterschiedlichste Bordelle verteilt werden, um die perversen Gelüste alter Säcke zu befriedigen, die auf so blutjunge, körperlich noch nicht voll entwickelte Mädchen abfahren. Seinen ganz großen Durchbruch hatte Rickleffs wohl mit seiner Idee, so genannte Flatrate-Sex-Partys zu veranstalten unter dem Motto *Sieben Tage die Woche von 18:00 bis 1:00 Uhr: Alles was du vernaschen kannst, für nur 100 Euro.*"

„Mir wird schlecht", brummte Büttner und ließ einen weiteren Schokoriegel, den er gerade aus seiner Folie hatte ziehen wollen, wieder zurück in die Schublade fallen. „Dann hatte ich also recht mit meiner Vermutung, dass die Mädchen im *loveaffairs* noch viel zu jung sind für den Job. Können Sie sich an den alten Sack erinnern, Hasenkrug, der die beiden Mädchen mit auf sein Zimmer genommen hat, als wir das letzte Mal in diesem versifften Schuppen waren? Auch der hat hundert Euro auf den Tresen geschmissen und was vom ganzen Abend gemurmelt. Hach!" Büttner schlug sich mit der flachen Hand auf den Oberschenkel. „Wir hätten ihn gleich an den Eiern aus dem Laden schleifen und einbuchten sollen! Ist doch einfach nur widerlich, so was!"

„Sehe ich genauso, Chef. Obwohl hier in Emden laut Kappel wohl nur sehr wenige minderjährige Mädchen ihre Dienste anbieten beziehungsweise anbieten müssen. Hier ist die Nachfrage anscheinend nicht so groß. Das ist laut Kappel allerdings auch der Grund, warum dieser Puff in Emden quasi als zentrale Schaltstelle für Rickleffs bundesweite Geschäfte fungiert. Er ist am unauffälligsten."

„Gar nicht ungeschickt", nickte Büttner. „Kein Mensch käme so schnell auf die Idee, ausgerechnet in Ostfriesland den Dreh- und Angelpunkt für einen Mädchenhandel zu suchen. Wo betreibt Rickleffs sonst noch Bordelle dieser Art?"

„Insgesamt sind es sechs Stück. Davon auch einer in Köln. Was Kappels Aufenthalt dort erklären würde.“

„Also ist auch hier der Weg zu den Rösslings und zu Rolf Wernicke nicht weit“, stellte Büttner fest. „Irgendein Hinweis, wie Wernicke in die ganze Geschichte verstrickt war?“

„Ja. Er muss in Köln stadtbekannt dafür sein, dass er sich regelmäßig in Bordellen herumtrieb, die auch sehr junge Mädchen im Angebot hatten. Deswegen ist er in Emden dann vermutlich auch ins *loveaffairs* gegangen, wo er bekanntlich mit Rickleffs in Streit geriet, weil er die Mädchen zu grob behandelte.“

„Wenn’s stimmt, was die Zeugen behaupten. Hm. Und wie kommt da Helen Rössling ins Spiel? Die passt dann doch, wenn das alles so stimmt, altersmäßig gar nicht in Wernickes Beuteschema.“

„Keine Ahnung. Davon steht hier nichts.“

„Gibt’s noch mehr zu Sadler?“

„Der muss an besagtem Abend auch heftig mit Wernicke in Streit geraten sein. Allerdings hat Kappel wohl nicht mitbekommen, worum es genau ging. Neben dieser Feststellung steht am Rand übrigens eine fett unterstrichene Notiz mit dem Wortlaut *Dran bleiben*. Mit fünf Ausrufezeichen dahinter.“

„Schade. Ein paar Tage mehr hätte der liebe Gott unserem Freund Henning Kappel schon noch schenken können. Damit hätte er uns die Arbeit womöglich mächtig erleichtert. Ich war ja schon immer der Meinung, dass …“

„Ach, das ist ja interessant!“, rief Hasenkrug aus, ohne auf die Meinung seines Chefs zu achten, „nun raten Sie mal, was Kappel vermutet!“

„Sind wir hier in einer Quizsendung, oder was?"

„Er vermutet, dass kein Geringerer als Markus Rössling in der ganzen Veranstaltung unter dem Decknamen Mandy agiert hat!"

„Häh?" Büttner zog seine Stirn in Falten. „Markus Rössling soll Mandy sein? Was hat denn der Quatsch zu bedeuten?"

„Kommt mir auch komisch vor. Sollten wir aber im Hinterkopf behalten und Rickleffs damit konfrontieren."

„Das sollen die Jungs von der Sitte machen. Schicken Sie alles zu denen hoch, Hasenkrug. Die werden sich mächtig über die Möglichkeit freuen, einem ganzen Mädchenhändlerring den Garaus machen zu dürfen. Meines Wissens hat es das in diesem Umfang in Ostfriesland noch nicht gegeben. Und wer weiß, vielleicht kommt hier in den nächsten Tagen ja noch viel mehr Material von Kappel an, das für ihre Arbeit hilfreich ist. Freu mich schon jetzt darauf, unsere Jungs mit einem breiten Grinsen und Rickleffs mit zerquetschten Eiern in der Tagesschau zu sehen."

„Aber Chef!"

„Ist doch wahr! Bei solch einem Abschaum könnte selbst ich in all meiner Sanftmut zum Skalpell schwingenden Ungeheuer werden."

„Meine beinahe neunzigjährige Oma sagt immer, solchen Kerlen solle man mit einem stumpfen Küchenmesser ihr edelstes Teil abschneiden", sagte Hasenkrug mit einem breiten Grinsen.

„Sie haben eine sehr weise Großmutter, Hasenkrug."

Hasenkrug deutete auf den Umschlag, der auf Büttners

Schreibtisch lag. „Mich würde ja brennend interessieren, wer die Unterlagen bei uns in den Briefkasten geschmissen hat."

„Einer von Kappels Informanten vermutlich."

„Ich möchte gar nicht wissen, was passiert, wenn Helen von den ekelhaften Machenschaften ihres Mannes erfährt", sagte Hasenkrug nachdenklich. „Da muss doch für sie eine ganze Welt zusammenbrechen. Und wenn er dann womöglich auch noch der Mörder von Kappel ist …"

„Nun machen Sie mal langsam, Hasenkrug", hob Büttner beschwichtigend die Hand. „Noch wissen wir doch überhaupt nicht, welche Rolle genau Markus Rössling in dem Spiel gespielt hat. So lange halten Sie diese Informationen auch bitte noch von Frau Rössling fern."

„Mir wäre am liebsten, sie würde nie etwas von der ganzen Geschichte erfahren."

„Dafür müsste Rössling allerdings für immer verschollen bleiben", gab Büttner zu bedenken.

„Und wenn schon", zuckte Hasenkrug mit den Schultern.

30

„Ich habe Post bekommen." Helen lag wie ein Häufchen Elend in ihrem Bett und starrte an die Decke. Ihre bleiche Gesichtsfarbe hob sich kaum von ihrem weißen Kopfkissen ab. Es schien keiner ihrer besseren Tage zu sein. Aber wann, so dachte sich Sebastian Hasenkrug, hatte es in den letzten Wochen eigentlich einen guten Tag für sie gegeben? Richtig wohl gefühlt hatte sie sich nur an den wenigen Tagen, als sie bei ihrer Freundin Jutta Hettinga Urlaub machte und Rolf Wernicke sich noch nicht hatte blicken lassen. Doch war der Erholungswert dieser Tage bei allem, was danach passierte, natürlich längst aufgebraucht, weil sie seither von einer Katastrophe in die nächste schlitterte. Und nun auch noch die Geschichte mit ihrem Ehemann, von dem sie angenommen hatte, dass wenigstens er ihr in dieser schwierigen Zeit Halt und Stütze sein würde. Beinahe schien es, als habe sich alles und jeder gegen sie verschworen. Und das ausgerechnet zu einer Zeit, da sie als Schriftstellerin endlich so erfolgreich war, wie sie es sich lange Jahre zuvor gewünscht hatte. Eigentlich sollte sie jetzt also ihr Leben genießen, sich auf ihr Kind freuen. Aber nun sah es so aus, als würde ihr das vermeintliche Glück nur zum Unglück gereichen. Sebastian fragte sich, womit ausgerechnet Helen, die sich nie etwas hatte zu-

268

schulden kommen lassen, dieses bittere Schicksal verdient hatte. Aber – und auch das hatte er in den Jahren seiner Polizeilaufbahn schon häufiger feststellen müssen – wenn es eines auf dieser Welt nicht gab, dann war es Gerechtigkeit. Wie oft hatte er schon erlebt, dass unschuldige Opfer vor Gericht einmal mehr gedemütigt wurden, während die Täter erhobenen Hauptes und hämisch grinsend den Gerichtssaal als freie Menschen verließen. Bei Helen aber war es sogar noch eine Spur gemeiner. Womöglich würde sie in dem Wissen, eigentlich das Opfer zu sein, für lange Jahre als Täterin ins Gefängnis wandern und dabei auch noch ihr Kind verlieren. Schlimmer konnte es kaum kommen. Zum wiederholten Male nahm sich Hasenkrug deshalb an diesem Morgen vor, dass er sie vor diesem bitteren Schicksal bewahren würde, koste es, was es wolle.

„Du hast Post bekommen?“, sagte er nun und sah sie prüfend an. „So, wie du es sagst, scheint es nichts Erfreuliches gewesen zu sein.“

Helen antwortete nicht darauf, sondern deutete nur kurz mit der Hand auf ihren Nachttisch. Hasenkrug nahm das als Aufforderung, die Schublade aufzuziehen und den einzigen Briefumschlag, den er fand, herauszufischen. „Darf ich?“, fragte er, woraufhin Helen stumm nickte.

Das Einzige, was sich im Umschlag befand, war ein Foto. Hasenkrug zog es heraus und schluckte schwer. „Patricia Badoni“, murmelte er.

„Du kennst sie?“, fragte Helen müde.

„Ja. Sie ist derzeit als Feriengast bei deiner Freundin Jutta“, sagte er. „Eigentlich fand ich sie bisher ziemlich sympathisch.“

„Markus wohl auch", erwiderte Helen bitter.

„Ja. Sieht so aus." Hasenkrug schaute angewidert auf das Bild, das Markus Rössling und Patricia Badoni minimal bekleidet und innig umarmt auf einem Bett liegend zeigte. Anscheinend vergnügte sie sich während ihres Urlaubs bevorzugt mit verheirateten Männern.

„Sie scheint es auf verheiratete Männer abgesehen zu haben", sprach er seinen Gedanken laut aus. „Mein Chef hat sie erst vor Kurzem mit einem anderen Feriengast herumturteln sehen. Und auch der ist eigentlich mit seiner Frau hier."

„Bestimmt brauchte Markus bei all dem Stress mal ein wenig Entspannung", schnaubte Helen. „Genauso wird er sicherlich argumentieren, wenn ich ihn darauf anspreche."

„Er ist wirklich ein Arschloch", stellte Hasenkrug ungewohnt direkt fest.

„Zumindest weiß ich jetzt, dass ich mir um ihn keine Sorgen machen muss. Es scheint ihm ganz gut zu gehen", ätzte Helen.

„Er ist es nicht wert, dass du ihm auch nur eine Träne nachweinst."

„Zu spät. Ich habe die ganze Nacht lang ein ganzes Meer von Tränen vergossen. Ich war so enttäuscht, Sebastian, so unendlich enttäuscht." Sie rieb sich mit den Fingern über die tief in ihren Höhlen liegenden Augen.

„Du *warst* enttäuscht? Bist du es denn jetzt nicht mehr?"

„Nee. Jetzt bin ich nur noch sauer. Sollte ich jemals die Gelegenheit dazu bekommen, dann werde ich ihm das Leben zur Hölle machen."

„Das klingt gut", murmelte Hasenkrug abwesend.

Ihm war ein Gedanke in den Kopf geschossen, der ihn nicht mehr losließ: Was, wenn es gar kein Zufall war, dass sich Patricia Badoni und Markus Rössling in Upleward getroffen hatten? Er griff nach seinem Handy und wählte die Nummer des Kommissariats. „Hasenkrug hier. Veranlassen Sie bitte, dass eine gewisse Patricia Badoni überprüft wird“, rief er, als sich am anderen Ende jemand meldete. „Ich schicke euch gleich ein etwas delikates Foto von ihr rüber. Ist das einzige, das ich habe. Findet heraus, was sie so treibt in ihrem Leben, wie ihre finanziellen Verhältnisse sind. Und vor allem will ich wissen, ob sie in irgendeinem Kontakt zu Markus Rössling steht. Ja, genau, das ist der Mann, den wir zur Fahndung ausgeschrieben haben. Er ist übrigens auch mit auf dem Foto drauf.“

„Du meinst, dass die beiden sich schon länger kennen?“, fragte Helen, nachdem er das Gespräch beendet, das Foto abfotografiert und es als MMS verschickt hatte. Ihre Stimme klang jetzt deutlich wacher.

„Ich weiß es nicht. Vielleicht ist es wirklich nur ein Urlaubsflirt. Aber wir sollten nichts außer Acht lassen.“ Hasenkrug dachte einen Moment nach, dann fragte er: „Wer hat dir das Bild eigentlich geschickt?“

„Henning. Es ist von Henning Kappel.“ Helens Augen füllten sich mit Tränen, und sie griff schnell nach einem Taschentuch.

„Und das sagst du erst jetzt?“, entgegnete Hasenkrug mit offenem Mund. „Hat er irgendwas dazu geschrieben?“

„Nein.“ Sie kramte einen Zettel unter ihrem Kopfkissen hervor und reichte ihn an Hasenkrug weiter. „Ich glaube eher, dass jemand den Brief nach Hennings Tod anonym hier abgegeben hat."

Hasenkrug besah sich den Schriftzug. *Henning wollte, dass Sie dieses Bild bekommen.* Mehr stand da nicht. „Seltsam. Entweder wollte Kappel dir damit einen weiteren Schrecken einjagen, was ich, nach allem, was passiert ist, allerdings nicht glaube. Oder aber er hatte eigentlich vor, dir etwas zu diesem Bild zu sagen. Etwas, von dem der jetzige Absender womöglich nichts wusste."

„Aber warum schickte er es mir dann trotzdem? Henning hat ihm doch anscheinend gesagt, dass ich es bekommen soll. Dann hätte er doch auch erklärt, warum."

„Alles Spekulation", zuckte Hasenkrug die Schultern. „Wir kommen an dieser Stelle nicht weiter." Er erhob sich von seinem Stuhl und strich Helen über die Wange. „Ich kümmere mich jetzt mal weiter um die Ermittlungen. Bis morgen, Helen."

„Mach's gut, Sebastian. Und danke. Für alles."

„Da nicht für", grinste er und verschwand zur Tür hinaus.

„Ach, da sind Sie ja!", begrüßte ihn sein Chef, als er rund eine Viertelstunde später das Büro betrat. „Wie geht es Frau Rössling? Ich nehme doch an, dass Sie heute schon bei ihr waren?"

„Ja. Interessante Neuigkeiten." Er schmiss Büttner das Foto auf den Tisch. „Patricia Badoni hat nicht nur Thomas Heller vernascht, sondern auch Markus Rössling."

„Da guck mal an!" Büttner warf einen kurzen Blick auf das Bild und schob es dann beiseite. „Bisher fand ich sie eigentlich ganz sympathisch."

„Genauso habe ich es auch gerade zu Helen gesagt“, nickte Hasenkrug. „Ich lasse Frau Badoni gerade überprüfen. Vielleicht geht es ihr ja gar nicht nur um eine schnelle Affäre.“

„Sie meinen, sie hängt in der scheußlichen Geschichte mit drin?“

„Keine Ahnung. Genau das will ich herausbekommen.“

„Gut. Kann ja nicht schaden. Aber dann können wir uns ja zunächst einmal einer anderen Zeugin zuwenden“, meinte Büttner und griff nach einem Aktenordner.

„Einer anderen Zeugin? Wen meinen Sie?“

„Daria.“

„Daria?“ Hasenkrug konnte sich nicht erinnern, diesen Namen im Zusammenhang mit ihrem Fall schon mal gehört zu haben.

„Ein fünfzehnjähriges Mädchen mit moldawischen Wurzeln. In Deutschland aufgewachsen. Ihre Eltern kamen vor drei Jahren bei einem Autounfall ums Leben. Sie kam ins Heim, ist aber ausgebüchst, um sich auf den Weg zu ihrer Großmutter in Moldawien zu machen. Dort kam sie aber nie an. Alles andere wird sie uns nun selbst erzählen.“

„Und in welchem Zusammenhang steht sie mit unserem Fall?“

„Sie hat im *loveaffairs* gearbeitet.“

„Sie hat … Scheiße!“ Hasenkrug schüttelte sich. Er hasste derartige Befragungen, weil es ihm in solchen Fällen schwer fiel, seine Emotionen außen vor zu lassen. „Und gegen wen sagt sie aus?“

„Das sehen wir dann“, antwortete Büttner knapp.

„Kommen Sie. Daria wartet im Besprechungsraum auf uns.“ Er hatte das junge Mädchen absichtlich nicht in den Vernehmungsraum bringen lassen, weil er ihr die nüchterne Atmosphäre ersparen wollte. „Angeblich hatte Henning Kappel sie unter irgendeinem Vorwand aus dem Bordell geschleust und bei Freunden untergebracht. Die haben sie jetzt zu uns geschickt. Anscheinend ist es Kappel gelungen, sie zu einer Aussage zu bewegen. Schade eigentlich, dass er jetzt tot ist. War wirklich ein guter Mann.“

„Hallo, Daria.“ Büttner reichte dem Mädchen wenig später freundlich lächelnd die Hand. „Das hier ist mein Kollege Sebastian Hasenkrug.“

„Hallo“, erwiderte das Mädchen mit leiser Stimme. „Die Psychologin, mit der ich gesprochen habe, hat mir gesagt, dass ich gehen kann, wann immer ich es möchte.“ Sie sah die beiden Polizisten aus großen, rehbraunen Augen von unten herauf schüchtern an und knetete an einem kleinen Teddybären herum, den sie bei sich trug.

„Das ist richtig, Daria. Du kannst gehen, wann immer du willst. Hier wird dich keiner festhalten oder zu irgend-etwas zwingen“, nickte Hasenkrug.

„Wir freuen uns, dass du uns helfen willst, einen schlimmen Mordfall aufzuklären“, sagte nun Büttner. „Wenn du aber eine Frage, die wir dir stellen, nicht be-antworten willst, dann ist das kein Problem. Es ist ganz alleine deine Entscheidung, okay?“ Büttner fiel es bereits jetzt schwer, überhaupt mit diesem Mädchen zu sprechen. Es gab einfach Dinge, die man eigentlich gar nicht wissen wollte. Dennoch wusste er natürlich, dass sie auf

Darias Aussage angewiesen waren, wollten sie den abscheulichen Machenschaften solcher Etablissements wie dem *loveaffairs* Einhalt gebieten. Doch wie sie so dasaß mit den langen, schwarzen Haaren, dem schmalen Gesicht und den großen, traurigen Augen, hätte er ihr am liebsten ein paar Euro in die Hand gedrückt, damit sie sich ein Eis kaufen konnte. Mein Gott, dachte er, dieses Mädchen war doch noch ein Kind und hatte schon so viel an unmenschlicher Grausamkeit am eigenen Leib erfahren müssen, wie es keine zerbrechliche Kinderseele je verkraften konnte.

„Möchtest du vielleicht einen warmen Kakao trinken und einen Schokoriegel dazu essen, Daria?", fragte er einer Eingebung folgend.

Der Anflug eines Lächelns schlich sich auf ihr Gesicht. „Ja. Danke. Gerne."

„Okay. Dann warte hier, ich bin gleich zurück." Büttner ging zu seinem Büro, bat Frau Weniger, einen großen Kakao mit Schlagsahne zuzubereiten und zog dann zwei Schokoriegel aus seiner Schreibtischschublade. Als sein Blick auf den schlafenden Heinrich fiel, stieß er einen kurzen Pfiff aus, woraufhin der Hund die Ohren spitzte und ihn erwartungsvoll ansah. „Komm, Heinrich", sagte Büttner und kraulte ihm den Kopf, „wir haben Besuch, und ich dachte, du könntest ihn mal ein wenig aufmuntern."

Kaum, dass Büttner Minuten später den Besprechungsraum wieder betreten und Kakao und Schokoriegel vor Daria auf dem Tisch platziert hatte, sprang Heinrich freudig kläffend und schwanzwedelnd auf Daria zu und tat, als wären sie seit jeher die allerbesten Freunde.

„Ich hoffe, es stört dich nicht, wenn der Hund hier

ist?", fragte Büttner das Mädchen, obwohl man Daria die Antwort bereits ansah. Ihr bisher so unsicherer Gesichtsausdruck verwandelte sich im Nu in ein strahlendes Kinderlachen. Sie kraulte dem Hund den Kopf, während er ihr hingebungsvoll die Hand schleckte.

„Ich glaube, er hätte auch gerne was zu fressen", meinte Büttner, zog eine kleine Tüte Leckerlis aus der Tasche und reichte sie dem Mädchen. „Wenn du magst, kannst du ihn füttern."

Das ließ sich Daria nicht zweimal sagen, und schon im nächsten Moment knabberte Heinrich genussvoll auf seinen Miniaturknochen herum, während sie sich den Schokoriegel nahm und ebenfalls hineinbiss. Das Eis war gebrochen. Hasenkrug warf seinem Chef einen anerkennenden Blick zu, während er das Aufnahmegerät einschaltete, doch der kramte bereits in seinen Unterlagen.

„Man hat mir gesagt, dass du wegen Henning Kappel hier bist, Daria", begann er das Gespräch, während sie Heinrich freudestrahlend über den Rücken strich.

„Ja", nickte sie. „Henning war bei mir im *loveaffairs*. Er hat so getan, als wäre er ein Freier. Er hat mit dem Chef verhandelt, dass er mich mit nach Hause nehmen darf. Er sagte, er hätte da eine Party, auf der er mich gerne als Hauptgewinn für eine Nacht verlosen würde. Dafür hat er eintausend Euro auf den Tisch gelegt. Ich hatte solche Angst davor, mit ihm zu gehen, aber Dirk hat mir gedroht, dass er mir was Schlimmes antut, wenn ich ihm dieses gute Geschäft vermassele."

„Und dann?"

„Henning hat mir auf der Fahrt gesagt, dass ich keine

Angst haben muss. Dass er mich zu Freunden bringt, wo ich in Sicherheit bin. Dann hat er gesagt, dass ich zur Polizei gehen und meine Geschichte erzählen soll, damit die Männer … damit sie ins Gefängnis kommen."

„Du weißt aber, dass Henning Kappel jetzt tot ist?", vergewisserte sich Büttner, weil er nicht wollte, dass sie im Gespräch von unterschiedlichen Voraussetzungen ausgingen.

„Ja, ich weiß." Über Darias Gesicht fiel ein Schatten. „Er war sehr nett. Er wollte mir helfen. Und den anderen Mädchen. Darum bin ich jetzt hier. Ich mache das für ihn." Sie zögerte kurz, während sie dem bettelnden Heinrich bedeutete, auf ihren Schoß zu springen, was der sich nicht zweimal sagen ließ. „Babuschka sagte auch, dass ich jetzt erst recht mit Ihnen sprechen soll."

„Babuschka? Deine Großmutter?"

„Ja. Mama hat sie immer so genannt. Ich habe mit ihr telefoniert. Es stimmt doch, dass ich gleich nach diesem Gespräch zu ihr fliegen darf?" Sie sah Büttner unsicher an.

„Natürlich. Versprochen ist versprochen." Büttner wusste, dass für das Mädchen noch am gleichen Abend ein Flug nach Kischinau gebucht war. Sie würde nun endlich dahin gehen können, wo man sie bereits vor drei Jahren erwartet hatte. Und wäre damit endlich in Sicherheit.

„Was ist damals passiert, als du aus dem Kinderheim abgehauen bist, Daria?", fragte Hasenkrug mit ruhiger Stimme.

Er sah, wie ein kurzes Schaudern durch Darias Körper ging, doch sie fasste sich schnell wieder und begann zu erzählen.

„Ich wollte zu meiner Oma. Es war nicht schön im Heim.

Ich war so traurig, habe den ganzen Tag geweint. Man wollte mich nicht gehen lassen. Babuschka weinte immer am Telefon und ich auch. Also habe ich beschlossen, dass ich einfach zu ihr fahre."

„Du hast dann einen kleinen Rucksack gepackt, ein wenig Geld aus der Schatulle der Heimleiterin genommen und bist nachts aus dem Fenster gestiegen", sagte Büttner, der diesen Teil der Geschichte bereits den Akten entnommen hatte.

Daria zog den Kopf ein. „Ich wollte das Geld zurückzahlen. Meine Oma hätte es bestimmt überwiesen."

„Kein Problem", hob Büttner beruhigend die Hand. „Was passierte, nachdem du aus dem Fenster gestiegen warst?"

„Ich bin zum Bahnhof gegangen und hab mich in den Zug nach Berlin gesetzt. Ich hatte aber kein Ticket. Es war viel zu teuer."

„Du warst damals in Leipzig, richtig?"

„Ja. Ich hab mich im Zug versteckt. Sonst hätten sie mich doch gleich wieder zurückgeschickt."

„Vermutlich. Und dann?"

„Als ich in Berlin war, habe ich mich an die Autobahnauffahrt gestellt. Mit einem Schild, dass ich nach Polen will. Es hat nicht lange gedauert, dann haben mich ein paar Leute mitgenommen. Sie waren nett und haben mir was zu essen und zu trinken gegeben. Es waren deutsche Studenten, glaube ich. Sie haben mich bis nach Warschau gebracht."

„Und sie haben dir nicht gesagt, dass du zu jung bist, um alleine per Anhalter durch Europa zu fahren?", wunderte sich Hasenkrug. Wie verantwortungslos konnten erwachsene Menschen denn sein!

„Doch. Aber ich habe ihnen gesagt, dass meine Oma in Warschau auf mich wartet. Und dass mir dann ja nichts mehr passieren kann, wenn sie mich bis dahin bringen. Das fanden sie dann okay.“

„Und was passierte in Warschau?“

„Ich hab mich wieder an die Autobahn gestellt. Und diesmal kam ein Mann und hat gesagt, er würde mich bis nach Kischinau mitnehmen. Er … sah sehr nett aus.“ Daria fing an, nervös an Heinrichs Fell zu zupfen, was den aber nicht zu stören schien.

„War es ein Deutscher?“

„Nein. Ein Pole. Aber er sprach etwas deutsch.“

„Bis wohin hat er dich gebracht?“

„Ich weiß es nicht. Als ich aufgewacht bin, war ich mit anderen Mädchen in einem Keller eingesperrt.“

„Und dann?“

„Sie haben uns geholt. Immer nur eine von uns. Wir … konnten sie dann schreien hören.“ Darias Stimme wurde immer leiser, bis sie schließlich nur noch ein Flüstern war.

„Was haben sie mit euch gemacht, Daria?“ Am liebsten hätte sich Büttner gleich nach dieser Frage die Ohren zugehalten, um nicht hören zu müssen, was das Mädchen antwortete.

An Darias Wangen liefen nun stumme Tränen hinunter, und sie ließ ihren Kopf Trost suchend auf den von Heinrich sinken, der ihre Tränen mit seiner Zunge abschleckte. Büttner verspürte einen Kloß im Hals, und auch Hasenkrug musste ein paar Mal tief schlucken.

„Sie haben uns geschlagen und gesagt, dass wir nichts zu essen und zu trinken bekommen, wenn wir nicht das machen, was sie uns sagen. Ich habe ihnen nicht geglaubt, aber die anderen Mädchen haben gesagt, dass es stimmt. Sie haben ein Mädchen, das sich gewehrt hat und versucht hat zu fliehen, einfach verhungern lassen." Daria machte eine kurze Pause und fuhr dann mit tränenerstickter Stimme fort: „Mehrmals am Tag wurde ich zu einem Mann gebracht. Er sagte … er sagte … dass er dazu da ist, mich … zuzureiten."

„Oh, mein Gott!", entfuhr es Hasenkrug, und er spürte eine heftige Übelkeit in sich aufsteigen.

„Und irgendwann haben sie dich dann ins *loveaffairs* nach Emden gebracht", sagte Büttner schnell, um dem Mädchen, das wieder zum Sprechen ansetzte, weitere Details zu ersparen. Wenn irgendein Richter später Näheres wissen wollte, dann sollte er das Kind gefälligst selbst befragen. Er, Büttner, würde sich dafür jedenfalls nicht hergeben.

„Ja."

„Und da musstest du dann mit lauter stinkenden, schmierigen, sabbernden, fetten und widerlichen alten Säcken das machen, was man dir beigebracht hatte", konnte Büttner nicht an sich halten. Er fragte sich gerade, ob er zu weit gegangen war, aber zu seiner Erleichterung bemerkte er, dass sich sogar ein kaum wahrnehmbares Lächeln auf Darias Gesicht geschlichen hatte. „Ja", nickte sie. „Es war ekelig. Ich … ich sollte …"

„Okay, Daria", winkte Büttner ab. „Das reicht. Mehr musst du nicht sagen. Und wir werden jetzt dafür sorgen, dass diese alten Säcke das bekommen, was sie verdient haben."

„Babuschka sagt, sie werden alle in der Hölle schmoren",

flüsterte Daria und sah Büttner mit zusammengepressten Lippen so erwartungsvoll an, als würde sie von ihm dafür die ultimative Bestätigung erwarten.

Er nickte. „Worauf du dich verlassen kannst, Daria. Und ich sage dir, bevor sie in der Hölle schmoren, werden sie schon hier auf Erden eine Kostprobe davon bekommen, wie sich so etwas anfühlt." *Genauso wie sie es dich auf so grausame Weise haben spüren lassen*, fügte er in Gedanken hinzu, sagte es aber nicht. Stattdessen legte er nun ein paar Fotos auf den Tisch. „Ich habe jetzt nur noch eine Bitte an dich, Daria. Kannst du uns sagen, ob du jemanden auf diesen Fotos erkennst? Ob du einen von ihnen im *loveaffairs* gesehen hast?"

Daria guckte sich die Bilder konzentriert an. Büttner hatte absichtlich ein paar Fotos von völlig unverdächtigen Menschen hinzugelegt. Das Mädchen ordnete sie unaufgefordert in zwei Stapel und schob dann einen von ihnen wortlos zu Büttner hinüber. Der blätterte die Bilder eines nach dem anderen nebeneinander auf den Tisch.

„Dirk Rickleffs, Jan-Peter Sadler, Markus Rössling und … ups." Büttner räusperte sich vernehmlich, bevor er das letzte Foto auf den Tisch warf: „Und unser lieber Dietrich Klausen, seines Zeichens Amtsleiter beim Jugendamt."

„So viel zu unverdächtig", bemerkte Hasenkrug angewidert.

„Also, Daria, welche Rolle hatte Dirk Rickleffs?"

„Er war der Chef. Er hat uns geschlagen, wenn wir nicht nett genug zu den Kunden waren und nicht den ganzen Abend gelächelt und uns so komisch bewegt haben."

„Komisch bewegt?“

„Na, so mit Hüftschwung und so.“ Daria schüttelte sich in der Erinnerung wie ein nasser Hund, was Heinrich dazu veranlasste, ihr die Hand zu schlecken. „Manchmal hat er mich auch nachts zu sich ins Bett geholt.“

„Und der Herr Landtagsabgeordnete Jan-Peter Sadler?“

„Jan war ein Kunde von uns. Er wollte immer die …“ Daria stockte.

„Die?“, fragte Büttner leise.

„Die Frischen. Er sagte immer, er will nichts Abgenutztes. Manchmal hat er ziemlich viel Theater gemacht, wenn kein neues Mädchen da war, wenn er ins *loveaffairs* kam. Und er wollte keine, die älter als dreizehn war.“

„Wie oft war er da?“

„Ziemlich oft. Er blieb dann lange, weil er die Flatrate ausnutzen wollte.“

„Die Flatrate?“ Büttner tat, als hätte er noch nie davon gehört.

„Ja. Für hundert Euro konnte er sich den ganzen Abend lang so viele Mädchen aussuchen, wie er haben wollte.“

Büttner lagen zahlreiche Verwünschungen auf den Lippen, aber er bemühte sich, ruhig zu bleiben. Diesem Herrn Saubermann würde er später die Leviten lesen. Er freute sich schon darauf.

Er tippte auf das Foto von Markus Rössling. „Und der?“

„Der war nur ab und zu mal da. Aber er hat uns in Ruhe gelassen. Weiß nicht, was er da wollte. Manchmal hatte er 'ne Frau dabei. Mandy hieß die.“

„Mandy?“ Hasenkrug wurde hellhörig und kramte nach seinem Handy. Einer plötzlichen Eingebung folgend zeigte er ihr das Foto von Patricia Badoni und Markus Rössling. „War es diese Frau?"

„Ja. Genau. Dirk sagte immer, die war mal in Hannover sein bestes Pferd im Stall. Keine Ahnung, was er damit meinte."

Hasenkrug pfiff durch die Zähne. „Patricia Badoni. Da guck mal einer an." Er sprang auf und sagte: „Ich muss mal was erledigen." Er drückte Daria die Hand: „Du bist ein ganz mutiges Mädchen, Daria, vergiss das nie. Ich wünsche dir alles Glück der Welt. Und grüße deine Oma lieb von mir. Sag ihr, dass sie die tollste Enkelin hat, die man sich nur wünschen kann." Mit einem letzten Lächeln war er zur Tür hinaus.

„Der ist nett", stellte Daria fest.

„Ja", sagte Büttner nur und zeigte auf das letzte Bild. „Dietrich Klausen?"

„Ein Kunde." Daria biss sich auf die Lippen, dann sagte sie: „Er war … er hat Sachen mit uns gemacht … es war so eklig …"

„Ist gut, Daria, mehr musst du nicht sagen." Er kramte ein Foto von Rolf Wernicke aus dem anderen Stapel. „Und den kennst du nicht?"

Sie schüttelte den Kopf. „Nein. Noch nie gesehen."

„Okay." Büttner lächelte sie an. „Hasenkrug hat recht. Auf dich kann deine Oma wirklich ganz mächtig stolz sein. Ich sage jetzt einer Polizistin Bescheid, dass sie dich zum Flughafen fährt. Es wird eine lange Fahrt sein. Ihr werdet viel Spaß miteinander haben, denn sie ist super nett und lustig."

„Ich darf wirklich zu Babuschka fliegen? Kein Witz?"

Darias Augen strahlten wie der Sternenhimmel in einer wolkenlosen Nacht.

„Versprochen ist versprochen. Schon vergessen?“, strahlte Büttner zurück und gab ihr die Hand. „Tschüß, Daria, und vielen Dank! Du hast uns sehr geholfen. Ich wünsche dir alles Gute!“

„Ich Ihnen auch“, flüsterte sie und wuschelte Heinrich ein letztes Mal durchs Fell, bevor der bellend hinter seinem Herrchen hersprang.

31

„Patricia Badoni scheint früher freiwillig für Dirk Rickleffs gearbeitet zu haben", sagte Hasenkrug, als Büttner zurück in sein Büro kam.

„Freiwillig?" Büttner zog die Stirn in Falten. Soweit reichte seine Vorstellungskraft nicht aus, dass sich irgendeine Frau auf dieser Welt freiwillig als Prostituierte verdingte. Obwohl es ja anscheinend gar nicht mal so selten vorkam.

„Ja. Sie hat mit diesem Job ihr Studium finanziert. Dirk Rickleffs ist nur wenig älter als sie. Sie kannten sich wohl aus der Schule, waren auch mal für einige Monate ein Paar. Er hat sehr früh ein Bordell eröffnet, in dem sie dann auf eigene Rechnung anschaffen gegangen ist, während er von ihr eine Provision kassierte. Als sie mit dem Studium fertig war, ist sie in die Fotografie eingestiegen. Rickleffs hat sein Geschäft weiter ausgebaut. Bis heute sind sie gut miteinander befreundet."

„Unterhalten die beiden noch geschäftliche Beziehungen?"

„Zumindest keine offiziellen. Was da vielleicht im Hintergrund läuft, weiß natürlich keiner."

„Und wie steht sie zu Markus Rössling?"

„Es gibt keinerlei Hinweise, dass sie sich kannten, bevor sie sich hier in Ostfriesland getroffen haben. Warum er mit ihr in Rickleffs Puff gegangen ist, weiß man nicht. Sie scheinen da beide keinerlei Rolle zu haben. Aber auch da passiert ja vieles nicht offiziell."

„Wie wir ja soeben von Daria erfahren durften", knurrte Büttner. „Na ja, dann gehen wir derzeit mal davon aus, dass Patricia Badoni es tatsächlich nur auf die Männer anderer Frauen abgesehen hat. Genauso wie früher, als sie die Kerle im Bordell beglückte. Irgendwie kann sie wohl nicht aus ihrer Haut."

Frau Weniger steckte ihren Kopf zur Tür herein und vermeldete, dass, wie gewünscht, nun ein gewisser Dr. Jan-Peter Sadler im Vernehmungsraum sitze.

„Das wird Konsequenzen haben, Büttner!", plärrte der Landtagsabgeordnete den beiden Polizisten entgegen, als diese wenig später durch die Tür traten. „Ich verwahre mich auf Schärfste dagegen, dass Sie mich behandeln wie einen Schwerverbrecher!"

„Hier werden Schwerverbrecher gemeinhin behandelt wie Schwerverbrecher", erwiderte Büttner emotionslos. „Da machen wir bei Ihnen jetzt einfach mal keine Ausnahme, werter Herr Doktor." Er ließ sich auf den Stuhl sinken und beobachtete mit einer gewissen Genugtuung, dass sein Gegenüber nun wie ein Fisch auf dem Trocknen nach Luft schnappte, sich dabei hektische rote Flecke auf seinem Gesicht bildeten und seine Halsschlagader stark angeschwollen vor sich hinpochte. Hasenkrug startete das Aufnahmegerät.

„Ich … Sie können mich doch nicht … was für eine bodenlose Frechheit!" Sadler fuchtelte jetzt wild mit seinem Zeigefinger in der Luft herum, während er mit der anderen Hand an seinem Krawattenknoten zerrte. „Ich darf Sie darauf aufmerksam machen, dass mein Anwalt gleich hier sein wird. Außerdem wird es Sie interessieren zu erfahren, dass ich sehr gut mit dem Polizeipräsidenten befreundet bin. Wenn der erfährt, dass …“

Was dann sein würde, erfuhren Büttner und Hasenkrug nicht mehr, da es nun an der Tür klopfte, die gleich darauf schwungvoll aufgerissen wurde. „Moin“, sagte ein Büttner nicht unbekannter Herr in schwarzem Anzug, „Herr Doktor Sadler hat mich hierher gebeten. Darf ich erfahren, warum Sie meinen Mandanten hier festhalten?“

„Johannes, gut dass du da bist!“, keuchte Sadler, noch ehe Büttner antworten konnte. „Der Stümper hier hat mich soeben allen Ernstes als Schwerverbrecher bezeichnet!“

„Ist das wahr, Herr Hauptkommissar?“ Rechtsanwalt Johannes Wahlberg warf Büttner einen unergründlichen Blick zu und legte Sadler, der bereits dazu ansetzte, mit seiner Tirade fortzufahren, beschwichtigend die Hand auf die Schulter. „Mit Geschrei erreichst du hier gar nichts, Jan. Halte dich bitte zurück.“

„Nun, Sie werden im Laufe unseres Gesprächs zu keinem anderen Ergebnis kommen, Herr Rechtsanwalt“, erwiderte Büttner und gab ihm die Hand. Er kannte den Anwalt schon aus so manch anderem Fall und schätzte seine Besonnenheit. Wahlberg war keiner, der sofort irgendwelche wilden Drohungen ausstieß, wenn er bei einer Vernehmung zugegen war, sondern sich erstmal in Ruhe anhörte, was die Gegenseite gegen seinen Mandanten vorzubringen hatte.

„Dann legen Sie bitte los, Herr Hauptkommissar." Wahlberg lehnte sich in seinem Stuhl zurück und schlug gelassen die Beine übereinander.

„Du wirst doch die Unverschämtheiten hier nicht auch noch unterstützen!", rief Sadler aufgebracht. „Ich erwarte, dass wir sofort wieder gehen! Ich hab dich angerufen, damit du mich hier rausholst! Alleine schon diese Frechheit, dass eine Persönlichkeit wie ich hier vorgeladen wird wie der letzte Asoziale! Ich …"

„Ich kann Ihnen versichern, dass auf Ihrem Stuhl in der Regel keine asozialeren Personen Platz nehmen, als Sie es sind", fuhr Büttner ihm ruhig aber bestimmt in die Parade.

„Da hörst du es, Johannes! Dieser Mann …"

„Ist gut, Jan", unterbrach ihn nun der Anwalt. „Man hat dich hier zur Vernehmung vorgeladen, und ich wüsste gerne, warum. Wenn du ständig dazwischen schreist, sitzen wir in ein paar Stunden noch hier."

„Also", begann Büttner, nachdem sich nun auch Sadler sichtlich widerwillig in seinen Stuhl zurückfallen ließ und abwehrend die Arme vor dem Körper verschränkte, „wie ich Ihnen die Tage bereits sagte, Herr Doktor Sadler, wurde Ihr Name in Zusammenhang mit minderjährigen Prostituierten genannt."

„Das ist infam, das …! Wenn ich überhaupt was mit minderjährigen Mädchen zu tun habe, dann als Arzt!" Sadler schoss wie eine Rakete in seinem Stuhl nach vorne, wurde jedoch sogleich von seinem Anwalt wortlos wieder zurückgedrückt.

„Inzwischen haben wir gewisse Anhaltspunkte, dass Sie sich diesen minderjährigen Mädchen nicht etwa in ihrer

Funktion als Frauenarzt genähert haben, sondern als Kunde eines Bordells."

Rechtsanwalt Wahlberg hob verwundert die Brauen, sagte aber nichts.

„Und zwar", fuhr Büttner fort, „sind Sie gemäß einer Zeugin bereits seit Jahren regelmäßiger Kunde im Emder Bordell *loveaffairs*, wo wir", er deutete auf Hasenkrug und sich selbst, „Sie vor einigen Tagen ja auch gesehen haben."

„Natürlich. Ich war da, um einige Mädchen … ähm Frauen gynäkologisch zu untersuchen. Das mache ich regelmäßig." Sadler warf seinem Anwalt, der ihn über den Rand seiner Brille hinweg kritisch musterte, einen triumphierenden Blick zu. Anscheinend hatte er sich nun dazu entschlossen, eine andere Strategie zu fahren, denn seine Stimme hatte jetzt wieder diesen aalglatten Klang, den Büttner und Hasenkrug schon von ihrem letzten Besuch kannten. Und auch sein Blick hatte nun deutlich an Überheblichkeit gewonnen, seine Mundwinkel umspielte der gewohnt spöttische Zug.

„Sie bestreiten also, dass Sie jemals Sex mit minderjährigen Zwangsprostituierten hatten", stellte Hasenkrug fest und sah Sadler fest in die Augen.

„Ts", Sadler klopfte ein paar imaginäre Fusseln von seinem Jackett, „selbstverständlich bestreite ich das. Wer, bitte schön, ist denn diese ominöse Zeugin? Bestimmt so ein frustriertes Weibsstück, das sich von mir nicht genügend beachtet fühlt. Glauben Sie mir, Herr Kommissar, diese Frauen gibt es zuhauf, wenn man gesellschaftlich so hoch positioniert und angesehen ist wie ich. Sie alle wollen, dass ein wenig von meinem Glanz auf sie abfärbt." Er lachte spöttisch auf. „Aber natürlich kann ich sie nicht alle glücklich machen, es wäre einfach zu viel, verstehen Sie!“

„Und deswegen halten Sie sich lieber an kleine Mädchen“, stellte Büttner trocken fest.

„Können Sie diese Behauptung auch mit Beweisen untermauern?“, fragte Johannes Wahlberg. „Ansonsten müsste ich Sie jetzt doch mal bitten, diese Unterstellungen zu unterlassen. Immerhin handelt es sich hier um alles andere als eine Lappalie.“

„Da haben Sie zweifelsohne recht. Und wenn ich nicht dazu in der Lage wäre, meine Behauptungen auch zu beweisen, dann wäre Ihr Mandant nicht hier, Herr Rechtsanwalt“, erwiderte Büttner und nickte Hasenkrug zu, der daraufhin auf den Startknopf eines Tonbandgerätes drückte. Aus den Augenwinkeln bemerkte er, wie Sadler nun doch nervös auf seinen Lippen kaute. Auch zuckte er merklich zusammen, als nun die ersten Worte der Tonaufnahme durch den Raum schallten.

„Und der Herr Landtagsabgeordnete Jan-Peter Sadler?“, hörte Büttner seine eigene Stimme sagen. Dann erklang die von Daria:

„Jan war ein Kunde von uns. Er wollte immer die …“

„Die?“

„Die Frischen. Er sagte immer, er will nichts Abgenutztes. Manchmal hat er ziemlich viel Theater gemacht, wenn kein neues Mädchen da war, wenn er ins loveaffairs *kam. Und er wollte keine, die älter als dreizehn war.“*

„Wie oft war er da?“

„Ziemlich oft. Er blieb dann lange, weil er die Flatrate ausnutzen wollte.“

„Die Flatrate?"

„Ja. Für hundert Euro konnte er sich den ganzen Abend lang so viele Mädchen aussuchen, wie er haben wollte."

Hasenkrug drückte die Aus-Taste. Im Raum herrschte jetzt eine explosive Stille.

„Wer ist diese Zeugin?", fragte Wahlberg schließlich mit belegter Stimme, während ein jetzt wachsbleicher Sadler sich sichtlich bemühte, seine Fassung wiederzuerlangen und auch weiterhin den adretten Saubermann zu geben.

„Ein jetzt fünfzehnjähriges Mädchen. Sie wurde drei Jahre lang im *loveaffairs* festgehalten, bevor ihr die Flucht gelungen ist", antwortete Büttner.

„Drei Jahre lang?" Wahlberg sog tief die Luft ein. „Aber dann war sie gerade erst zwölf, als sie gezwungen wurde …" Er schüttelte sichtlich angewidert den Kopf.

„Was heißt denn hier gezwungen wurde", rief Sadler empört aus, „die kleinen Kröten haben doch Spaß an dem, was sie tun! Wie sie auf einen zukommen, mit ihrem kecken Hüftschwung und …" Er zuckte erschrocken zusammen, als er merkte, welchen Fehler er gemacht hatte, versuchte aber sogleich wieder ihn auszubügeln. „Ich weiß das von Dirk Rickleffs. Er hat mir selber gesagt, dass die Mädchen alle freiwillig da sind, wenn ich sie untersucht habe."

„Und selbst dann wäre es eine Straftat", brummte Büttner. Er nahm ein Foto aus der Akte und schob es zu Wahlberg rüber. „Dieses Bild wurde uns zugesteckt. Es zeigt den Inhaber des Bordells, Dirk Rickleffs, mit Ihrem Mandanten."

„Ich streite doch gar nicht ab, dass ich öfter im *loveaffairs* war", sagte Sadler und zuckte mit den Schultern.

„Gibt es noch weitere Zeugenaussagen?", wollte der Anwalt wissen.

„Der Laden wird gerade von den Kollegen der Sitte auseinandergenommen. Genauso wie zeitgleich Rickleffs Etablissements in Hannover, Köln und so weiter", antwortete Hasenkrug, und Büttner fügte hinzu: „Glauben Sie mir, Herr Rechtsanwalt, wenn wir uns unserer Sache nicht ganz sicher wären, dann säßen wir jetzt nicht gemeinsam hier." Er wandte sich an Sadler: „Haben Sie nicht selbst eine Tochter in dem Alter?"

„Lassen Sie mein Kind aus dem Spiel! Was hat denn meine Tochter mit diesen kleinen, abgefeimten Nutten zu tun!", empörte sich Sadler lautstark und sah dann seinen Anwalt mit stechendem Blick an: „Du musst mich hier rausholen, Johannes!"

„Ich muss gar nichts", erwiderte der und stand auf. Er gab Büttner und Hasenkrug die Hand. „Viel Erfolg weiterhin bei Ihren Ermittlungen!"

„Johannes! Du bist mein Anwalt!"

„Nein, Jan. Das bin ich ganz bestimmt nicht." Ohne seinen mit offenem Mund dasitzenden Mandanten noch eines Blickes zu würdigen, verschwand Rechtsanwalt Johannes Wahlberg zur Tür hinaus.

„Abführen!", sagte Büttner zu einem Polizisten. Dann verließen auch er und Hasenkrug den Raum.

<h1 style="text-align:center">32</h1>

Während David Büttner murrend zum Geburtstagskaffee seiner Schwiegermutter fuhr, die kurzerhand beschlossen hatte, diesen im Kreise der Familie im schönen Ostfriesland und nicht in ihrer Heimat Hamburg zu begehen, machte Sebastian Hasenkrug sich noch einmal auf den Weg nach Upleward. Denn obwohl es ihnen heute gelungen war, das Bordell-Imperium Rickleffs' zu zerschlagen und einen offensichtlich pervers und kriminell veranlagten Landtagsabgeordneten seiner gerechten Strafe zuzuführen, so hatten sie doch nach wie vor noch zwei Morde aufzuklären. Hasenkrug hoffte, dass er hierzu bei den Hettingas weitere Anhaltspunkte bekam. Vor allem wollte er mit Patricia Badoni sprechen, denn ihre Rolle in der Geschichte erschien ihm noch reichlich undurchsichtig.

Das heiße Sommerwetter war an diesem Tag einem herbstlich-trüben Regentag gewichen. Der Himmel zeigte sich wolkenverhangen, und die Temperaturen waren auf deutlich unter zwanzig Grad gesunken. Zudem wehte ein frischer Wind aus Nordwest, der die in diesem Jahr so sonnenverwöhnten Ostfriesen dazu veranlasste, ihre längst vergessenen Anoraks wieder aus den Schränken zu kramen. Mit dem schönen Wetter verließen auch viele Urlauber die Region, so dass sich bereits die Stille der kühlen Jahreszeit über den in den letzten Wochen so belebten Landstrich legte.

Hasenkrug ging am jetzt verwaist und trist daliegenden Bauerngarten vorbei in die Küche, wo Jutta Hettinga damit beschäftigt war, Obst zu Marmelade zu verarbeiten. Auf dem Boden standen kistenweise Äpfel, Birnen, Zwetschgen und Stachelbeeren, auf dem Herd zwei riesige Töpfe, aus denen heißer Dampf aufstieg. Jutta schenkte ihm ein freundliches Lächeln, als er eintrat, aber auch ihr standen die Strapazen der letzten Wochen deutlich ins Gesicht geschrieben. „Hallo, Herr Hasenkrug, setzen Sie sich doch. Tasse Tee?“, fragte sie und strich sich mit dem Unterarm eine Haarsträhne aus dem verschwitzten Gesicht.

„Nein, danke. Machen Sie ruhig weiter. Ich will hier niemanden von der Arbeit abhalten.“

„Ach was, ich wollte sowieso gerade eine Pause machen.“ Sie schob die Töpfe vom Herd, wusch sich die Hände und streifte sich die Schürze ab. Dann griff sie nach einem Teekessel, füllte ihn mit Wasser und stellte ihn auf die noch heiße Herdplatte.

„Haben Sie Neuigkeiten von Helen?“, fragte sie, während sie sich schnaufend ihm gegenüber auf einen Stuhl setzte.

„Ich besuche sie jeden Tag. Sie wurde in die Psychiatrie verlegt. Diese ganze Entführungsgeschichte hat sie sehr mitgenommen.“

„Ist denn inzwischen sicher, dass sie gegen ihren Willen festgehalten wurde?“

„Zumindest deutet vieles darauf hin“, blieb Hasenkrug vage. Er zögerte kurz, bevor er sagte: „Hat sich Helens Mann inzwischen mal bei Ihnen gemeldet?“

„Markus? Nein. Der ist nicht wieder aufgetaucht. Keine Ahnung, warum er seine Sachen nicht abholt. Aber fragen Sie doch Helen. Sie müsste doch wissen, wo er ist."

„Nee. Helen ist genauso ratlos wie wir. Markus hat sich nicht mehr bei ihr gemeldet."

„Was?" Jutta sprang auf, weil der Wasserkessel durchdringend anfing zu pfeifen. Sie goss den Tee auf und stellte zwei Tassen und Kluntjes auf den Tisch. „Sagen Sie das noch mal! Es kann doch wohl nicht sein, dass nun auch noch er verschwunden ist! Was ist denn hier nur los!?"

Hasenkrug nestelte sein Handy aus der Tasche und zeigte ihr das Foto von Helens Mann und Patricia Badoni. „Das ist ja ... oh, mein Gott", rief sie entgeistert, „was für ein mieses Arschloch!" Sie warf die Kluntjes mit so viel Schwung in die Tasse, als müsse sie sich an ihnen abreagieren. „Und Pat? Ich hatte eigentlich gedacht, dass sie so etwas wie eine Freundin ist. Und nun das? Wie kann man die Situation der armen und noch dazu schwangeren Helen denn nur auf so schäbige Weise ausnutzen! Ich fasse es nicht! Und ich dachte, Pat hätte mit Thomas Heller angebändelt!"

„Hat sie ja auch. Sie ist wohl zweigleisig gefahren", meinte Hasenkrug und schob sein Handy in die Tasche zurück.

„Pfff. Was für eine blöde Kuh. Sagen Sie Helen bloß nichts davon! Es bricht ihr das Herz."

„Leider weiß sie es schon", sagte er matt.

„Sie haben es ihr schon gesagt?" Jutta sah ihn finster an.

„Nein. Jemand hat ihr das Foto mit der Post zukommen lassen. Ich habe es nur abfotografiert."

„Himmel, was gibt es nur für niederträchtige Menschen!"

Kopfschüttelnd griff sie nach der Teekanne und schenkte ein.

„Das Foto stammte wohl noch von Henning Kappel. Aus irgendeinem Grund hat er es ihr über eine Kontaktperson zukommen lassen. Nur leider kann er uns nicht mehr sagen, warum." Hasenkrug nahm seine Tasse in die Hand und blies hinein, um den noch viel zu heißen Tee abzukühlen. „Wissen Sie von irgendwelchen Kontakten Markus Rösslings ins Emder Rotlichtmilieu?"

Jutta starrte ihn perplex an. „Rotlichtmilieu? Wie kommen Sie denn jetzt darauf? Nur, weil er mit Erotikartikeln handelt, muss er doch nicht gleich …"

„Darum geht es nicht", winkte Hasenkrug ab. „Er wurde mit Patricia Badoni in einem Bordell gesehen, in dem minderjährige Mädchen zur Prostitution gezwungen werden. Die jüngsten sind gerade einmal zwölf Jahre alt. Die Kollegen von der Sitte haben den Laden heute hopsgenommen."

Jutta, die gerade ihre Tasse an den Mund setzte, stellte sie scheppernd auf die Untertasse zurück. „Markus und kleine Mädchen? Das glaube ich jetzt aber nicht. Er scheint zwar ein echter Drecksack zu sein, aber so was kann ich mir bei ihm nun wirklich nicht vorstellen."

„Wir fragen uns nur, was er dann mit Frau Badoni dort zu suchen hatte. Das Einzige, was wir wissen, ist, dass Patricia Badoni selbst mal als Prostituierte gearbeitet hat. Das ist allerdings schon eine ganze Weile her. Aber sie hat es freiwillig getan und war zudem volljährig."

„Sie rauben mir gerade mein letztes bisschen Glauben an die Menschheit", sagte Jutta benommen und fuhr sich ein paar Mal mit den Händen durchs Gesicht.

„Das tut mir leid. Aber ich muss Sie damit konfrontieren, weil wir auf jede Hilfe angewiesen sind, um Markus Rössling zu finden.“

„Da kann ich Ihnen wirklich nicht helfen.“ Jutta trank ihren Tee in einem Zug leer. „Glauben Sie mir, für Helen würde ich alles tun. Auch ihren Mann ans Messer liefern.“

„Soweit ist sie inzwischen schon selbst“, murmelte Hasenkrug. Auch er nahm nun einen Schluck Tee und sagte dann: „Ich würde jetzt gerne mit Frau Badoni sprechen. Wissen Sie, ob sie da ist?“

„Tut mir leid. Die ist heute Morgen abgereist.“

„Och nö. Das nicht auch noch!“, stöhnte Hasenkrug auf. „Bleibt mir denn gar nichts erspart! Wissen Sie, wohin sie wollte?“

„Sie hat irgendwas von Frankreich gefaselt. Fotoaufnahmen im Elsass oder so. Ich hab leider nur mit einem Ohr hingehört, weil meine Söhne sich mal wieder stritten und sich gegenseitig ihr baldiges Ableben prophezeiten.“

„Hat sie früher ausgecheckt als geplant?“, hakte Hasenkrug nach.

„Nein. Es stand von Anfang an fest, dass sie heute abreisen würde. Genauso wie die Hellers. Die sind auch wieder weg. Gott sei Dank gemeinsam. Ich hatte schon befürchtet, dass Thomas Heller mit Pat durchbrennt und ich eine untröstliche Petra Heller hier sitzen habe. Aber so, wie es jetzt aussieht, hat Pat in den Männern wohl nur einen netten Zeitvertreib gesehen.“

„Ja. Ich wünschte nur, sie könnte es mir selber sagen“, seufzte Hasenkrug.

„Sie können doch auch nach ihr eine Fahndung rausgeben. Darin dürften Sie doch inzwischen Übung haben.“

„Wir haben doch gar nichts gegen sie in der Hand.“ Hasenkrug trank seine Tasse leer und stand auf. „Ich will Sie jetzt nicht länger von der Arbeit abhalten, Frau Hettinga. Außerdem wartet noch jede Menge Bürokram auf mich.“

Jutta reichte ihm die Hand. „Sagen Sie Helen bitte einen lieben Gruß von mir.“

„Das richte ich gerne aus.“

Kaum, dass Hasenkrug wenig später wieder im Auto saß, bekam er einen Anruf von seinem Chef. „Rickleffs will eine Aussage machen“, plärrte Büttner in den Hörer, „ich erwarte Sie in einer Viertelstunde im Kommissariat!“

„Bin schon auf dem Weg“, antwortete Hasenkrug und drückte das Gaspedal durch.

33

„Hat der Kuchen nicht geschmeckt?“, fragte Sebastian Hasenkrug und hängte seinen tropfnassen Anorak an den Haken. Draußen goss es jetzt in Strömen. Es war anzunehmen, dass der Sommer nun endgültig vorbei war.

„Der Kuchen war das einzig Gute an der Veranstaltung“, brummte Büttner und zeigte auf eine Tupperdose. „Hab Ihnen sogar welchen mitgebracht.“

„Wow!“

„Ansonsten war der Geburtstag genauso, wie ich es befürchtet hatte. Meine Schwiegermutter hatte ihre beiden besten Freundinnen mitgebracht, um ihnen Ostfriesland zu zeigen. Ich dachte ja immer, dass die Mädchen im Alter meiner Tochter viel rumgackern. Gegen die Alten aber fällt deren Kommunikationsbedarf unter die Rubrik Schweigegelübde. Es war das Grauen. Nur gut, dass Rickleffs sich entschieden hat zu quatschen. *Mordfall geht vor Vergnügen, David*, sagte meine Schwiegermutter, als ich mich von den Damen verabschiedete und sie mir die Tupperdose mit dem Kuchen in die Hand drückte. Als ich daraufhin antwortete, der Mordfall sei in diesem Fall das Vergnügen, hat sie es Gott sei Dank nicht verstanden, weil sie sich schon längst wieder auf ihre beiden Freundinnen konzentrierte. Nur meine Frau guckte mich an, als hätte sie bereits das nächste Mordopfer im Blick. Na ja, lange Rede, kurzer Sinn: Manchmal kann Arbeit doch ganz erholsam sein. Kommen Sie, Hasenkrug, jetzt genießen wir erstmal die leckere Torte."

„Ich dachte, Rickleffs wartet auf uns."

„Der soll ruhig noch ein wenig schmoren. Je länger der da sitzt und an die kahle Wand starrt, desto mehr wird ihn sein Nikotinentzug quälen. Ein bisschen Spaß muss sein." Büttner verteilte Kuchenstücke auf drei Teller und trug einen davon zu seiner Sekretärin Frau Weniger. Die wiederum freute sich so sehr darüber, dass sie ihm und Hasenkrug nur wenig später einen frisch aufgebrühten Kaffee ins Büro brachte.

„Sind Sie bei Frau Badoni weitergekommen?", fragte Büttner, während er mit seligem Gesichtsausdruck auf seiner Torte herumkaute.

„Frau Badoni ist heute Morgen planmäßig abgereist."

„Schade. Weiß man wohin?"

„Frau Hettinga meinte, in den Elsass, war sich aber nicht ganz sicher."

„Im Elsass gibt es richtig gutes Essen", stellte Büttner fest.

„Frau Badoni sieht nicht so aus, als würde sie sich vordergründig fürs Essen interessieren", bemerkte Hasenkrug.

„Nee. Sie scheint andere Vorlieben zu haben, wie wir jetzt wissen."

„Was machen wir jetzt mit ihr?"

Büttner zuckte die Schultern, während er sich ein weiteres Stück Torte auf den Teller lud. „Zunächst mal gar nichts. Ich denke aber, dass wir dem Staatsanwalt vorschlagen, sie zu den Prozessen gegen Sadler und Rickleffs als Zeugin zu laden. Und gegen die ganze andere Bagage auch."

„Ja, so wie es aussieht, wird es jetzt in dieser Sache wohl einen ganzen Reigen von Prozessen geben. Rickleffs hatte ziemlich viele Mitarbeiter. Außer den armen Mädchen und Frauen, meine ich natürlich."

„Um keinen der Herren ist es schade." Büttner schob seinen Teller von sich, warf einen Blick auf die Uhr und stand auf. „So, jetzt sitzt Rickleffs schon seit zwei Stunden im Vernehmungsraum. Ich wette, dass er nach einer Zigarette geradezu giert." Er streckte Hasenkrug seinen Zeigefinger entgegen. „Und kommen Sie bloß nicht auf die Idee, ihm eine anzubieten. Hier ist Rauchverbot, wie Sie wissen."

„So ein Pech für ihn."

„Ja. Er wird sich auch schon unendlich leid tun. Aber was sollen wir tun?" Büttner tat gespielt verzweifelt. „Diese Gesetze zu ändern, liegt nun mal nicht in unserer Macht."

Tatsächlich tigerte Dirk Rickleffs bereits wie ein gereiztes Tier im Vernehmungsraum auf und ab. Nach wie vor wunderte sich Büttner beim Anblick dieses Mannes, dass ein so harmlos aussehender Kerl zu solch menschenverachtenden Taten fähig war. Gemeinhin war der Durchschnittsdeutsche der Ansicht, dass ein skrupelloser Zuhälter entweder aufgedunsen, schmierig und verschwitzt oder aber glatzköpfig, tätowiert und goldkettchenbehangen war. Oder alles zusammen. Rickleffs aber war nichts von alledem, sondern eher der Typ Schwiegermutterschwarm. Womöglich war genau das sein Erfolgsgeheimnis, dachte Büttner. Er konnte machen, was er wollte, weil ihm zunächst niemand etwas Böses zutraute.

„Na, Rickleffs“, sagte Büttner, als er und Hasenkrug den Raum betraten, „gewöhnen Sie sich schon mal an den Auslaufradius Ihrer Zelle?“

„Oh, er ist wohl ein Witzbold, der werte Herr Kommissar!“, spottete Rickleffs und blieb für einen Moment stehen.

„Setzen Sie sich!“, sagte Hasenkrug und deutete auf einen Stuhl.

„Erst, wenn du mir eine Zigarette gibst“, konterte Rickleffs.

„Sie sind hier nicht in Ihrer Anstalt für Perverse und damit auch nicht in der Situation, irgendwelche Forderungen zu stellen“, bemerkte Büttner bissig. „Also tun Sie jetzt am Besten das, was mein Kollege gesagt hat.“

„Nur, wenn du nett bitte sagst, Bulle!“

Mit Genugtuung registrierte Büttner, dass sich sein Gegenüber nervös die zitternden Finger knetete. Er grinste innerlich. Nicht, weil er in irgendeiner Weise sadistisch veranlagt war. Nein. Aber er wusste schon jetzt, dass er in der kommenden Nacht kaum würde schlafen können, weil ihn die unendlich traurigen Augen der kleinen Daria, in die das unbeschwerte Leuchten ihrer Kindheit womöglich nie wieder zurückkehren würde, bis in seine Träume verfolgen würden. Und da war dieses kleine Machtspielchen mit demjenigen, der für die geschundene Seele des Mädchens verantwortlich war, doch immerhin eine winzige Entschädigung.

„Wir haben Zeit, Rickleffs“, sagte er und wandte sich wieder der Tür zu. „Lassen Sie uns Bescheid geben, wenn Sie bereit sind, mit uns zu sprechen. Ich für meinen Teil habe allerdings bald Feierabend. Wird für Sie bestimmt nicht so richtig gemütlich hier, so ohne Bett.“

„Das wagst du nicht!“, höhnte Rickleffs.

„Willst du’s wirklich drauf ankommen lassen?“, ging nun auch Büttner zum Du über. „Glaub mir, Rickleffs, die Erfahrung mussten hier schon viel harmlosere Gesellen machen als so ein erbärmlicher Kinderschänder, wie du es bist.“

„Alternativ hätten wir auch noch einen Platz in der Zelle von Matussek frei“, mischte sich Hasenkrug ein. „Wäre doch bestimmt ganz lustig. Ich nehme an, dass Sie beide sich viel zu sagen hätten.“

„Sie meinen den Boxer Matussek, der gerade erfahren musste, dass seine dreizehnjährige Tochter von einem seiner Komplizen vergewaltigt wurde, weil er vor Gericht als Kronzeuge aussagen will?“ Büttner schürzte die Lippen. „Ja. Der ist gerade richtig gut auf Mädchenschänder zu sprechen. Was war noch sein Wortlaut?“

„Wenn mir so ein verdammter Kinderficker vor die Fäuste kommt, dann breche ich ihm alle Knochen und backe mir ein Omelett aus seinen Eiern.“

„Richtig. Das sagte er. Und sah dabei nicht besonders wohlgestimmt aus.“

„Gar nicht wohlgestimmt“, nickte Hasenkrug.

„Das wagst du nicht!“, wiederholte Rickleffs, klang nun jedoch nicht mehr ganz so überzeugt.

„Nicht?“ Büttner wandte sich an den Polizisten, der an der Tür Wache stand. „Der Herr würde gerne die Bekanntschaft von Matussek machen. Bitte tun Sie ihm den Gefallen.“

„Okay, okay“, rief Rickleffs, als Büttner die Tür hinter sich zuzog und der uniformierte Polizist auf ihn zukam,

„ihr habt gewonnen, Jungs!" Damit ließ er sich auf einen Stuhl fallen und starrte die beiden Polizisten aus hasserfüllten Augen an.

„Ich höre", sagte Büttner gedehnt und setzte sich nun ebenfalls.

„Sadler war's", fiel Rickleffs mit der Tür ins Haus. Anscheinend wurde sein Bedürfnis nach einer Zigarette immer dringlicher und er hatte nicht vor, lange um den heißen Brei herumzureden.

„Was war Sadler?"

„Er war mein Finanzier. Ohne ihn hätte ich das alles gar nicht aufbauen können. Er hat mir laufend viel Geld gegeben, damit ich ihm regelmäßig frische Ware besorge."

„Frische Ware?" Büttner verzog angewidert das Gesicht. „Sie meinen kleine, unschuldige Mädchen, nehme ich an."

„Er wollte sie am liebsten jungfräulich. Und die sind heutzutage nicht mehr so leicht zu bekommen, wenn ihr versteht, was ich meine", grinste Rickleffs anzüglich.

„Und da Sie, anstatt Sozialleistungen zu beantragen, lieber einen volkswirtschaftlichen und gesellschaftlichen Mehrwert leisten wollten, haben Sie die Bürde auf sich genommen und ihm seine Wünsche erfüllt", ätzte Büttner. „Das finde ich sehr uneigennützig von Ihnen. Ich werde Sie für's Bundesverdienstkreuz vorschlagen."

„Auch das haben schon ganz andere Verbrecher bekommen", nickte Hasenkrug.

„War das schon alles, was Sie an Aussage zu bieten haben? Für eine Strafmilderung wird es wohl kaum ausreichen, oder was meinen Sie, Hasenkrug?", bemerkte Büttner.

„Schwerlich."

„Ihr habt mich nach Rolf Wernicke gefragt", sprang Rickleffs sofort auf die versteckte Aufforderung an.

„Ich bin ganz Ohr", sah ihn Büttner aus schmalen Augen an.

„Das war auch Sadler."

„Was war auch Sadler?"

„Er hat dafür gesorgt, dass Rolf zum Schweigen gebracht wird."

„Zum Schweigen gebracht? Hat er zu viel gequatscht, oder was?"

„Jemand hat mitgekriegt, dass er in ganz Emden damit geprahlt hat, dass es im *loveaffairs* notgeile junge Mädchen gibt, die nur darauf warten, mal richtig durchgevögelt zu werden und dass er es ihnen schon allen besorgt hat."

„Ich sehe da noch kein Mordmotiv. Es sei denn, man heißt Matussek, natürlich."

Rickleffs verstand die verdeckte Drohung. „Rolf hat wohl mitgekriegt, dass Sadler zu mir sagte, dass ich dafür sorgen soll, dass Rolf in der Öffentlichkeit die Fresse hält, weil er, also Sadler, seinen Namen nicht irgendwann in der Zeitung lesen will. Also zumindest nicht in diesem Zusammenhang. Wenn es darum ging, die Wähler zu verarschen, konnte der Herr Abgeordnete seine Visage ja nicht oft genug in die Kamera strecken."

„Und dann?"

„Das hat Rolf auf die Idee gebracht, Sadler zu erpressen. Fünfhunderttausend Euro wollte er dafür haben, dass er nicht mit seinem Wissen zur Zeitung rennt."

„Ein hübsches Sümmchen. Aber anscheinend hatte Sadler etwas gegen diesen Deal einzuwenden." Büttner fragte sich, ob es vor diesem Hintergrund Zufall war, dass von Helen Rösslings Konto die gleiche Summe abgebucht worden war. Nur fiel es ihm noch schwer, zwischen der Erpressung Sadlers und dem Konto der Autorin einen Zusammenhang herzustellen.

„Sadler wusste ganz genau, dass Rolf nie wieder Ruhe geben würde, ganz egal, wie viel Geld er ihm gab. Also hat er beschlossen, dass er aus dem Weg geräumt werden muss", erklärte Rickleffs.

„Und wie hat er es dann angestellt? Den Mord, meine ich."

„Keine Ahnung. Ich hab dann nur gehört, dass man Rolf tot im Strandkorb gefunden hat. Ist nicht schade drum. Der hat uns allen nur Ärger gemacht."

„Und wie erklären Sie sich dann, dass Frau Rössling in Verdacht geriet, Wernicke umgebracht zu haben?"

„Die Schriftstellerin?" Rickleffs zuckte die Schultern. „Das weiß ich doch nicht. Ihr habt sie doch eingebuchtet. Da müsst ihr doch auch wissen, warum."

„Woher kannten Sie Rolf Wernicke?", ging Hasenkrug nicht darauf ein.

„Ich hab den hier zum ersten Mal gesehen. Sagte, er kommt aus Köln. Drei Tage war der da, und hat hier so 'nen Zirkus veranstaltet, wie andere in drei Jahren nicht. Hat die Mädchen so gequält, dass sie vor Schmerzen geschrien haben. Das konnte ich nicht zulassen."

„Das ist aber ein netter Zug von Ihnen", sagte Büttner gallig. „Aber wir wissen ja, dass Ihnen das Wohl der Mädchen immer ganz besonders am Herzen lag."

„Können Sie das, was Sie uns eben erzählt haben, auch beweisen?", wollte Hasenkrug wissen.

„Frag Markus Rössling, der war bei dem Gespräch dabei."

„Markus Rössling?" Büttner warf Hasenkrug einen bedeutungsvollen Blick zu. „Welche Rolle hat der gespielt?"

„Markus? Keine. Der war nur zufällig da. Pat hat ihn angeschleppt."

„Sie reden von Patricia Badoni."

„Ja. Bestimmt wisst ihr schon, dass sie mal bei mir gearbeitet hat."

„Und heute?"

„Nichts. Pat war nur zu Besuch. Und hatte diesen Markus im Schlepptau. Aber das kenne ich schon. Pat hat immer irgendwelche Typen dabei. Die ist einfach dauerspitz, wenn ihr wisst, was ich meine. Die greift die Kerle ab, wo sie geht und steht." Rickleffs grinste breit. „Und Markus stand ihr in nichts nach. Der brauchte Pat nur anzugucken, dann lief ihm der Sabber aus dem Mund. Sollt mich wundern, wenn die es nicht wie räudige Hunde an jeder Straßenecke miteinander getrieben haben. Nicht mal 'ne halbe Stunde waren die bei mir, da hat er sie schon wieder mit hoch auf's Zimmer geschleift. Aber wer weiß, vielleicht hat ihn auch nur die ganze Atmosphäre bei uns angetörnt. War gerade voll der Schuppen, als die beiden kamen."

„Kann es sein, dass Ihnen eines Tages eines der Mädchen abhanden gekommen ist?", wechselte Büttner das Thema.

„Daria." Rickleffs Stirn umwölkte sich. „Hätte ich gewusst, was dieser Kappel vorhat, dann hätte ich ihn an Ort und Stelle umgebracht."

„So haben Sie es dann später erledigt", stellte Hasenkrug fest.

„Quatsch. Als ich gemerkt habe, dass Kappel mich verarscht hat, habe ich schön die Füße still gehalten. Der Typ war echt gefährlich. Ich hab zu spät gemerkt, um wen es sich bei diesem Fettkloß handelt. Als es mir dann klar war, wusste ich, dass der mich drankriegt, so oder so. Aber ich wusste nicht, wann er die Bombe platzen lässt. Also habe ich versucht zu retten, was zu retten ist, bevor ihr mit 'ner ganzen Hundertschaft vor der Tür steht. Nur leider kamt ihr schneller als gedacht."

„Und wer hat Henning Kappel dann auf dem Gewissen?"

„Keine Ahnung."

„Sie hätten aber allen Grund gehabt, ihn zu töten."

Rickleffs verzog den Mund. „Ich bin doch nicht blöd. Ist doch völlig klar, dass der von allem, was er sammelt, irgend-wo eine Kopie hat. Im Bankschließfach, beim Notar, bei 'nem Informanten. Was weiß ich. War also logisch, dass es nichts bringt, den umzubringen. Weil dann alles noch viel schneller ans Licht käme. Ich sag doch, ich hab lieber die Füße still gehalten, um Zeit zu gewinnen. Irgendwer hat mir dann dazwischen gefunkt."

„Okay, Rickleffs, das war's dann erstmal", sagte Büttner und bedeutete Hasenkrug, das Aufnahmegerät auszu-schalten. „Jetzt können Sie sich bei uns schon mal für die nächsten Jahre häuslich einrichten. Bestimmt gibt's auch irgendwo eine Zigarette für Sie. Wir sprechen uns dann morgen wieder." Er nickte dem an der Tür stehenden Polizisten zu.

„Ich kann's kaum erwarten", knurrte Rickleffs und ließ sich widerstandslos abführen.

„Ach, Hasenkrug", hörte er Büttner beim Rausgehen sagen, „wer ist eigentlich dieser Matussek, von dem Sie sprachen?"

„Matussek? Nie gehört, Chef", antwortete der schulterzuckend.

Als die beiden Polizisten in ihr Büro zurückkamen, erwartete sie bereits die nächste Überraschung. Gerade hatte sich Büttner überlegt, wie, um alles in der Welt, sie nun endlich an Markus Rössling herankamen, als er auf seinem Schreibtisch eine Notiz von Frau Weniger fand. *Anonymer Anruf von einem Mann. Er behauptet, dass Markus Rössling morgen unter dem Namen Gerhard Wolff außer Landes fliehen will. Flughafen Frankfurt/Main, Flug LH542 um 14:30 nach Quito/Ecuador.*

„Ecuador", sagte Büttner mehr zu sich selbst. „Die liefern niemanden aus. Wenn das, was hier auf dem Zettel steht, stimmt, dann hat Rössling dieses Ziel bestimmt nicht zufällig gewählt. Was ihn nicht weniger verdächtig macht."

„Soll ich den Kollegen am Frankfurter Flughafen Bescheid geben, dass sie ihn festsetzen?", fragte Hasenkrug.

Büttner überlegte einen kurzen Augenblick. „Nein", schüttelte er dann den Kopf. „Lassen Sie jetzt sofort die Passagierliste überprüfen, ob ein Gerhard Wolff drauf steht. Wenn es so ist, fahren wir selber hin und vermasseln ihm seine Flucht. Das will ich mir um nichts in der Welt entgehen lassen."

Rund eine halbe Stunde später stand fest, dass es auf der Liste des Flugs LH542 tatsächlich einen Passagier mit Namen Gerhard Wolff gab. Damit wussten Büttner und Hasenkrug auch, was sie am nächsten Tag zu tun hatten.

34

Die Schlange am Check in-Schalter der Lufthansa war lang. Hauptkommissar David Büttner und sein Assistent Sebastian Hasenkrug waren bereits seit einer Stunde vor Ort. Bis zum planmäßigen Abflug der Maschine nach Quito würde es noch rund eineinhalb Stunden dauern. Nach Absprache mit den beiden Polizisten aus Emden hatten sich mehrere Frankfurter Kollegen in der Schalterhalle verteilt und überblickten scheinbar unbeteiligt das Wirrwarr an Menschen, Koffern und Gepäckwagen. Tatsächlich aber war ihr Blick geschärft für den einen Mann, der auf dem Foto zu sehen war, von dem Büttner jedem von ihnen eine Kopie in die Hand gedrückt hatte. Markus Rössling.

Auch wenn Büttner es sich nicht eingestehen wollte, so war er doch reichlich nervös. Denn genau genommen hatten er und Hasenkrug ja nur auf gut Glück die weite Dienstreise von Emden nach Frankfurt angetreten. Wenn diese Aktion aus welchem Grund auch immer floppte, würde nicht nur eine gute Erklärung, sondern auch jede Menge Papierkram fällig werden. Vom Donnerwetter seiner Vorgesetzten mal ganz abgesehen. In Erklärungsnot würde er vor allem dann geraten, wenn der anonyme Anruf eine Finte gewesen war und sich der Passagier Gerhard

Wolff als unbescholtener Geschäftsmann herausstellte, der sich in Ecuador lediglich für die Finessen des Bananenanbaus interessierte.

Das Gedränge rund um den Schalter wurde immer dichter, und Büttner fiel es zunehmend schwer, den Überblick zu behalten. Allerdings wollte er sich nicht irgendwo an exponierter Stelle positionieren, da er dann Gefahr laufen würde, von Markus Rössling entdeckt zu werden. Also vertraute er auf das geschulte Auge seiner Kollegen, die hier tagtäglich irgendwelche zwielichtigen Subjekte aus der Menge fischten.

Noch eine weitere halbe Stunde passierte nichts. Die Menschenschlange vor dem Schalter lichtete sich zunehmend, bald würde es zum Einchecken für diesen Flug zu spät sein. Büttner brach der Schweiß aus. Entweder hatte Markus Rössling eingecheckt, ohne dass sie es mitbekommen hatten. Dann könnten sie ihn womöglich noch an der Sicherheitskontrolle oder beim Gate erwischen. Oder aber er tauchte gar nicht auf.

Einer der Polizisten, der in Büttners Nähe stand, drückte plötzlich seine Hand aufs Ohr. Anscheinend bekam er eine Nachricht über seinen Kopfhörer. Büttner sah, dass der Kollege seinen Blick mit zusammengekniffenen Augen über die Menge schweifen ließ und plötzlich stockte. Er trat ein paar Schritte an Büttner heran und sagte, ohne seinen Blick vom fokussierten Punkt zu nehmen: „Vor den Toiletten linkerhand sitzt ein Mann auf seinem Koffer. Könnte das der Gesuchte sein?"

Büttner und Hasenkrug bemühten sich, möglichst unauffällig ihre Hälse zu recken, wobei Letzterer ganz klar im Vorteil war, weil er seinen Chef um mindestens eine Kopflänge überragte. „Er ist es", sagte dann auch Hasenkrug als Erster, blieb dabei jedoch völlig unaufgeregt. Aber natürlich rechnete Markus Rössling auch nicht damit beobachtet zu werden. Oder?

Nachdem Büttner seine Position um ein paar Schritte verlagert hatte, konnte er sehen, dass Rössling keineswegs nur ruhig auf seinem Koffer saß, sondern sich ständig nervös in alle Richtungen umblickte und dabei mit einem Papier in der Hand herumwedelte, das das Format eines Flugtickets hatte.

„Scheint mir ziemlich nervös zu sein, der Herr. Entweder wartet er noch auf jemanden, der sich verspätet hat oder er spürt, dass ihn jemand beobachtet. Oder beides", meinte Büttner. Er stieß einen kurzen grunzenden Laut aus, dann fügte er hinzu. „Ich finde, wir sollten ihn erlösen."

Büttner wusste nicht, woher auf einmal noch zwei weitere Polizisten in unmittelbarer Nähe von Rössling auftauchten, die er bisher gar nicht wahrgenommen hatte. Vermutlich beherrschten sie einfach die Kunst, sich so unauffällig zu benehmen, dass sie praktisch unsichtbar waren. Er nickte Hasenkrug zu, und sie näherten sich Markus Rössling in bedächtigem Tempo. Was Büttner ganz lieb war, denn schnelle Bewegungen hatte er schon immer gehasst. Außerdem würde ihnen Rössling nicht entkommen, auch wenn er es versuchte. Der konzentrierte Blick der Polizeibeamten ließ erahnen, dass sie ihm einen Fluchtversuch nicht durchgehen lassen würden.

„Moin, Herr Rössling", sagte Büttner emotionslos, als sie

sich dem Mann bis auf wenige Schritte genähert hatten. „Soll recht heiß sein in Ecuador.“

Markus Rössling fielen sämtliche Fassungen aus dem Gesicht und er starrte Büttner ungläubig an. Dann besann er sich und sondierte mit einem schnellen Rundumblick die Lage. Er schien jedoch schnell zu begreifen, dass der Versuch wegzulaufen angesichts der um ihn herum stehenden Polizisten, die ihn mit ausdruckslosen Mienen musterten, zwecklos sein würde. „Ich, ich … es …“, stammelte er, war jedoch anscheinend so perplex, dass er keinen klaren Gedanken fassen, geschweige denn einen klaren Satz formulieren konnte.

„Ich dachte, ich sag’s Ihnen mal“, bemerkte Büttner trocken. „Ist doch blöd, wenn man eine solch weite Reise macht und das Wetter spielt dann nicht mit.“

„Warten Sie noch auf jemanden?“, fragte nun Hasenkrug. Er deutete auf die Check-in-Schalter der Lufthansa. „Ich meine, Sie sollten sich beeilen, die schließen gleich.“

„Woher wissen Sie, dass ich hier bin?“ Markus Rössling schien sich ein wenig von seinem Schrecken erholt zu haben.

„Wir sind die Polizei“, sagte Büttner, „da wissen wir häufig mehr als andere. Wenn Sie jetzt so freundlich wären, die Frage meines Kollegen zu beantworten, würde mich das sehr glücklich stimmen.“

„Welche Frage?“

„Ich wollte wissen, ob Sie noch auf jemanden warten“, wiederholte Hasenkrug und zog ihm das Ticket aus der Hand. „Oh, Sie sind ja bereits eingecheckt. Wann haben Sie denn das gemacht?“

„Ich … bin schon lange hier“, antwortete Markus zögerlich.

„Sie fliegen Businessklasse. Da setzen Sie das Geld Ihrer Frau aber rasch gut ein, Herr … Wolff.“

„Ich … fliege alleine“, beeilte sich Rössling zu sagen, in seine Augen aber trat ein eigentümliches Flackern und er sah sich erneut nervös um.

„Alleine? Ich dachte, Sie fliegen womöglich mit Ihrer neuen Gespielin, jetzt, wo Sie Ihre Frau anderweitig gut untergebracht haben“, bemerkte Büttner und verzog das Gesicht.

„Meine neue Gespielin? Wer soll das sein?“

Hasenkrug zog sein Handy aus der Tasche und zeigte ihm das Foto, das ihn und Patricia Badoni in inniger Zweisamkeit zeigte. „Erstaunlich, dass Sie sie schon vergessen haben. Sie beide schienen doch in gewisser Weise Intimfreunde zu sein.“

Markus Rössling wurde blass. „Woher haben Sie das?“, fragte er nun sichtlich verstört. Seinem überraschten Gesichtsausdruck zufolge hatte er nicht gewusst, dass ein solches Bild existierte.

„Wir sind die Polizei“, verwendete Hasenkrug die Worte seines Chefs.

„Herr Rössling, ich möchte Sie bitten mitzukommen“, sagte Büttner. „Kollegen, habt ihr einen Raum für uns, in dem wir uns ungestört unterhalten können?“, wandte er sich dann an die uniformierten Polizisten.

„Sicher“, sagte einer von ihnen, „folgen Sie mir, bitte.“

Auf dem Weg zu einem der Diensträume der Flughafenpolizei erklang aus den Lautsprechern plötzlich klar und deutlich die Durchsage: *„Fluggast Gerhard Wolff wird dringend gebeten, sich an Flugsteig sechs einzufinden! Fluggast Gerhard Wolff, bitte finden Sie sich umgehend an Flugsteig sechs ein!"*

Büttner schmunzelte. „Könnten Sie da bitte Bescheid geben, dass Herr Wolff leider bis auf Weiteres verhindert ist und sich deswegen für absehbare Zeit an nicht sehr vielen Orten mehr einfinden wird?", bat er einen Kollegen, der kurz nickte und sich sogleich auf den Weg machte.

„So, Herr Rössling", begann Büttner mit der Vernehmung, sobald sie sich in einem kleinen Raum mit Blick aufs Rollfeld eingefunden und sich die uniformierten Polizisten bis auf einen verabschiedet hatten, „da bin ich aber froh, dass wir Sie nun endlich gefunden haben, nachdem wir so lange überall nach Ihnen gesucht haben." Als Markus Rössling nichts darauf erwiderte, sondern ihn nur böse ansah, fuhr er fort: „Und jetzt wüsste ich gerne mal, was Sie sich bei alldem gedacht haben."

„Ich sage nichts ohne meinen Anwalt", knurrte Markus und starrte mit finsterer Miene aufs Rollfeld, wo sich jetzt auch eine größere Maschine der Lufthansa auf ihren Startplatz zubewegte.

„Ich glaube fast, das wäre Ihr Flug gewesen", grinste Büttner hämisch, als wenig später eine Boeing 747 in scheinbarer Reichweite über ihnen davonrauschte. Selbstverständlich hatte er keine Ahnung, ob es sich bei dieser Maschine tatsächlich um Flug LH542 handelte. Aber für einen kleinen Spaß taugte sie allemal, befand er.

„Ich sage nichts ohne meinen Anwalt", wiederholte Markus, und Büttner fiel auf, dass er einen verstohlenen

Blick auf seine Armbanduhr warf und auf einmal nervös auf seinem Stuhl hin- und herrutschte.

„Haben Sie es irgendwie eilig?“, fragte Hasenkrug, der diese Veränderung auch bemerkt zu haben schien.

„Sehr witzig“, brummte Markus, warf aber erneut einen Blick auf die Uhr.

Büttner wollte hierhingehend gerade eine weitere Bemerkung machen, als in Markus’ Jackentasche plötzlich ein Handy einen Signalton von sich gab.

„Gucken Sie ruhig nach! Vielleicht ist es ja eine Nachricht Ihrer vermissten Reisebegleitung“, meinte Büttner.

„Wird schon nicht so wichtig sein“, erwiderte Markus finster, schielte jedoch ständig zu seiner Jacke hin, die er über die Stuhllehne gehängt hatte.

„Wenn Sie mir das Handy bitte mal reichen könnten.“ Büttner streckte ihm auffordernd die Hand hin.

„Ich glaube nicht, dass ich das muss“, entgegnete Markus.

„Sie sind der Hauptverdächtige in einem Mordfall. Da müssen Sie leider alles“, mischte sich Hasenkrug ein.

„Mord?“ Markus sah ihn erschrocken an. „Ich hab doch niemanden ermordet!“

„Natürlich nicht. Deswegen haben Sie ja auch versucht, es so aussehen zu lassen, als sei es Ihre Frau gewesen“, sagte Büttner.

„Das …“, Markus stockte. „Ich bin doch kein Mörder, mein Gott!“, rief er dann aufgebracht.

„Wir wissen bisher nur, dass Ihre Frau keine Mörderin und damit völlig zu Unrecht eingesperrt ist“, entgegnete Büttner mit fast bedrohlich leiser Stimme.

„Dann lassen Sie sie doch frei, wenn Sie es so genau wissen“, knurrte Markus.

„Sie geben uns jetzt erstmal Ihr Handy." Auch Hasenkrug klang nun leicht gereizt. „Oder soll ich es selbst aus der Tasche ziehen?"

Markus sog tief die Luft ein, kramte aber dann sein Smartphone aus der Jacke und warf einen kurzen Blick darauf. „Das ist nicht wahr", keuchte er und starrte auf das Display, als hätte er mit einem Klick soeben die Apokalypse ausgelöst.

Hasenkrug seufzte entnervt auf und nahm ihm das Gerät aus der Hand. Ein Blick aufs Display sagte ihm, dass die eingetroffene Nachricht von Patricia Badoni kam. Er bediente den Touchscreen, und das angezeigte Foto vergrößerte sich. Oder vielmehr, so stellte er jetzt fest, schien es ein ganzes Video zu sein. Ohne zu zögern drückte er auf Start und legte es auf den Tisch, woraufhin sich nun auch Büttner und Markus darüberbeugten.

„Mein lieber Markus", grinste Patricia Badoni in die Kamera, „ich nehme an, dass du jetzt bei den freundlichen Kommissaren in guter Obhut bist und sie sich nun wahrscheinlich dieses kurze Video mit dir gemeinsam ansehen." Sie winkte lächelnd in die Kamera und rief: „Moin, Herr Büttner! Moin, Herr Hasenkrug! Ich habe Sie am Flughafen gesehen, hatte aber leider keine Zeit, Sie zu begrüßen!" Dann wandte sie sich wieder an Markus: „Die Zeit mit dir war nett. Du bist echt 'ne Granate im Bett. Und ein wahnsinnig toller Schauspieler natürlich, so wie du dauernd den besorgten Ehemann gegeben hast. Aber eigentlich war ich die ganze Zeit über viel mehr an deiner Frau interessiert als an dir, weil sie – im Gegensatz zu mir – so viel kann und so viel hat. Ich weiß ja nicht, warum die Welt so ungerecht ist und mein Geld immer gleich wieder weg ist, sobald ich es bekommen habe. Aber als du mir erzählt hast, dass deine Frau eine wohlhabende Bestsellerautorin ist, die mit ihrem Geld nicht viel anzufangen weiß, habe ich mir gedacht, dass sie ja auch jederzeit ein neues Buch schreiben und mir deswegen ein wenig Knete abgeben kann. Sozialen Ausgleich schaffen, heißt das ja wohl." Sie stieß ein gurrendes Lachen aus. „Na ja, wie dem auch sei. Ich verspreche dir, dass ich mir mit dem Geld deiner Frau, das sich übrigens schon längst nicht mehr auf dem Konto befindet, auf das du es überwiesen hast, ein schönes Leben machen werde. Es ist also sinnvoll angelegt." Sie zog einen Schmollmund. „Leider wärst du mir dabei nur im Weg gewesen, denn, wie du ja selber weißt, bist du, abgesehen vom Bett natürlich, ein absoluter Langweiler. Und deswegen habe ich beschlossen, dass ich mein Leben doch lieber weiterhin mit dem Mann verbringe, der schon seit Jahren meine große Liebe ist – aber leider auch genauso pleite, weil sein ganzes Vermögen sich nur aus der Erbschaft seiner Frau speist." Die Kamera machte einen Schwenk, und dann guckte plötzlich noch eine weitere Person in die Kamera. Thomas Heller. „Moin", rief er nun mit strahlendem Lächeln, „ich wollte mich auch noch mal bedanken. Auch für die schöne Zeit in Ostfriesland. Sind ein wirklich nettes Völkchen, die Ostfriesen. Nur schade, dass ich manchmal so sehr damit beschäftigt war, unsere Reise nach Südamerika vorzubereiten und die Herren Kommissare auf die falsche Fährte zu locken." Er machte eine kurze Pause, bevor er fortfuhr: „Markus, es ist echt ein netter Zug von dir, dass du uns so bei den Vorbereitungen unserer Reise geholfen hast. Schade nur, dass der dicke Journalist dabei draufging. Aber das hast du ja sicherlich nicht gewollt. War ein blöder Unfall. Ich hoffe nur, dass auch deine Richter es so sehen werden. Aber was auch immer kommt, lieber Markus, sei versichert, dass wir für den Rest unseres Lebens jeden Tag voller Dankbarkeit an dich denken werden." Mit einem erneuten Schwenk der Kamera sah man nun, dass die beiden auf der Gangway eines Flugzeuges standen und von einer lächelnden Stewardess mit einem Klopfen auf deren Armbanduhr hineingewinkt wurden. „Du siehst, Markus", strahlte Thomas Heller, „dass die nette Dame uns bittet einzusteigen. Diese Einladung können wir natürlich nicht ausschlagen. Mach's gut, altes Haus. Und sag den netten Kommissaren, dass sie deine Frau freilassen sollen. Schließlich hat sie doch gar nichts Schlimmes gemacht. Und wenn du Helen siehst, sag auch ihr ein liebes Dankeschön von uns!" Man sah ein letztes Winken, dann küssten sich Patricia Badoni und Thomas Heller leidenschaftlich. Gleich danach schaltete sich das Video aus.

Für eine ganze Weile herrschte Schweigen im Raum. Solch eine Botschaft musste erstmal verdaut werden. Hauptkommissar Büttners Stimme durchbrach die beklemmende Stille nach einigen Minuten als erste: „Ich weiß nicht, wie es Ihnen geht, aber ich brauche jetzt einen Kaffee."

„Ich geh mal gucken, ob ich einen auftun kann", sagte Hasenkrug und war erstaunlich schnell bei der Tür. Er brauchte frische Luft.

„Das hören wir uns nachher noch mal genauer an", sagte Büttner und deutete aufs Smartphone. „Mir scheint, dass in dem kurzen Video einiges an interessanter Information verarbeitet ist."

„Sie lügt", sagte Markus mit Grabesstimme. Er schien plötzlich um Jahre gealtert. Sein Gesicht war aschfahl, seine Hände zuckten nervös und er schien nicht zu wissen, wohin mit ihnen. Schließlich stand er auf, stellte sich mit dem Gesicht zum Fenster und wippte mal mit dem einen, mal mit dem anderen Bein auf und ab. „Ich habe Henning Kappel nicht umgebracht", sagte er mit brüchiger Stimme. „Sie war es. Sie hat ihm das Medikament in sein Getränk gerührt." Er drehte sich um, in seinen Augen stand jetzt die nackte Panik. „Sie müssen mir glauben, Herr Kommissar!", rief er eindringlich.

„So. Muss ich das?", erwiderte Büttner. „Nun, das sehen wir dann. Aber jetzt fangen wir mal am Anfang an. Seit wann und woher kennen Sie Frau Badoni?" Er legte ein kleines Aufnahmegerät auf den Tisch, das er in weiser Voraussicht mitgenommen hatte.

Markus ließ sich auf seinen Stuhl sinken, sprang aber sogleich wieder auf und lief mit unsicherem Schritt im Raum auf und ab. Fast konnte man annehmen, er habe zu viel getrunken.

„Wir haben uns in China getroffen", begann er dann zu erzählen. „Es war auf einem Treffen von Geschäftsleuten unserer Branche. Pat war als Fotografin da." Er lachte kurz und heiser auf. „Wie Sie wissen, hat sie ja die besten Kontakte ins Erotikgewerbe. Da war es natürlich ein Leichtes, an diesen Auftrag zu kommen."

„Und es war ihr ein Leichtes, Sie zu verführen", ergänzte Büttner erbarmungslos.

„Ja.“ Markus stöhnte auf. „Und ich dachte wirklich, sie habe sich in mich verliebt. Wir kamen ins Gespräch. Sie fragte mich, was ich so mache. Nach einer Weile meinte sie, wir könnten doch zusammen was essen gehen. Und dann ergab eins das andere. Nun ist mir natürlich klar, dass sie nur jemanden zum Ausnehmen suchte.“

„Aber um Ihre Finanzen ist es nicht sonderlich gut bestellt, Herr Rössling. Haben Sie ihr das nicht gesagt?“

„Doch. Natürlich hab ich das. Ich hab damals jeden angequatscht in der Hoffnung, er könne mit meiner Firma so eine Art Partnerschaft eingehen.“

„Warum haben Sie nicht Ihre Frau gefragt? Sie hätte Ihnen doch bestimmt geholfen.“

„Dazu war ich zu stolz. Ich wollte nicht, dass Helen mich für einen Versager hält.“

„Und damit nahm das Schicksal seinen Lauf“, bemerkte Büttner spöttisch.

„Ja. Ich Hornochse habe wirklich gedacht, dass ich mit Pat das große Los gezogen habe.“

„Und wie kam es dann zu der Intrige gegen Ihre Frau?“

Markus fuhr sich verzweifelt mit den Händen durchs Haar. „Pat … Sie hat mich verrückt gemacht. Ich war ihr verfallen. Ich habe gedacht … Nein“, schüttelte er den Kopf, „ich habe gar nichts mehr gedacht. Ich wollte nur noch sie. Und als sie mir dann was von der großen Liebe und einem gemeinsamen Leben weit ab von allem Stress vorschwärmte, habe ich mich für das Glückskind der Nation gehalten.“

„Und beschlossen, Ihre schwangere Frau zu verlassen und dabei ein wenig Geld abzuzweigen.“

„Ich wollte nie ein Kind“, schnaubte Markus. „Kinder schreien den ganzen Tag, sind lästig und kosten viel Geld. Aber auf die Idee, dass ich Helen gewinnbringend verlassen sollte, kam Pat. Sie … oh, mein Gott! Hätte mir noch vor einem halben Jahr jemand gesagt, dass ich zu solch einem Scheusal mutieren könnte, ich hätte ihn ausgelacht.“

„Also?“

„Pat meinte, wir sollten Helen ein wenig mürbe machen. Ihr einen Stalker schicken, der ihr Angst macht. Das würde immer klappen. Wenn sie psychisch fertig genug sei, würde sie bei dem Versprechen Wernickes, dass er sie bei Zahlung einer größeren Summe in Ruhe ließe, irgendwann schon freiwillig das Geld herausrücken.“

„Frau Badoni kannte Rolf Wernicke?“

„Ja. Sie wusste, dass er immer chronisch pleite ist. Und sie wusste, dass er Spaß daran haben würde, Helen in Angst und Schrecken zu versetzen.“

„Obwohl er eigentlich auf kleine Mädchen stand.“

Markus machte eine wegwerfende Handbewegung. „Rolf stand auf alles, was weiblich war.“

„Aber dann kam alles anders“, stellte Büttner fest. „Als Ihre Frau kurz davor war, mürbe zu werden, traf sie Henning Kappel und der legte ihr eine Auszeit ans Herz.“

„Ja. Mich erreichte irgendwann der Anruf von Jutta. Sie wollte, dass ich komme und mich um Helen kümmere.“

„Was Ihnen sicherlich nicht ungelegen kam.“

„Zunächst schon. Ich konnte mir nicht vorstellen, auch nur einen Tag von Pat getrennt zu sein.“

„Aber die kam dann mit nach Deutschland.“

„Ja. Natürlich tauchte sie erst später in Upleward auf. Sie

meinte, es wäre gut, am Ort des Geschehens und damit immer auf dem Laufenden zu sein. Pat war es auch, die Rolf Wernicke dorthin geschickt hat. Wir wollten unseren Plan dort einfach weiterverfolgen, auch wenn es nicht mehr so leicht sein würde."

„Und plötzlich war Wernicke tot", stellte Büttner fest.

„Pat wusste, dass Sadler ihn auf dem Gewissen hatte", nickte Markus. „Und da kam ihr die Idee, dass man Helen viel schneller aus dem Weg schaffen könnte, wenn man ihr den Mord anhängte. Ich wollte es zunächst nicht. Das erschien mir einfach eine Nummer zu hart. Aber sie überzeugte mich, dass so ein paar Fingerabdrücke am Messer nicht ausreichen würden, sie zu verurteilen. Sie meinte, Helen würde eben nur so lange aus dem Verkehr gezogen, wie wir brauchten, um ihre Konten leerzuräumen."

„Aber Sie hatten unbeschränkte Vollmacht über ihre Konten. Diese leerzuräumen, war also nicht wirklich das Problem."

„Es wäre ihr aber womöglich zu früh aufgefallen. Im Gefängnis war sie auch für die Bank nicht erreichbar, falls die Fragen gestellt hätten."

„Aber dann haben wir Helen wieder auf freien Fuß gesetzt."

„Ja." Markus grinste Büttner gequält an. „Das passte nun überhaupt nicht in unseren Plan. Wir mussten sie also auf anderem Wege wieder verschwinden lassen."

„Sie waren der Mann am Campener Leuchtturm?", fragte Büttner erstaunt. „Aber Zeugen haben ausgesagt, dass es ein ziemlich korpulenter Mann gewesen sei."

„Ich weiß nicht, wer es war. Pat hat ihn beauftragt."

„Und wie kam dann Henning Kappel ins Spiel?“

„Pat erzählte mir, dass sie Hinweise habe, dass er für ein paar Tage abtauchen will, wegen einer Recherche. Sie wusste, dass er Rickleffs und Sadler und womöglich auch sie selbst im Visier hatte, weil sie manchmal noch irgendwas für Rickleffs erledigte.“

„Was genau war das?“, wollte Büttner wissen.

„Ich hab keine Ahnung. Über ihre Geschäfte hat Pat kaum etwas erzählt. Aber sie hat ihre Ohren einfach überall. Ich habe bis heute nicht geblickt, bis wohin ihre Kontakte reichen. Sie meinte, wir könnten die Zeit nutzen, um Kappel als Verdächtigen aufzubauen. Natürlich kannte sie auch einen Hacker, der sich Zugriff auf Kappels Internetseiten verschaffen konnte. Ich glaube, Henning hat da, wo er war, gar nicht mitbekommen, was um ihn herum passierte. In der Zeitung hatte mal gestanden, dass er sich während seiner Recherchen aus allem ausklinkt, dass er weder Handy noch internetfähiges Laptop mit sich führt, damit keiner zurückverfolgen kann, wo er sich aufhält. Auch das war natürlich ein Spiel mit dem Feuer. Er hätte es diesmal ja auch anders machen können. Aber es hat funktioniert.“

„Dann war auch die Sache mit dem Halstuch, das Frau Badoni angeblich von Kappel übergeben worden war, eine Finte, die ihn in Verdacht bringen sollte, irgendwas mit Helens Verschwinden zu tun zu haben.“

„Natürlich. Ich fand es ja ganz niedlich, wie Sie alle sofort drauf angesprungen sind“, grinste Markus selbstgerecht. „Eigentlich wollten wir Kappel ja auch ein Flugticket ausstellen, damit es so aussah, als habe sich Helen mit ihm gemeinsam aus dem Staub machen wollen. Aber leider hat er ja schon vorher den Löffel abgegeben."

Sie wurden kurz unterbrochen, als Hasenkrug mit drei Bechern Kaffee und einer Tüte Croissants wieder durch die Tür trat. Büttner nickte ihm dankbar zu, nahm sich einen Becher und deutete auf das Aufnahmegerät. Hasenkrug verstand die Aufforderung und hörte es ab, wobei sich in seine Stirn mit jeder Aussage Rösslings tiefere Falten gruben. Er konnte kaum glauben, dass es wirklich jemanden gab, der so perfide und doch so durchdacht vorging wie Patricia Badoni.

„Aber zunächst tauchte Kappel wieder auf und hat mitbekommen, was Sie unter seinem Namen alles angestellt hatten", setzte Büttner die Vernehmung fort, nachdem er seinen Kaffee getrunken und ein Croissant gegessen hatte.

„Ja", sagte Markus. Er hatte weder das Getränk angerührt noch etwas gegessen. Also beschloss Büttner, auch noch seinen Kaffee zu trinken, bevor er kalt wurde. „Und Pat hat mitbekommen, dass er wieder aufgetaucht war. Natürlich wollte sie nicht, dass er Ärger macht und ihr auf die Schliche kommt. Also hat sie mich gefragt, ob Helen irgendwelche Medikamente nimmt. Ich wusste zunächst nicht, warum sie das wissen wollte."

„Weil Sie ja immer noch hirnlos verliebt waren", bemerkte Büttner spöttisch.

„Ach was. Ich hab zu dem Zeitpunkt schon gar nicht mehr durchgeblickt. Ich wollte nur noch, dass es endlich vorbei ist und Pat und ich gemeinsam unser neues Leben beginnen können."

„Und wie haben Sie Kappel das Medikament verabreicht?

Er wird es ja wohl kaum freiwillig zu sich genommen haben.“

„Daraus hat Pat ein Geheimnis gemacht. Ich habe keine Ahnung. Als ich sie fragte, hat sie nur gegrinst und gesagt, ich müsse nicht alles wissen.“

„Und wie kam Kappels Leiche dann an den Pilsumer Leuchtturm?“

„Einer von Pats Leuten hat Henning beobachtet, nachdem er das Medikament genommen hatte. Anscheinend ist er zum Leuchtturm gefahren. Womöglich, um einen Informanten zu treffen, meinte Pat. Ein anderes Auto fuhr hinter ihm her. Zurück kam dann nur das andere. Irgendwer muss Henning dann gefunden und die Polizei gerufen haben. Vielleicht war es ja auch derjenige, der mit ihm da war.“

„Das heißt, derjenige, der mit Kappel am Leuchtturm war, hat womöglich auch mitbekommen, wie er starb. Womöglich ist er in Panik geraten und abgehauen.“

Markus zuckte nur mit den Schultern, sagte aber nichts.

„Und dann haben Sie uns mitgeteilt, wo wir Helen finden.“

„Ja. Pat wollte, dass alles so aussieht, als habe Helen in den Tagen, als sie verschwunden war, ihre Flucht vorbereitet. Es war ein guter Plan. Schließlich sind Sie ja alle drauf reingefallen“, grinste Markus breit.

„Pech für Sie, dass wir eben nicht ALLE drauf reingefallen sind“, meldete sich ein sichtlich erregter Hasenkrug zu Wort. „Ich habe keinen einzigen Moment daran geglaubt, dass Helen die Morde begangen hat. Denn wenn Ihr Plan so genial gewesen wäre, wie Sie es hier voller Stolz behaupten, dann säßen wir jetzt nicht hier, Herr Rössling, sondern hätten den Fall längst zu den Akten gelegt! Man kann es bei den angeblichen Beweisen auch übertreiben mit der Offensichtlichkeit! Und eines will ich Ihnen sagen, Herr Rössling …!“

Büttner hob beschwichtigend die Hand. „Das alles hat doch auch bis später Zeit!“

„Sie sind der Polizist, der entgegen aller Dienstvorschriften mal was mit meiner Frau hatte, oder?“, grinste Markus nun frech. Anscheinend amüsierte ihn Hasenkrugs emotionaler Ausbruch.

„Ich weiß nicht, wie Helen jemals auf ein Arschloch wie Sie hereinfallen konnte“, erwiderte Hasenkrug nur, woraufhin ihn sein Chef mahnend ansah. „Also, Herr Rössling“, sagte Büttner dann, „das alles ist eine ziemlich abenteuerliche Geschichte. Wir werden überprüfen, inwieweit sie der Wahrheit entspricht. Sie geben praktisch Frau Badoni an allem die Schuld. Nun, das hätte ich in Ihrer Situation auch getan. Nur leider wird es Sie nicht vor einer entsprechenden Strafverfolgung schützen.“

„Ich wollte das alles nicht. Pat hat mich verhext“, sagte Markus leise. Seine eben noch zur Schau gestellte Selbstsicherheit schien wieder in sich zusammenzufallen.

„Sehen Sie, und genau das glaube ich Ihnen nicht. Solch ein hirnloser Hornochse, wie Sie uns hier vorgaukeln wollen, sind Sie nämlich nicht.“ Büttner musterte Markus abschätzend und fügte dann hinzu: „Sie widern mich sowas von an, Herr Rössling!“

„Ich … bitte … ich möchte Helen sehen. Ich muss … ich will ihr alles erklären.“ Markus sah plötzlich völlig verzweifelt aus.

„So ein Pech aber auch“, schnaubte Hasenkrug unbeeindruckt und verzog spöttisch den Mund. „Sie hat mir zufällig schon mitgeteilt, dass sie Ihre dreckige Visage nie wieder in ihrem Leben sehen will. Sie wünscht Ihnen nämlich nichts weniger als die Pest an den Hals.“

Noch ehe Hasenkrug sich's versah, machte Markus einen Sprung nach vorne und fasste ihn am Revers seines Jacketts. „Wenn du kleine Ratte jetzt nicht sofort …!“, setzte er zischend zum Reden an, wurde jedoch von dem anwesenden Polizisten sofort brutal zurückgerissen. Markus stieß einen Schmerzensschrei aus, als ihm der Uniformierte mit einem Ruck den Arm auf den Rücken riss und ihn damit nahezu bewegungsunfähig machte.

„Ich sehe, Sie haben hier alles im Griff“, nickte Büttner anerkennend. „Veranlassen Sie bitte alles Weitere, unter anderem einen internationalen Haftbefehl für Patricia Badoni und Thomas Heller.“ Er warf einen Blick auf die Uhr. „Kommen Sie, Hasenkrug. Wir gehen jetzt mal was Richtiges essen und fahren dann wieder zurück ins schöne Ostfriesland. Ist mir hier alles zu unübersichtlich.“

35

„Die Idee, uns einen Flug nach Paraguay und Markus einen nach Ecuador zu buchen, war einfach genial", sagte Thomas Heller kurz nach dem Start ihres Flugzeugs und sah Pat, die sich gemütlich in ihren Sitz gekauert hatte, verliebt an. Sie hatten sich zur Feier des Tages Champagner kommen lassen, um auf ihre so reibungslos geglückte Flucht anzustoßen. „Überhaupt war die ganze Aktion so grandios, dass ich noch immer nicht ganz glauben kann, was für eine ausgebuffte Geliebte ich doch habe. Woher nimmst du nur diese ungeheuerliche Kaltblütigkeit, mein Schatz?"

„Ich? Kaltblütig?" Pat bekam kugelrunde Augen und sah Thomas mit gespielter Empörung an. „Aber ich habe doch gar nichts getan. Ich habe weder das Geld von Helens Konto geräumt, noch habe ich sie verschleppt oder gar Rolf Wernicke oder Henning Kappel über die Wupper geschickt. Ich wasche meine Hände in Unschuld."

„Du hast gesagt, dass ich Kappel das Zeug ins Glas rühren soll", widersprach Thomas.

„Aber du hast es getan, mein Schatz", grinste Pat. „Kein Mensch wird mir je beweisen können, dass ich irgendwas mit alledem zu tun habe."

Thomas sah seine Freundin bewundernd an. Ja, dachte

er, sie war in allem wirklich äußerst clever vorgegangen. Zwar stammten alle Ideen zu den Verbrechen von ihr. Aber sie selbst war nirgendwo in Erscheinung getreten. Nicht einmal in dem abgelegenen Haus am Emder Stadtrand, in dem sie Helen Rössling gefangen gehalten hatten. Alles, was dort zu erledigen gewesen war, hatte er in ihrem Auftrag gemacht. Selbst die kleinen und gemeinen Notizen, die Helen regelmäßig bekam, hatte Pat ihm mitgegeben, mit der Begründung, es würde ihr diebischen Spaß machen, die ach so große Autorin mal so richtig klein zu sehen. Dabei die krakelige Handschrift von Wernicke zu imitieren, war für sie kein größeres Problem gewesen.

„Und wie hast du nun Wernicke dazu gebracht, aus der Küche der Hettingas ein Messer mit Helens Fingerabdrücken mit an den Strand zu bringen? Jetzt kannst du es mir doch erzählen."

Pat nahm einen Schluck Champagner und machte eine wegwerfende Handbewegung. „Ach", meinte sie, „das war doch denkbar einfach. Der Typ war doch schon immer zu dämlich zum Leben. Jan-Peter Sadler hatte mich gefragt, ob ich jemanden kenne, der Wernicke um die Ecke bringen kann. Und weil Rolf sowieso immer nur Ärger gemacht hat, hab ich Sadler jemanden empfohlen und er meinte, ich solle das für ihn organisieren. Also habe ich Wernicke gesagt, dass er gegen Mitternacht an den Strand in Upleward kommen soll. Ich hätte da 'ne richtig geile Nummer für ihn organisiert. Einen Fick im Strandkorb mit einem blutjungen Mädchen. Um diesem Mädchen richtig Angst zu machen, solle er ein Messer mitbringen, von dem er wusste, dass Helens Fingerabdrücke drauf sind. Er fragte mich, warum. Ich hab ihm gesagt, dass er doch ganz bestimmt nicht derjenige sein wolle, der für die brutalen Verletzungen des kleinen Mädchens hinterher in den Knast geht und wir Helen Rössling doch sowieso aus dem Weg schaffen wollen. Rolf hat daraufhin blöd gekichert und gesagt, dass er das hinkriegt. Als er an den Strand kam, stand dann tatsächlich einer von den Türstehern aus 'm *loveaffairs* mit 'nem kleinen Mädchen da und hat auf ihn gewartet. Rolf hat sich sofort an dem Kind zu schaffen gemacht und das Messer bereit gelegt, um sie später so richtig zum Schreien zu bringen. Tja, so hat er sich sein eigenes Grab geschaufelt, der Vollpfosten. Der Türsteher hat ihm das Messer in den Rücken gerammt, als er sich gerade so richtig an der Kleinen aufgeilte."

„Du bist wirklich ein Genie. Wie du es geschafft hast, alle hinters Licht zu führen, ist der helle Wahnsinn." Thomas lachte laut auf. „Nur zu gerne hätte ich noch das dumme Gesicht von Markus und den beiden Bullen gesehen, als sie unser Video erhielten. Aber das ging ja leider nicht."

„Alles Schnee von gestern", winkte Pat ab und drückte ihm einen Kuss auf die Wange. „So lange schon haben wir uns ein gemeinsames Leben weit weg von all der Scheiße gewünscht, mein Schatz. Und nun machen wir nur noch einen auf stinkreiches Ehepaar und genießen unser Leben im Luxus. Ich kann's noch gar nicht so richtig glauben!"

Pat wollte sich gerade an die Schultern ihres Geliebten kuscheln, als durch die Lautsprecher eine Durchsage erklang: „*Meine sehr verehrten Damen und Herren, hier spricht Ihr Kapitän. Soeben zeigten unsere Geräte eine Funktionsstörung in einem unserer Triebwerke an. Daher sind wir leider gezwungen, an unseren Startflughafen Frankfurt/Main zurückzukehren. Wir bitten Sie herzlich, diese Verzögerung zu entschuldigen und hoffen auf Ihr Verständnis.“*

Nur wenige Augenblicke später hörte man aus der Businessklasse entsetzte Aufschreie und das klirrende Geräusch zweier auf dem Boden des Flugzeugs zerspringender Champagnergläser.

36

Zum Feiern war so richtig niemandem zumute, auch wenn die Nachricht, dass man die mit internationalem Haftbefehl gesuchten Personen Patricia Badoni und Thomas Heller am Frankfurter Flughafen beim Ausstieg aus der defekten Maschine festgesetzt habe, allenthalben für Genugtuung gesorgt hatte. Doch war die Belastung aller in den letzten Tagen einfach zu groß gewesen, als dass irgendjemandem der Sinn nach einer ausschweifenden Jubelfeier stand. Dennoch hatte Ihno Hettinga noch einmal den großen Schwenkgrill aus dem Schuppen geholt und über der Feuerstelle im Bauerngarten aufgebaut. Draußen war es zwar nicht mehr sommerlich warm, aber es hatte aufgehört zu regnen, und die Temperaturen bewegten sich im durchaus angenehmen Bereich.

Der Duft gebratenen Fleisches lag in der Luft, und jeder, der sich im Bauerngarten eingefunden hatte, verspürte plötzlich einen mächtigen Hunger. Vor allem die Hunde Heinrich, Kasper und Seppel saßen schwanzwedelnd und mit schief gelegtem Kopf vor dem Grill und ließen das vor sich hin brutzelnde Fleisch nicht einen Moment aus den Augen.

Helen, deren Gesicht wenige Tage nach ihrer Entlassung schon wieder eine deutlich gesündere Farbe zeigte, hob ihre Nase schnuppernd in die Luft. „Mmmmmh", sagte sie seufzend, „und ich hatte schon geglaubt, mindestens für die nächsten zehn Jahre auf diese herrlichen Genüsse verzichten zu müssen." Lächelnd nahm sie von dem kleinen Wilko ein Glas Saft entgegen, das er vorsichtig und mit fest zusammengepressten Lippen aus der Küche in den Garten balanciert hatte. „Hab ich selbst ausgequetscht", strahlte er. „Ist ganz viel Obst aus unserem Garten drin. Mama sagt, das ist total gesund und tut dir und deinem Baby gut. Ich krieg das auch immer, wenn ich Schnupfen hab."

Jutta hatte ihre Kinder gebeten, besonders fürsorglich zu ihrer Freundin zu sein, schließlich habe diese eine schwere Zeit durchmachen müssen. Auch wenn die Kinder nicht so ganz verstanden, was eigentlich genau passiert war, so spürten sie doch die allgemeine Anspannung und waren sehr bemüht, Helen jeden Wunsch von den Augen abzulesen. Zumindest für etwa eine halbe Stunde. Dann kamen unangemeldet ein paar ihrer Freunde in den Garten gestapft, und die Kinder verschwanden laut johlend im Stall, um Cowboy und Indianer zu spielen. Nur die kleine Martje saß in ihrer Sandkiste, baute sich ein neues Prinzessinnenschloss, auf dessen Turm sie gerade einen fetten Regenwurm platzierte, und brabbelte munter vor sich hin.

Als Dankeschön hatte Familie Hettinga auch David Büttner und Sebastian Hasenkrug zum Grillen eingeladen. Helen konnte ihnen gar nicht oft genug sagen, wie dankbar sie ihnen war, dass sie trotz der erdrückenden Beweislast gegen sie weiter ermittelt hatten. Genauso oft hatten die beiden Polizisten mit der Bemerkung abgewinkt, dieses sei schließlich ihr Job und somit habe alles schon seine Richtigkeit.

„Ich kann es immer noch nicht fassen, als welches Monster sich Markus entpuppt hat", schüttelte Jutta zum wiederholten Male den Kopf. „Und wenn ich mir vorstelle, dass du ihn damals auf meiner Geburtstagsparty kennen gelernt hast, Helen! Mann, Mann, Mann! Hätte ich geahnt, wozu der Kerl fähig ist, dann hätte ich ihn gleich an die Schweine verfüttert."

„Die du ja damals noch gar nicht hattest", grinste Ihno und gab ihr einen Kuss auf die Stirn. „Schließlich haben wir die erst nach der Hochzeit auf deinen Wunsch hin angeschafft."

„Stimmt auch wieder", nickte Jutta. „Was passiert denn nun stattdessen mit Markus?", fragte sie an Büttner und Hasenkrug gewandt. „Ich meine, wenn die Richter keine Strafe finden, die für diesen Mistkerl hart genug ist, dann könnte ich es ja noch nachholen. Das mit den Schweinen, meine ich."

„Ich kann's ja vor Gericht mal vorschlagen", brummte Büttner. „Auch wenn ich die Befürchtung habe, dass sich die Schweine an ihm gründlich den Magen verderben würden."

„Und wann fährst du wieder nach Köln zurück?", wollte Hasenkrug von Helen wissen.

„Irgendwann in den nächsten Tagen. Vor allem möchte ich nach meiner Mutter sehen. Es geht ihr wohl schon viel besser, aber dennoch wird es Zeit, dass ich mich mal um sie kümmere und ihr den Wirbel der letzten Wochen erkläre. Außerdem teilte mir mein Verlag mit, dass reihenweise Anfragen von den Medien eingegangen sind, die alle ein Exklusivinterview mit mir haben wollen. Zeitungen, Radio, Fernsehen, Online-Redaktionen. Das Who is who der Medienwelt gibt sich auf allen Leitungen ein Stelldichein."

„Klingt so, als könntest du dein Konto damit wieder auffüllen", grinste Ihno.

„Zunächst einmal werde ich mir genau angucken, wer in den letzten Wochen was über mich geschrieben hat. Ich schätze, dass da nicht mehr viele übrigbleiben, mit denen ich zukünftig noch zusammenarbeiten möchte." Mit einem bedrückten Gesichtsausdruck legte sie die Hände auf ihren gewölbten Bauch. „Ich habe beschlossen, aus meiner eigenen Geschichte einen Roman zu machen. Damit mein armes Kind später einmal nachlesen kann, woher seine Hyperaktivität kommt und bei wem es sich dafür zu bedanken hat."

„Schick das Kind zu uns, wenn es zu schlimm wird. Hier kann es sich deutlich gesünder abreagieren als in der Großstadt", zwinkerte Ihno.

„Ich werde nicht in Köln bleiben", schüttelte Helen den Kopf. „Ich weiß zwar noch nicht, wohin ich gehe. Aber es könnte gut sein, dass ich dann nicht mehr ganz so weit von euch weg bin. Ich wollte doch schon immer ein Häuschen auf dem Land haben. Und jetzt, wo Markus eine andere Bleibe gefunden hat, muss ich auf seine ausgeprägte Landallergie ja auch keine Rücksicht mehr nehmen."

„Gut möglich, dass diese Allergie schon sehr bald von einer Klaustrophobie überlagert wird", knurrte Hasenkrug. „Schließlich ist eine Gefängniszelle gemeinhin kein Penthouse."

„Darauf stoßen wir an", strahlte Jutta und prostete allen mit ihrer Teetasse zu. „Vielleicht sehen wir uns dann ja öfter als einmal in zwei Jahren, Helen."

„Das Fleisch ist gar!", rief Ihno vom Grill her und schwenkte ein aufgespießtes Steak in der Luft herum. „Wer will als erstes?"

„Wuff!", erklang es dreistimmig aus Bodennähe. Und endlich war auch aus dem Bauerngarten der Hettingas wieder ein vielstimmiges, befreit klingendes Gelächter zu hören.

DANKE!

Und wieder waren es Volker Behnecke, meine Schwester Maike Lüneburg, Susanne Elsen, Ira Podewin, Helge Herr, Katrin Fritzsching sowie Michael Mogel, die sich als solch wertvolle und vor allem geduldige Testleser/innen und Korrektoren entpuppten, dass ich auch bei meinem nächsten Buch nur ungern auf sie und ihre stets konstruktiven Anmerkungen und Tipps verzichten würde. Euch allen einen lieben Dank dafür und – bleibt mir gewogen!

Liebe Leserin, lieber Leser,

ich freue mich sehr, dass Sie „Stumme Tränen" als Lektüre ausgewählt haben und hoffe, dass ich Ihnen mit dieser Geschichte ein paar angenehme Stunden bereiten konnte. In diesem Fall würde ich mich über eine Rezension in den Online-Shops oder ein Feedback auf meiner Homepage (www.elke-bergsma.de) oder per E-Mail (mail@elke-bergsma.de) sehr freuen. Sollten Sie Lust haben, mehr von Büttner und Hasenkrug zu lesen, darf ich Ihnen an dieser Stelle meine weiteren Ostfrieslandkrimis ans Herz legen, die in dieser Reihenfolge erschienen sind:

„Windbruch"
„Das Teekomplott"
„Lustakkorde"
„Tödliche Saat"
„Dat witte Lücht" (Kurzkrimi)
„Puppenblut"
„Stumme Tränen"
„Schweigende Schuld"
„Fluchträume"
„Brandwunden"
„Strandboten"
„Maskenmord"
„Eisige Spuren"
„Seelenrausch"
„Scheinwelten"
„Dunstkreise"
„Zornesbrut"
„Sippenverfall"

„Todesgruft"
„Bitteres Erbe"
„Lodernde Wut"
„Dünennebel"
„Meeresklagen"
„Herbstzeittode"
„Schwarze Lettern"
„Hetzjagd"
„Platzverweis"
„Abschiedsklänge"
„Lebensfesseln"
„Klosterchoräle"
„Späte Reue"
„Innerer Dämon"
„Tummelplatz"
„Wellenschlag"
„Froststarre"
„Siedepunkt"

Vielleicht haben Sie Lust, auch in meine historisch-zeitgenössische Ostfrieslandkrimireihe „Wibben und Weerts ermitteln" reinzuschnuppern? In dieser Reihe sind bisher erschienen:
„Moorsmaragd"
„Flutrubin"
„Inselsaphir"

Im Sommer 2018 erschien zudem der erste Band meiner ostfriesisch-niederländischen Krimireihe „Grenzfälle". Schauen Sie doch mal rein in: „Wie Mauern so kalt"

Im Herbst 2019 erschien mein Arktis-Thriller: „Verloren im Eis."

Mit meiner Kollegin Anna Johannsen veröffentlichte ich 2019 zudem den Ostfrieslandkrimi „Juister Mohn" sowie 2024 die Ostfrieslandkrimi-Trilogie mit den Bänden „Die Stille der Flut", „Die Gewalt des Sturms" und „Die Kraft der Ebbe".

Völlig neu erfunden habe ich mich 2022/2023 mit meiner historischen Trilogie „Wege in eine neue Zeit", die in der Weimarer Republik angesiedelt ist.
Band 1: „Die Bürde der Freiheit"
Band 2: „Die Kraft der Entbehrung"
Band 3: „Der Makel der Hoffnung"

Möchten Sie regelmäßig und unkompliziert über alles, was rund um meine Bücher herum passiert, informiert werden, dann abonnieren Sie doch einfach meinen Newsletter unter www.elke-bergsma.de/newsletter oder folgen Sie mir auf Facebook und Instagram.

Herzliche Grüße
Elke Bergsma

www.elke-bergsma.de
www.facebook.com/elkebergsmaautorin
www.instagram.com/bergsmaautorin